# 遇见自己

# 遇见幸福

程少锋 ⊙ 著

团结出版社

**图书在版编目（CIP）数据**

遇见自己　遇见幸福 / 程少锋著 . -- 北京 : 团结
出版社 , 2024.7
　ISBN 978-7-5234-0995-4

　Ⅰ . ①遇… Ⅱ . ①程… Ⅲ . ①散文集 - 中国 - 当代
Ⅳ . ① I267

中国国家版本馆 CIP 数据核字 (2024) 第 098225 号

出　版：团结出版社
　　　　（北京市东城区东皇城根南街 84 号　邮编：100006）
电　话：（010）65228880　65244790
网　址：http://www.tjpress.com
E-mail：zb65244790@vip.163.com
经　销：全国新华书店
印　装：三河市东方印刷有限公司

开　本：170mm×240mm　16 开
印　张：20.75
字　数：280 千字
版　次：2024 年 7 月　　第 1 版
印　次：2024 年 7 月　　第 1 次印刷

书　号：978-7-5234-0995-4
定　价：68.00 元

# 目录

## 序 ....................................................................

我是谁？

我从哪里来？

我要到哪里去？

这千古疑问仿佛是我们追求终极自由的指引。人从一出生开始就在探索生命的广度和深度，虽然此过程中会有你认为的顺境也好，逆境也罢，其实都是自己的感觉而已，没有什么是我们放不下的，但是作为人，就是容易这样放不下，也因此有了各种牵绊。当然，这也是正常的。作为七情六欲俱全的人，在生活过程中不可能只有一个调性，有情绪是正常的。关键是看待情绪的你有怎样的反应，你好了一切都好了；你不好一切就都不好了。真相就是如此简单，但是我们往往搞得过于复杂，认为是别人惹了我，就得他人负责，从没有认为自己有问题。当然其中也会有人慢慢反思自己，原来真的是自己有问题，如此，他的人生就会完全不同了。

现在的你在哪儿？还在继续外求吗？还是已经开始反思了呢？

作为追求终极自由的我来说，我一直在路上，从未停止过脚步。2019 年之前的我也是在外追求很多课程、很多老师，回看自己的时间极少。随着我学习的深入和觉察能力的提升，我开始意识到真的是外面没有别人，只有我自己，我就是我生命成长的大师。从此，我沉下心，不再外求，而是向内探索，也颇有收获。原来的我追求开悟，现在的我认为开心比开悟重要，我提倡扎根生活，在火热的生活中活出来，先活成一个鲜活的生命。虽然我不能说是百分之百活出来了，但是至少我已经活成了自己想要的样子。我愿成为那盏明灯，为你照亮一段路，让世界因我而美丽。

在生命成长的过程中，我有太多喜悦要分享，独乐乐不如众乐乐。同时我希望在生命成长的路上有更多的朋友一起走，独行快，众行远，我想支持有缘有愿的人一起同行，而且我深知所有我掌握的信息都不是我的，我会毫无保留地分享，而且我也是愿意分享的人。很早以前，我就有写书的想法，时机不成熟，我有足够的耐心等待。直到2022年底大漠先生出现在我的生命中，才开启本书的撰写。

"知行生活道"创建以来，我陆续分享了一百多堂课，本书的底稿是以"知行生活道"陪伴课程体系为主线，集思广益，共创共撰的一本书。确切地说，本书也是我多年学习实践的结果，书中有些文字可能会有重复，那都是我想重点强调的内容，也为了更好地加深印象，注入更多的"真相病毒"。

当然，该书更缺不了你的加入，没有作为读者的你，也不算是完整地呈现。人生就是一段旅程，无论你在生命探索的这条路上走得或远或近，我想你我都有一个共同的愿望，那就是希望自己的生活变得更加美好。正是因为有这样的一份愿心、一份愿力、一份要去改变的想法，所以我们才有了本书的相遇。

通过这本书，我想让你连接的是一个生命成长的陪伴体系，希望能够协助你在生活中落地和践行，因为只有这样你才能拿回生命幸福的主动权，获得专属自己的生命体验和成果。所以本书附录部分，我们选取了部分在生活中落地践行的故事，相信会给你很多信心与力量。我带你体验的是一种生活方式，而不是某一项简单的技能，它会跟我们每天的生活和工作紧密地结合在一起，相信通过这样的探索，我们会拥有一段不一样的生命体验旅程。

我的世界我做主，你的世界呢？当然是你做主，你是你世界的王，选择权、决定权永远在你手里。只要你需要，我就永远支持你，如果你确定好了，那就让我们一起开启一段心的旅程吧！

# 推荐序 1

# 通往幸福的指南

我非常荣幸为《遇见幸福 遇见自己》这本书写序。作者程少锋教授是我认识了十几年的朋友，他的生命状态，呈现的就是一个充满着精气神和无限能量的少年。他一直走在心灵成长的路上，前些年，教授一直在全国各地不停地学习，探索生命的究竟。2019 年 8 月，我们再次走近，他开始实践了，在过去的 5 年，他践行生活，创建"知行生活道"，我对他产生了好奇心。2022 年，我被他感召，也去听了沙因老师的终极自由课程，对教授所倡导的生命成长有了一定的认知。

程教授是我认识的少有的极度自律、情商极高的人，他扎根生活，说到做到。他每天早上 4:50 起床，进行喜悦曼陀罗训练，有时候前天晚上有活动聊到半夜，第二天他依然能够准时起床，是一个特别靠谱的人。他的逻辑性也非常强，总是能透过纷繁的表象，快速厘清事物的本质。

他不间断地举办线上线下的活动，陪伴每一个想要生命成长的伙伴。我认识许多跟随在教授身边的成员，我发现，每隔一段时间再见面，他们不管是从身体素质、精神状态，还是亲密关系、亲子关系各方面都有不同程度的提升。一套体系是否有效，就看它是否能够真正赋能于生活，而不只是空谈理论。

读了《遇见自己 遇见幸福》这本书，我欣喜地发现，它是迷茫中想要改变的朋友通往幸福的地图和导航。这条路通过程少锋教授自己十几年的学习、思考、探索，同时带领一群人的落地践行，复盘、总结、提炼，已经完全能走通了，确实可以为想要探索生命成长的朋友提供行之有效的引导和支持。

这本书的信息量非常大，有理论，有证据，还有很多实际的生活案例和体会。每个章节的几个小节其实都可以独立展开，帮助人们从不同的维度受益。它仿佛是一个鲜活的文字教练在引导，读者可以反复阅读，复盘和践行。通过这本书，你能够连接到的是一个生命成长的陪伴体系，可以真正去落地践行的成长方式。

程教授非常精进，他在"喜马拉雅"上已经发表了很多年关于心灵成长的音频。这本书的出版，就像一个总结和索引，可以实现"知行生活道"线上线下，包括社群、公众号、读书会、茶会、幸福生活训练营全链条的支持和陪伴，实现全方位幸福成功的人生！能够读到本书的朋友，实在太有福气了。

《遇见幸福 遇见自己》像是一本通往幸福生活的指南，我觉得每个人认真读完，都会脑洞大开，收获满满。其实，幸福就是触手可及的！这本书的魅力在于，你随手翻开其中的一个章节，你就会找到行之有效的，能够落地去践行的方法。

这是一本让人耳目一新的书，也是人们非常需要的一本书。本书可以让我们回归内在的自我，收获幸福，不再把身心灵割裂，而是让每一个人都能够通过踏上全新的自我成长之路，获得幸福的主权，调整自我能量，回到松、定、空、安、妙的频率，活出本自具足的自己。

黄安莉

阳光森林创始人

（于癸卯年除夕之夜）

# 推荐序 2

在浩瀚的宇宙中，每一个生命都是一颗独特的星辰，闪烁着属于自己的光芒。然而，在这个瞬息万变的时代里，我们时常会被外界的纷扰所迷惑，忘记了那个最真实、最纯粹的自己。而《遇见自己 遇见幸福》这本书，就像一盏明灯，照亮了我们寻找自我、追求幸福的道路。

作者程少锋教授以其独特的视角和深刻的思考，为我们呈现了一个关于生命成长和幸福探索的精彩世界。在这本书中，他不仅分享了自己的成长经历和心路历程，更通过丰富的案例和实用的方法，引导我们重新审视自己，发现内心的力量，走向更加美好的未来。

书中的每一章节都充满了智慧和启示，从"开启全新的生命旅程"到"踏上真幸福的旅程"，作者带领我们逐步走进内心深处的世界，探索生命的无限可能。在这个过程中，我们不仅学会了如何面对生活的挑战和困境，更找到了通往幸福的密码。

值得一提的是，书中还融入了许多实用的方法和技巧，如"'三心二意'定乾坤""拿回你幸福的主权"等，这些方法和技巧不仅能够帮助我们更好地认识自己、理解生活，更能够在实践中带来实实在在的改变和成长。

此外，书中还选取了许多真实感人的故事，这些故事不仅让我们看到了生命的力量和勇气，更让我们深刻体会到了幸福的真谛。这些故事告诉我们：幸福不是遥不可及的梦想，而是可以通过努力和坚持实现的现实。

总的来说，《遇见自己 遇见幸福》是一本值得一读的好书。它不仅为我们提供了宝贵的生命智慧和幸福要义，更能帮助我们找回那个最真实的自己。我相信，通过阅读这本书，每个人都能找到属于自己的幸福之路，活出自己的价值和意义。

　　在此，我强烈推荐这本书给所有渴望成长、追求幸福的朋友们，让我们一起踏上这段奇妙的旅程吧！

张晋齐

善因读书创始人

2024 年 2 月 19 日

# 本书使用说明

首先恭喜你，非常勇敢地选择了这本书。相信你一定很疑惑一本书还要有它的使用说明，实在有点太奇怪了。在很多人看来，这绝对是一件不太符合逻辑的事情。

的确如此！

这本书不是拿来读的。如果你把这本书拿来读，用来打发无聊的时间，那一定是一件很无趣的事情，因为这本书并非你想象中那么有趣，甚至有些内容还会有点"烧脑"。

这是一本什么样的书呢？这是一本指导手册，它可以为在生命成长与探索道路上行走的生命勇士提供更大成长空间与突破。

这是一本拿来用的书。如果你拿来用，我坚信你一定有巨大的收获和生命体验。

如果你愿意做一个生命的勇士，那我就想邀请你一起踏上一段崭新的生命旅程，一起探索生命的真相，我会协助你拿回生命幸福的主权，一起遇见未知的自己，遇见真幸福！

如果你有缘也有愿，而且你已经准备好了，且继续看使用说明：

1.慢慢地读该书，无须着急快速读完。为了让你拥有最大的收获和体验，你需要边读边思考，在某些重要的地方你可以停下来，做思考、记录。

2.该书是为你精心设计的，你可以检索喜马拉雅"行雲之声_中国"收听部分章节语音分享。如此，你不但可以看书，而且可以听书。

3.你可以通过"分享奇迹分享爱"公众号，进入读书陪伴群，一起来完成 21 天的读书计划。如果你坚持读该书 21 天，将会有特别的礼物给到你。

4.请在读书时随时停下来感知自己的身体和内心的感受，那对你来说，至关重要。

5.作为勇士的你，如果需要支持和帮助，你还可以关注"分享奇迹分享爱"微信公众号，这里会给到你有关生命成长的最新资讯。

6.如果你有需要，也欢迎你参加我们的线下活动，我们每周都有茶会、全国各地的读书会，以及定期举行的幸福生活训练营。

7.如果你渴望在生命成长的道路上走得更远，而且渴望有一群伙伴陪着你哭，陪着你笑，陪着你打，陪着你闹，陪着你纵横四海、笑傲江湖，那就欢迎你加入我们。

……

愿我们因该书相遇相知，愿你开启幸福之门，希望我们能成为那个协助你全力以赴遇见真幸福的那个人。

祝福你，我爱我们！

1

# 开启全新的生命旅程

每天为生活终日奔波忙碌的你，有多久没有拥抱幸福了？你还记得幸福的模样、幸福的味道吗？

满世界都在寻找幸福的你，投入了那么多的时间、金钱和精力，上了那么多课程，为什么在夜深人静时，却依然会感到无助和恐慌？

一直追求心灵自由、生命绽放的你，是否找到了那条专属你的终极自由之路，活出了真正的自己？

请你静下来思考一下，为什么会这样？

世上没有无缘无故的发生，所有的发生都是刚刚好，都在指引你前行，遇到该书也是"刚刚好"，就让这"刚刚好"的发生藉由《遇见自己 遇见幸福》这本书，开启一段全新的生命旅程。

## 第 1 节　开启全新的生命旅程

有人说这是一个最坏的时代，比如在某些国家正在经历着战争，或是自然灾害，全球的经济、金融动荡不安……各种担心害怕在他心中上演。

也有人说这是一个最好的时代，一切都可能会被推倒重建，对于已经准备好要迎接时代巨变的人来说，这是一次绝佳的机遇。

我们处在一个什么样的时代是由你来决定的。

如果你有清晰的觉知，外在各种不确定的发生都无法把你带走。因为你已经知晓它会有怎样的发生，你已经准备好迎接这个全新的时代，开启一段崭新的生命旅程。

不可否认，今天这个崭新的时代跟过去旧有的一切有着非常大的不同。要在这个全新的时代获得成长与突破，你必须有两个意识：第一，这一切都是"我"创造的；第二，"我"本自具足，一切都在"我"之内。

这两个意识非常重要。因为当你确认这一切都是你创造的，你就不会再往外求；当你确认你本自具足，你也不会往外求。请把这两个意识牢牢地种在自己的心灵，这不仅仅是你开始这段崭新的生命旅程的需要，更是你为了获得幸福一辈子都需要做的功课。

从此时此刻，从这个当下开始，无论你遇到什么问题，目光都不要向外，都不再选择逃避，勇敢地去面对所有的发生。只要你有情绪，且引起了你的不舒服、波动、不安、愤怒、委屈和抱怨，就做功课，释放情绪，收回力量，活出自己。

在此我想再次确认，你确定要拿回自己生命幸福的主权了吗？如果是，我想提醒你：千万不要跟自己讨价还价，扎扎实实地去做，你一定可以活出你的精彩。只要你愿意下定决心，有信心，有耐心，不逃避也不躲避，不再兜兜转转、绕来绕去，不跟任何人比较，也不跟任何人计较，好好做功课，真的就能让自己彻底走出来。

从现在开始，从身、心、灵、事、能五个维度，看一看你每天的 24 小时是怎么度过的。你有没有在你的事业发展上，有没有在你的能力提升上，真正花时间呢？

开始启动每天"一事一觉"的训练，对你无比重要。

请一定记得让自己活在觉知里，而不是认知里，这是两种完全不同的生命层次和境界。当你活在觉知中时，你就是在合一的状态。

但还是有很多人只能活在认知中，却无法付诸于行动，为什么呢？因为他的物质身体不能支持他采取行动。这就是身体做不到，生命不可能做到。

从现在开始，给到物质身体必要的支持。你要学会基本的营养餐和清体，另外可以选择适合你身体能量流动的方式，如喜悦曼陀罗、冥想、站桩或瑜伽等。

如果这本书你读到这里，你确定自己真的想要的是生命成长，而且确认自己值得过更好的生活，那么，你就是我们要找的人。我们愿意支持每一个有缘、有愿、准备好的朋友，拿回自己的生命和幸福主权，回归自己的生命大道，让自己活成一道光，去极致绽放。如此，你就能够同频共振，你的能力和能量就会被打开，就会体验到原来生命可以如此美好！

在这一节的最后，我有几个建议给到你，协助你聚焦在自己的成长上面。

第一个建议，请再一次去清晰自己的生命愿景，只做自己想要做的事情。

为什么生活中很多人总是有那么多的问题？最重要的原因之一就是不清楚自己要的东西是什么。如此，他就无法把时间、精力、金钱和体能全部聚焦在自己想要的上面，而是被消耗掉了。所以，你要聚焦。所有跟你想要做的事情不相关的，哪怕是一个新闻、一个抖音，你都可以把它放下，完全地聚焦于你想成为的人，你想过的生活。无论做任何事情，都让自己进入这个频率、感觉里面。

第二个建议，就是从最小的事情开始。比如，早上做喜悦曼陀罗练习，如果跟练一个小时有难度，那就比过去早起五分钟。持续一段时间，让自己能体验到这种小成功，不断地肯定自己，让自己能够体验到是做了跟过去不一样的事情。如此，在力所能及的范围内一点点进步，通过不断的累积，让自己获得更大的信心。

也可以坚持 21 天"一事一觉"的练习，培养一个好习惯，开启生命蜕变模式。

第三个建议，当你做到一件你觉得很成功的事情后，你都要找到一个可以庆祝的方式，可能是打一个响指，也可能是举一下拳头。你一定要找到能让自己带入到那种好感觉、好情绪、好状态里面去的动作。你可以回想一下，在你的生命过程中，有哪些让你感觉到特别兴奋、特别喜悦、特别开心的事情？那时你有一个什么样的行动或行为？

要想拿到这份体验，请按照我上面的建议，在每一天中活出自己。终极自由，就是真正地活出自己。你不仅有一个远大的理想和梦想，而且你知道每一天如何落地，如何扎根，如何实实在在、踏踏实实地活。

如果你的人生可以拍成一部电影，你希望它是可以在好莱坞上映的大片，还是一部无人问津的烂片呢？如果你渴望它是一部大片，那么无论你的人生遇到的挑战是什么，你都要面对它，穿越所有的黑暗。没有穿越不了的东西，你需要的就是再勇敢一点，同时也给自己多一点耐心，允许自己在这个阶段高高低低，起起落落，甚至允许自己"甩锅躺平"，但一定不要在不该停留的地方停留太久，因为那只是一个驿站。

所有发生的背后都有礼物，所有的发生都是恩典，所有的发生都是祝福。

一切都是你创造的，选择权永远在你手上。向左，还是向右，如何走自己的生命大道，决定权永远在你这里。这一切都是你创造的，勇敢地往前走，你将会走出一片新的天地。只要你愿意开启自己这段全新的生命旅程，我们会用各种各样的形式来陪伴你，我们一直在。

再一次确认，你准备好了吗？

········ **开启功课，收回力量，一事一觉，当下圆满** ········

▶读完这一小节，你最大的收获是什么？

▶它对你的思想、意识有哪些触动？

▶接下来你打算采取哪些行动，实现你的生命愿景？

▶如果你需要，我怎样做才可以帮助和支持到你？

## 第 2 节　跟上新的能量周期

每一个生命在成长的过程中都会遇到各种挑战。然而很少有人知道，这所有的挑战都是巨大的恩典和祝福，背后都会有巨大的礼物。

在生活中，很多人这一辈子顺风顺水，看似在人间这个游戏中玩得不亦乐乎，好像看上去都很顺利，什么都很好，但是他的人生却平淡无奇，没有机会了悟生命。

而有的人经历了各种起伏跌宕，波澜壮阔，这样的人生才有滋味。如果一直让你吃甜的，你会腻的；一直让你吃辣的，你也会肚子不舒服的。有很多人说他就喜欢吃这个，他就一直吃这个——那他就错过了人生更多、更丰富、更精彩的体验。

真实的人生就是各种滋味混合在一起，你通过品尝各种滋味，才会知道它的多姿多彩。

人不仅是单独存在的个体，还是社会的人、时代的人。不同的时代造就不同的人，作为新时代的人类，需有更大的使命和担当。

人跟随能量周期就会省时省力。

从此时此刻开始，你需要转变自己的角色，跟上新时代的能量周期。你不需要再扮演什么救世主，这个世界上不存在救世主。当你想扮演救世主时，就一定有个受害者与其相匹配。你是创造者和体验者，你创造你想要的体验，你体验你想要的创造。

你有思考过吗？你周围人的意识状态、能量水平怎么样？生命的滋味他们尝得多还是少？

如果你认真思考了上面的问题，你就会知道在你的生活中遇到重大挑战和决策时，你该听谁的。很多人是没有辨识力的。为什么这么多人反对你？你要去思考过往你跟这些人相处的过程中间出现了什么问题，你要到底层去看一看。如果你真的没有高度觉知，就很有可能会被旧有的能量拉回去。你自己选择，你怎么走都很好，那都是你需要去选择的体验，我不能代替你做任何的决定。但是，我还是希望你能过上自己做主的人生。

如果你想拿回自己生命幸福的主权，获得更多的生命体验与成果，你就要踏踏实实地处理好该处理的情绪，在身体、意识、能量方面都过关。

每个人的生命都要经历三段旅程，但绝大部分人只有一段旅程，就是外在的旅程。

结婚、生子、学习、赚钱、旅游、住更大的房子、开更好的车子，让别人看见你很厉害……这都是外在的旅程。

有少部分人开始走向内在的旅程——这一段旅程跟外在发生的所有东西都没有任何关联，就是你感受着每一个发生、每一个来到你生命中的人，这都是一份礼物，每一件事都是为唤醒我们而来的。

在此之外，还有一段旅程就是终极自由被唤醒的旅程，这是世界上少之又少的一段旅程，大部分人根本还没有机会踏上这趟旅程。

你有没有踏上终极自由被唤醒的旅程，是你生命成长过程中最重要的"分水岭"。你只要没过"分水岭"，那你的人生一定是一地鸡毛，一定面临着各种挑战、困惑、纠缠。

无论你是男人还是女人，你不仅要让自己活出来，而且你还肩负着带领整个家族走出困境的重要责任和使命。如果你成长起来，你将会带领他们一起去到更高的频率里面。当你开始有这种想法之后，你会发现不管是夫妻关系、亲子关系还是父母关系，都会变得极其简单。

如果你跟妈妈的关系比较紧张，你每时每刻需要想的就是你要做什么事情可以支持妈妈？如果她现在需要营养，你能不能讲得很专业？如果她陷入情绪，你如何帮她调整心态，如何让她也能够了解真相，进入生命大道？假如她引起你的焦虑，你就要开始去思考一些问题：你的焦虑来自哪里？那些焦虑是真实的吗？如果是，你就去做功课，收回力量。

不管发生什么，你首先要回来看自己。不管你是紧张的、困惑的、抑郁的、压抑的，还是恐惧的、担心的、害怕的、不安的，你都要深入情绪，收回力量，那都是收回力量的最佳时机，不要错失和错过这个机会。

收回力量仅仅是第一步，接下来是如何让我们自己活出来，并带领家庭和整个家族活出来，完成自己的使命，其中最重要最关键的就是你必须提升自己的能量、稳定自己的内核。

如何提升能量、稳定内核呢？想，都是问题；做，才是答案。如果你有自己的方向和方法，那很好，请继续；如果没有，不妨听听我的建议，说不定会有意外收获。

**第一，认真去做冥想。**

你可以做空间冥想，晚上听着这个冥想音频睡觉，让它自动地给你充能，完全把"我"消融掉。你只要没有这个"我"，你就不会有消耗。当你没有消耗时，你生命的能量状态是难以想象的。

**第二，清理身体，并给你的身体打下非常好的物质基础。**

你可以坚持吃营养早餐，你要进入新的时代周期，你的身体百分之百要跟上，这点很重要。你也可以花时间去跑步，做喜悦曼陀罗，吃幸福餐，做清体等。千万不要对自己手软，一定要让自己的身体过关。

同时，要把所有积压的东西通过各种方式流经掉，不要让它们再积压在身体里面，对身体造成伤害。

**第三，完成生命角色的转变。**

如果你是男人，要从男的蜕变成男人——顶天立地，可以担当和成长。

如果你是女人，要从女的蜕变成女人——千娇百媚，非常柔软，可以撒娇，甚至可以像孩子一样撒泼耍赖。

重要的是不要让你的生命活得过于正经、紧张、严肃。

在家庭中，你一定要扮演好在家庭中的角色，让自己成为一个支持者、陪伴者、助力者，带领整个家庭往前走。

**第四，不要限制自己。**

你要不断地扩展你的意识、认知和边界，一直扩大到你安住在——这一切都是你创造的，你是无限的。不要用任何有限的东西来限制和束缚自己。

同时，一定记得不要给任何人贴标签——不要说你是什么性格的人、什么数字的人，你就是这样的。从你的嘴里说出去的话，一定要用一种正向、积极的语言，一定要给别人力量、信心和希望，而不是给别人限制。

**第五，做自己生命的主人。**

拿回你生命的主权和力量，真正做自己生命的主人，这样的游戏才好玩。在你的生活过程中，你随时要带着觉知和觉察，你生命中发生的一切都是一场戏，你在戏中就是演戏，但是你一定要出戏来看戏，知道最终的目标和目的地是哪里。你的幸福感是你自己创造出来的，这是世界的终极真相。

如果你不知道这个终极真相，你就会被各种"幻中幻"所带走。你的生命能量到底在哪里？这一切主宰不在外面、不在形式，所有的一切都是由你的心决定的，或者说都是真正的创造本质（True Creative Essence，以下简称 TCE）安排好的。

TCE 透过你在表达他自己，我们每个人都是 TCE 的代言人。假如你不理解 TCE，你可以用中国的老天爷或西方所说的宇宙，你是老天爷的代言人，你是宇宙的代言人。你想发什么声？你想体验什么？他无条件、无限地支持你。无限到什么程度？你想体验匮乏，他无限地支持你匮乏；你想体验丰盛，他也无限地支持你丰盛。

**第六，有效安排自己的资金。**

不该花的钱千万不要花，该花的钱一分也不要省。不要乱投资，一定要留足可以随时应对各种风险的一笔钱。现在还没有钱的或负债的，更要抓紧时间挣钱，抓紧时间把旧有的所有能量脱落、清理掉，这一点特别重要。

**第七，去支持身边可支持的人。**

支持你身边可支持的人。当你没有能力去支持时，就先保住自己，这比什么都重要。把不可支持的人斩断、隔离、脱落，不要消耗自己。因为有些人会来拉扯和拉拽，他们就像落水的人，拼命抓住一根救命稻草，把你也给耗下去了。

**第八，要找到自己的特长和喜好。**

一定要让自己有本事，让自己在某一个方面精进，去往深处扎根。如果你觉得茶艺很好，你就在茶艺上面纵深地去发展，往下面加深。如果你要在运动和亲子这个部分往下打深，那就去做。

**第九，必须明确你的方向。**

这是最重要的一点。当你的方向确定之后，就义无反顾地往前走，你会发现各种资源都将会来到你的身边。如果你现在还在工作中，还在事业创业中，你会要跟各种各样的人打交道，你千万记住守住自己的本心，不被带走。这个世界永远是确定的人影响不确定的人。所有的理由和借口，都是因为你不确定。只要你一旦确定，几头牛都拉不回来。

很多人会说："哎呀，我妈不同意，我先生不同意，这件事情别人有看法。"我想问，你满18岁了吗？如果你满了18岁，就应该具备独立思考的能力，应该有独立的人格。如果你说你妈不同意，说明你还没独立，不要为自己找任何理由和借口。

这个世界属于每一个人。只要你真的沿着你确定的、有价值的你要去往的方向走，勇敢地把所有该脱落的脱落掉，把该清理的清理掉，一切都会自然而然地来到你身边，根本不需要花费太大的力气。

········ **开启功课，收回力量，一事一觉，当下圆满** ········

▶ 读完这一小节，你最大的收获是什么？

▶ 它对你的思想、意识有哪些触动？

▶ 接下来你打算采取哪些行动，实现你的生命愿景？

▶ 如果你需要，你想我怎样帮助和支持到你？

## 第 3 节　开启新意识

不知道你是否注意到，外在世界的变动正在加速中。当你听到一些骇人听闻的新闻事件发生时，你的心是安的还是不安的？你是恐慌、担心、害怕、焦虑的，还是你内心非常安定，不会被这些发生所干扰？

如果你内心是很安定的，不受这些发生的影响，那说明你的内在成长已经到了一个阶段。如果你看到这些信息时，你的心是乱的，你还有焦虑，甚至恐惧不安，对不起，说明你还没有聚焦在生命的成长上面，你还在花很多的时间消耗自己的生命。

如果你还在消耗自己的生命，你的内在还有恐惧、担心、愤怒、委屈、不安，还有很深的不值得、不配得，还有各种让自己不舒服的能量存在，每天陷入各种纠缠之中，你肯定不是一个"好人"。为什么？因为你还让自己处在这种"负能量"当中，你的身体不会骗人，它就清清楚楚、明明白白地摆在那里。

如果你让自己陷在"负能量"当中，真心希望你好好做功课，抓紧时间从那个泥潭中走出来，真正做一个"好人"。真正的"好人"是一个有道的人，用现在最流行的话就是"致良知的人"，"心脑合一的人"，是每天真实面对着火热的生活、展现内在的激情和创造力的人。

你代表着你的家庭，你是自己家庭的能量中心吗？你能让整个家庭的能量因为你的存在变得高涨、变得滋养，变得不被消耗吗？

如果你有能力，也有余力，那就去支持你的家族和亲朋好友。如果没有，就先照顾好自己。世界需要你的地方可能有很多，但你最需要你自己。如果你都不能照顾好你自己——我再次强调——你是不可能照顾好他人的。你都没有力量，你怎么能给予别人力量？你都没有爱，你怎么能给予别人爱？你都不勇敢，你怎么能给予别人勇敢？你自己天天在头脑里面打转，你怎么能够让别人回到当下？

请静下心来好好地想一想，接下来该如何做。

不知是有着怎样的因缘让你看到了这本书，不管是朋友送给你的，还是你无意中在书店里找到的——我都很珍惜我们彼此的这份遇见，我也期望这份遇见能够带给你更多的生命体验。

我知道你或许有自己的难，有自己的苦，有自己的不容易。当我走过生命的风风雨雨后，我就越来越清晰、越来越珍惜每一个来到我生命中的人，这当然包括正在阅读这本书的你。

再一次去检验自己——你真的很勇敢吗？你真的对自己足够诚实吗？你真的足够敞开吗？你真的臣服吗？你真的对自己有足够的耐心吗？你发自内心觉得自己足够好吗？你真的爱自己吗？

如果以上答案不是肯定的，那你的时间精力就不是聚焦在你想要的体验上，你一定是花在其他地方了。每一天就只有 24 小时，谁也不会多，谁也不会少。

我希望通过这本书，不仅让你在意识上能扩张，能量上能提升，能力上能训练，我还希望你也能够在物质世界里面拿到结果。这才是真正的身心灵平衡发展，就如同我们国家所讲的物质文明和精神文明双丰收，少一个，那都不算。

当然，能不能拿到结果，不取决于我，而是取决于你是否确定自己的价值，是否能够保持自己的频率能量，是否能够不断地提升自己的能力。

所以，无论在你的生活中发生了什么，你都要记得回来，回到自己的内在。你怎么看它，是由你来决定的。所有的灾难并不是大自然引起的——除非那些极端特殊的——大部分的灾难都来自于人心，是心里面的自己把自己给弄乱了。只要你的心不乱，这个世界无论怎么乱，也乱不到哪里去。

你定了，你的世界就定了；

你安了，你的世界就安了；

你好了，你的世界就好了；

你幸福了，你的世界就幸福了！

这个世界所有的美好都已经在那里，都为你准备好了一切。但你是否真的有勇气？你是否真的有决心？你是否决定要那个东西？

如果你确定自己要什么，而且你确定自己是有价值的，你值得和配得享受这个世界所给予你的精神和物质的美好，你就大胆地、勇敢地去追求属于你的美好生活。天助自助者，活出来，那才是真的好。当你能够快速地成长时，上天一定会给到你支持、协助、滋养，当你愿意帮助更多人的时候，这时候你成长的速度一定是最快的。

········ **开启功课，收回力量，一事一觉，当下圆满** ········

▶读完这一小节，你最大的收获是什么？

▶它对你的思想、意识有哪些触动？

▶接下来你打算采取哪些行动，实现你的生命愿景？

▶如果你需要，你想我怎样帮助和支持到你？

# 2

## 带着清晰的蓝图出发

如果你造了一艘船，你是希望它乘风破浪驶向大海，还是让它停留在港湾里？

我们来到这个世界的目的，也是同样的，每个人都有自己的选择，一切都很好，都是体验，但是我想说，所有人都可以活出生命的真相。

什么是生命的真相？如何活出生命的真相？

你自己想过这个问题吗？

你对自己的生命有清晰地描述吗？

你的生命中有哪些具体且可以落地实施的内容？

你每天都在为你生命、生活、生意增添色彩，向着你的目标和梦想前进吗？

你工作或者创业，你的目的和意义到底是什么？来到人世间，你所要走的这段旅程，到底是为什么？今天你有没有聚焦在你想要去经历和体验的生活上？你清楚你想体验和经历的是什么吗？为什么你的头脑里面会有那么多的问题和困扰？

无论答案是什么，一切都很好，都是体验，但那是你真正想要的体验吗？

带着这些疑问，让我们继续上路……

## 第1节　清晰生命愿景

每一个人来到这个世界，都有自己非常独特的价值。这个世界上没有两片相同的树叶，没有两片相同的雪花，更没有两个相同的人，每个人在这个世界上，都是独一无二的存在。

你是这个世界上独一无二的存在。如果你不能清晰地认识和认知这一点，你就会缺少自我价值感，就不会觉得自己值得和配得。这是让你无法真正活出自己、发挥你无限潜力的最大障碍。这个世界上，所有的一切都是你创造的，也是为你而存在的，它已经为你提供了你想要去经历和体验的所有资源。所有的一切都在那里，但你却不知道怎么用。

为什么你不知道怎么用呢？因为你已经被心智机器数据库所绑架，你把自己困在一个狭小、有限的认知里面去看待自己的生命，而忽略生命本身的伟大，忽视这个具有无限可能性的存在。如果在这一点上，你还没有深深地根植下去，那么在生活中无论你怎么努力，都不大会有好的结果，都很难去拿到你真正想要的。

你知道为什么你还有那么多内耗吗？因为你从来没有真正地为自己而活。你只要还没有找到自己最擅长的事情、自己喜欢的事情，那你今天就是在乱活，或者是根本没有活过，活得一塌糊涂。你的生命是不可能很精细、精微的，你也不可能拥有高品质的人生，这个我可以确定。

我过去的人生就是这样的，1990年我参加工作，整天忙忙碌碌的，那时，虽然受成功学的影响，有了所谓的人生的梦想和目标，但那些都是来自头脑的，不是跟随心灵的指引。

如果你跟随心灵的指引，真的确定要拿回生命的主权，今天我就帮你注入更多"真相病毒"，让你能够足够清晰，更加信心满满地来对待每一天的生活，而不再为了一些鸡毛蒜皮的小事情去消耗自己的生命。

那么接下来，请你先清晰回答以下这五个问题，并花点时间把这五个问题的答案写到纸上，或者直接写在该书的空白处。

**第一，你到底要想成为一个什么样的人？**

你要问一下自己的心，来到这个世界，你要怎么活才觉得这一辈子没白活？放下你所有的限制以及所有的你以为，展开你无限的想象，去想象一下你要成为一个什么样的人，你才会觉得这一辈子你没白来这个世界，没有白投胎一次，你才对得起自己这个生命？

**第二，你到底要过一种怎么样的生活？**

你要把自己的日子过成什么样？你是想把日子过得像蜜一样的甜，还是想把日子过得像臭水沟一样的臭？你是想每一天都开心快乐，还是每一天都自怨自艾、在那里消耗？你到底想把日子过成怎样？如果你想不清楚，那就回过头来看，你现在每天所做的事情能不能让你成为你想成为的人，是不是你想过的日子。如果不是，为什么不打碎重建，立刻改变？

如果现在的日子不是你想要的，那就花点时间好好想想，你到底要过什么样的日子。

**第三，做什么事情会让你很享受，很热爱？**

如果你没找到自己的热爱，并为它采取行动，那么，几乎你的所有细胞都在沉睡，只有几个细胞在为你工作。当你的大部分细胞在沉睡时，你的整个生命就会有巨大的消耗，要么忧郁、要么疾病。

花一点点时间，想想到底什么事是你享受的、是你喜爱的、是你热爱的，即使不给你一分钱，你也要投入百分之百的热情去做的事情。只要一想到这件事，你就会热血沸腾，激情满满。

在此，推荐你去看一部电影《人生大事》。当你在看电影时，记得要思考怎么做才能让自己的人生跟过去有不同；看看自己在这个过程中间会不会被它带走；你是否知道那是在演戏。

我想告诉你，你的人生剧本早已经写好了。你没有什么可担心和害怕的，你想怎么玩就怎么玩，想怎么活就怎么活，只要你愿意，你一定可以活出自己想要的人生！

第四，你最擅长的事情是什么？

你自己最擅长的事情是什么呢？就是做什么你最得心应手，犹有神助。你是做会计、做医生、做律师、做心理咨询，还是插花、做饭……无论如何，肯定有你特别擅长的一些事情。如果你擅长的事情，恰是你享受的事情，那就无比完美了。你的人生真的可以说要风得风，要雨得雨，可以"呼风唤雨"，非常自在。

但如果你擅长的事情，不是你享受的事情，请你尽可能地将两者慢慢合一，让擅长的事变成你享受的事。

第五，你可以创造的价值是什么？

今天我想告诉你的是，在制作你的生命愿景时，你一定要跟随自己内心的指引，不要受任何的限制和束缚，也没有任何的标准。你不是爸爸妈妈的期待，也不是社会的期待，而是你内心真的想要成为的人。如果一想到你要过上这样的生活，你的内心就会兴奋、喜悦，你就觉得，好棒，真的是太美好了，明天就是死，都觉得很值得，就像孔子在《论语》中说的"朝闻道，夕死可矣"。如果这种感觉你找到了，那么可以确定你真的找到了你想要的生活。

请你无论如何要把自己的生命愿景确定下来，把它写下来，这是你的人生导航图，是你的生命愿景。拥有了它，无论外在遭遇多大的风浪，你都可以让自己安住在当下；无论遇到怎样的挑战，你都可以充满勇气，一往无前；无论生命中有怎样的困境，你都能守住自己的本心，不被带走。

完成训练：用书面的形式完成自己的生命愿景。

·········**开启功课，收回力量，一事一觉，当下圆满**·········

▶读完这章节文字，你最大的收获是什么？

▶它对你的思想、意识有哪些触动？

▶接下来你打算采取哪些行动，实现你的生命愿景？

▶如果你需要，你想我怎样帮助和支持到你？

## 第 2 节　先"是"后"成为"

人都是活在感受中，一种好感觉很重要。当你完成你的生命愿景之后，请你一定要记住那种好感觉，并不时地进入那种状态，你已经"是"、已经"在"的那种状态和感觉，用"是"的状态生活，以终为始，投入火热的生活中。

如何用"是"的状态生活呢？接下来，我就通过举例来说明一下（以男性举例）。

如果你想要创造亲密关系，但你不知道那个女人是谁，亲密关系的成功与否不取决于那个女人而是取决于你。

此刻你想要一种什么样的生活，你就把它勾画完成。这是非常简单直达的创造，你先创造未来有一个什么样的女性走进你的生命，你们能够相伴一生，开启幸福的旅程。你可以勾勒清楚身高、相貌、年龄、出身、文化，以及其他所有你觉得你想要的。只要这个女人出现，你这一生就注定是幸福的，你就要这样的一个人，你们在一起一定会幸福，要非常清晰地把所有想要的一切列出来。

等列出想要的一切之后，你就先放下那些形和相，只是记住要跟这样的一个女人在一起生活的感受。那些形和相是带给你感受的，因为没有那些形和相，你无法知道你的感受是什么，在一起的感受是什么。你要记住，假如说今天你在春运火车站，人山人海，但只要那个女人一出现，瞬间你就能感受到就是她，要达到这个程度。哪怕在一万人中间只要她晃动了一下，哪怕她只是在人群中走过，你只要看那么一眼，就知道是她，要找到这种感觉。如此，这个创造才算完成，就是你一眼就能认得出。不然的话，你创造得很模糊，很不清晰，即使她出现你也看不见。实际上，她一定在这个世界，绝不可能没有出生。在哪里？我不知道，你也不知道，你只是找到这个感觉之后，然后放下。

接着创造谁呢？再创造一个全新的自己。什么叫创造一个全新的自己？就是跟这个能量完全匹配的你。也就是你是一个什么样的，然后你就把你应该呈现的样子创造出来。比如说，跟这样的一个女人在一起生活的你是什么样子的，应该是年收入百万、千万元，或者是亿万元，应该是西装或者是休闲，应该是戴着帽子还是梳着整齐的发型，具体什么形象都创造完整、清晰。

当你把以上两部分创造完整，你就在"是"的状态。然后接下来，你就以你创造的那个你开始每一天的生活。你就成为那个你，用你已经和那个心爱的女人在一起的感觉生活，每时每刻呈现的就是那种频率、状态和感觉。

你持续如此生活，等那个人出现的时候，你们两个一眼都能互相认出来，也许是在茫茫的人海之中，也许是在一堂课程的学习里面。

这个创造过程不仅适用于创造一个伴侣，也同样适用于创造你现在想要的生活。跟丈夫、妻子无关，跟父母无关，跟孩子无关，只跟你自己想要的生活有关，你现在就活成这样子，可能一切马上就改变了。只是你有没有这个能力现在就活成你想要的样子。你想要家庭幸福，孩子好好学习，天天向上。当然可以，如果他好好学习，天天向上，你该是什么状态呢？你是脸洗得很干净、打扮得很漂亮，每天阳光灿烂，还是每天早上起来就吵闹抱怨？你是什么样子，你就成为什么样子。

········ **开启功课，收回力量，一事一觉，当下圆满** ········

▶ 读完这章节文字，你最大的收获是什么？

▶ 它对你的思想、意识有哪些触动？

▶ 接下来你打算采取哪些行动，实现你的生命愿景？

▶ 如果你需要，你想我怎样帮助和支持到你？

## 第 3 节　带着清晰的蓝图出发

你的生命愿景已经有了，你也找到那种"是"的感觉了，目的地已经在那里，你如何到达目的地，成为你生命愿景中的你呢？在这里，我邀请你真的静下心来，给自己一个非常安静和独处的时间，对自己的心灵做一个全方位的关照，来回望一下过往所走过的路程，更重要的是描绘你如何落地，规划自己未来生命的蓝图，实现自己的生命愿景。

我建议可以从五个维度来认真做进一步的思考和拓展，去给自己做一个非常清晰的蓝图。

第一，想要的物质身体状态。

无论接下来你要做什么，请你一定要照顾好自己的身体。身体做不到，生命就做不到。过去的你走得太快，消耗太多，就会造成身体上出现各种问题。现在的你要什么样的容貌，你要什么样的健康？你要什么样的体力？你要什么样的体能？

还是那句话，你决定你自己的样子。从今天开始，你要更加重视自己的物质身体。吃什么、做什么时都请你保持觉知，持续去做一些对身体有益，或者对你的意识和能量扩展有益的事情。用不了多久，你就会发现你的年轻心态、你的能量、你的力量都找回来了。

第二，想要的关系。

请构建一下你到底想要一个什么样的关系，你想要怎样的伴侣关系、父母关系、亲子关系、同事关系和自己的关系，你希望你与周围的人的关系是怎样的。很多人在关系上面是一塌糊涂，每天在为无足轻重的小事争吵，关系不睦，不和谐。

当你回到生命最本源的地方，当你能够把心智机器数据库里不需要的数据慢慢地卸载、脱落，心智机器相对比较纯净、比较简单时，你就拥有了可以唤醒生命的一个道场，一个心灵家园。

**第三，拥有的事业。**

你希望自己拥有多少财富？你能够明确地告诉自己吗？也有人对我说，他对钱没有感觉。我说，以后不要再说这句话了。生活在这个物质世界里，是需要钱的，不要伪装什么清高，不要说精神满足就够了。

钱其实也是一种能量，它就在那里，如果你的能量不够、你的能力不够、你的德行不够，那些钱你也搬不回来。之所以很多人现在还捉襟见肘，还出现很不好的经济状况，就是因为他的德行不够，能量不够。你一定要明白，不是老天不给你，是你没做功课，是你还缺乏丰盛的意识，是你还没有找到自己的真正价值，是你根本不清楚你要多少钱。天以财行道，人以财替天行道。你拥有更多的金钱，你完全可以创造更多新的可能，千万不要拒绝财富。

**第四，个人的生命成长。**

你想好让自己的生命成长到哪个阶段，成长到什么程度了吗？你要到哪里去？你是否真的要终极自由被唤醒？你是想要每天依大脑而活，脑回路里的数据不停地转，累个半死，还是要心脑合一，做到依心而活？你是每天是非八卦，每天都跟别人谈家长里短，国家大事，国际大事，还是每一天都聚焦在要探索更深的生命状态？

这都是你要去思考的，你要清楚你要成长的样子。

**第五，社会责任。**

很早以前，我就已经规划过自己的未来，我死亡之后，如果我的器官还有用，我愿意把有用的部分捐献出去，哪怕做个尸体解剖也好。骨灰也不用找地方埋，就像电影中的那样，搞个炮放到天上去，或撒在江里面、海里面，这样也不用上坟。儿女走他们自己的路，他们想去哪里就去哪里，不需要惦记着清明还要给我扫墓，我就直接尘归尘、土归土。

你有决定要为这个社会做什么贡献了吗？你的社会责任，你有没有想过？你可不可以有一点？没有也没关系的，做好自己也是对社会的贡献。

你的生命蓝图要从这五个方面来写。只要从这五个方面明白了、清晰了，你就能够踏踏实实、扎扎实实过好每一天，你也能够聚焦在你想要的。

当你想清楚你自己想要的东西后，你就能锚定在"是"的状态里。

你每天的能量放在哪里，你每天的焦点放在哪里，你每天的生活是什么样的状态？规划好你每天的生活，你的一生也就规划好了。

从今天开始进行"一事一觉"的练习，经过长时间的练习，你的觉知力和觉察力会飞速提升，只有经历过你才会知道。

只要你能够更加地聚焦，更加地锚定，就一定能够创造属于自己的美好生活。

在清晰自己的生命蓝图之后，我再送你五点：扩展意识、提升能量、训练能力、做好自己、成就我们。这是我做任何决定之前，一定会考虑的五个方面。如果你也能够尝试一下，说不定也能有不一样的收获。

………… **开启功课，收回力量，一事一觉，当下圆满** …………

▶ 读完这章节文字，你最大的收获是什么？

▶ 它对你的思想、意识有哪些触动？

▶ 接下来你打算采取哪些行动，实现你的生命蓝图？

▶ 如果你需要，你想我怎样帮助和支持到你？

**生命蓝图参考模板:"知行生活道"一位核心成员的生命蓝图(2022 年)**

**第一个,健康的蓝图。**

身体完成水晶身体的升级,身材匀称健壮,体重保持在 68 千克左右。让自己保持在 26 岁的体力、体能和状态,活力四射。所有的 DNA 全部解锁,每个细胞每天都饱满丰盈,充满活力,自由舞蹈。

2022 年减重至 150 斤,减重 20 斤,通过合理的饮食,舒心的运动锻炼,还有恰当的营养支持。

**第二个,事业、财富的蓝图。**

1. 这一生最大的财富就是我自己,唯一可以经营的事业就是生命本身。成为人性游戏的大玩家、大赢家,还可以成为教育家、企业家、慈善家、生活家、旅行家,可以成为无限……一切想成为的。财富就是我,我就是财富,回归生命的本然状态。自由自在,潜能不断激发、灵感不断激发。实现半天享受工作,半天享受各种活动。时间自由,无拘无束,自由自在,一切都是刚刚好。财富可以支持和满足生命所有想要体验和经历的,没有丝毫的限制和束缚。

2. 落地事业。三年成为健康营养专家,年收入超过 100 万元。事业收入,营养健康知识深入人心,开始融会贯通,可以去一些群里讲课,可以分享一些疾病的来龙去脉,提供具体的方案。

**第三个,关系的蓝图。**

1. 夫妻关系。彼此尊重,爱、接纳,彼此有自由的空间。感受到爱的能量在彼此之间流动。

2. 家人、朋友关系。建立一种和谐、和睦、和美、彼此滋养、呵护、托起的关系。我就是无条件爱的存在,我不仅是爱,我还有能力爱。来到我身边的人,我们彼此之间都有能力爱,也愿意彼此相爱,感受到爱的能量在彼此之间的流动。

3.亲子关系。跟孩子开心自在地玩，成为孩子最好的玩伴。引领他们成为自己，活出本然的状态，感受到爱的能量在彼此之间的流动。

**第四个，社会价值的蓝图。**

1.成为有道之人。能够支持有缘有愿的人都拿回自己生命的主权和力量，回归自己的生命大道。做自己生命的大师，一群人可以和大师共舞，纵横四海、笑傲江湖、终极自由。有一群人可以相亲相爱，彼此心联网，能够为社会创造更加丰富和更加不可思议的幸福与美好。

2.让生命发光，唤醒更多人实现真快乐、真幸福、真丰盛。

**第五个，个人成长的蓝图。**

1.我就是无限的存在，弹指间我可以运用我想运用的能量，探索和践行宇宙生命的真相。自由自在、无拘无束、通达天地、了悟生命，一直锚定在"松、定、空、安、妙"的频率里。心脑合一，依心而活。

2.对自己绝对地真诚，敞开，彻底解脱、自由自在、无拘无束、绽放光芒。经历和体验精彩极致的人生。

3.个人关键词：放松、接纳、珍惜、敬畏、感恩、舒服、安心、自由、喜悦、富足、能量。早上每天起来读一读，写一写。

第三章

# 调到幸福生活的频率

你是否知道你踏进生命成长大门的两个重要标志?

第一，从关注外在的人、事、物转到关注自己内在的感受。

第二，从关注外在有形的东西到开始注意到或者是重视无形的东西。比如：钱的多少，这是外在有形的，而能量的高低是内在无形的。

这两个转变决定着你是否真正地开始了生命的成长旅程，你是否真正开始觉知、醒来、踏进成人的这趟旅程。终极自由不是一个口号，它是你本来存在的状态，是你本来的样子，只是你被迷失掉了，很多东西挡住了你，你无法觉知、看见。

从现在开始，请你把时间、精力、金钱花在自己身上，否则你依然每天都非常忙碌，你还是没有办法回归自己，回到本源上来。

## 第 1 节　这是一个频率的世界

在你的生活中，不管你遇到了怎样的人、事、物，发生了什么样的剧情，实际上一直都是在重复你内在的感受。比如说你的自卑感、不值得感、抑郁、愤怒、恐惧。

有一个亿万富翁，在别人看来，他什么都有，要什么有什么，但他就是晚上睡不着觉。晚上为什么睡不着？这跟他外在所拥有的物质没有关系，是他内在的感受——他的匮乏感没有被消除掉。他害怕失去钱，他不知道接下来会发生什么，他一直处在担心、害怕、恐惧之中。他的不值得感需要用各种名牌、车子、包包来装扮，最深层的还是他内在的那份恐惧感在作祟。

你不要以为换一个剧情，比如创业成功，换一个伴侣，孩子学习成绩好了、上学了，内在的那种感受就能够消融掉。不会的，因为你最深层的那个东西没有变。如果你能够真正明白这一点，你就不会再逃离任何内在的、真实的感受。

当你不再逃离时，你就可以勇敢地去面对各种各样的人、事、物。你这一生没有什么事情、没有任何问题要去解决，你唯一要去解决的就是你内在的感受。当你真正地知晓这一点后，你将会非常简单和明白，你找到了终极的方向，让你能够彻底解脱。从此，你不再去关注外在的人、事、物，你知道你要关注的是你内在的感受，然后你可以透过内在情绪能量的释放，收回你的力量。

当你读到这里，我建议你合上书，闭上眼睛，深呼吸，用心地去感受这段文字流经你的身体，从头到脚，感受它在向你传递的信息和能量。然后再一次地重新阅读这段文字，再次用心去感受，这段文字向你传递的信息与能量。

你知道吗？这段文字在向你传递着宇宙里最大的一个秘密：不是你的负债压得你喘不过来气；不是孩子不好好上学，让你觉得无所适从；不是因为现在公司经营的业务做得很好，你就沾沾自喜……都不是！这些都没有办法让你解脱。如果你还执着在外在的形和相上面，你就永远无法解脱。

古人云："不以物喜，不以己悲。""胜不骄，败不馁。"这里面已经道出了人间真相，整个宇宙的真相。

你知道？你除了是"小我"，你的身体来感受着这个世界外，你还有一个更大的我——觉知空间（或者叫 TCE），来感受这个世界。这是两种不同的感知方式和方法。如果你只从"小我"的角度来看待这个世界，你就会被物质世界所谓的成功、赚钱、名利、地位所捆绑。如果你纯粹地回到了觉知空间，只带着觉知而没有物质身体，一切的发生对你来说，都是平等的，没有好和坏，没有对和错。

但是你没有这个身体就无法跟别人去交流，无法了解他人，不能够精准地给予别人，你就变得冷血和无情。为了不让你变得冷血和无情，宇宙就赋予你用这个独特的生命载体来体验这个世界。

实际上每个人有两套系统，可以说是 TCE（高我）/"小我"的系统、无限/有限的系统，它们必须是相互配合在一起的。如果只是纯粹的 TCE，没有了人间角色，你就无法感知人间的冷和暖，你就变成了冷血动物。

你相信吗？你的人生没有结局只有过程。你所能够看到的世界是你能够看到的人、事、物的组合，就是你能感知的世界。每个人都有自己的世界，我的世界和你的世界并不是同一个世界。我们似乎生活在同一片天空下，有量子的纠缠，但我们并不在同一个世界。

我用电影来做一下说明，这样理解起来会更清晰。过去的电影是由胶片组合而成，是由一张张胶片，一个个静止的画面所组成的，当它们连续播放，你就看到了一个动态的画面。

人生也是如此，我们的这个"自我"并不是固定的，每个人从小到大的过程，我们的"自我"在每一个片刻都在升起，又都在每个片刻消亡。所以说只有此刻和当下，没有过去和未来。每个"自我"是单独存在的，是大脑串联起来之后，我们以为有了这个过程。我们只在每一个当下，从出生到死亡的你全部存在，就在当下，只在当下。这用你的头脑是无法理解的，只能去体验。

你先把意识扩展：没有一个固定的你，这个非常关键。同时在这个空间，在此刻和当下，有无数个版本的你，而你的频率决定你体验哪一个版本的你。换句话讲，遥控器在你手上，你是想看一个打架的你还是浪漫的你，就在此刻和当下，由你的频率决定。我们每一个面相都同时存在，而你的频率决定了你体验哪一个面相。

这是一个频率的世界。什么是频率？举例来说，你打开电视之后，你会用遥控器调台，你按下"1"是中央一台综合频道；按下"5"是中央五台体育频道；按下"13"是中央新闻频道；当然，还有浙江卫视、上海卫视、深圳卫视、北京卫视等。

我想问你：电视的屏幕是不是没动？那是什么东西在变化，让它显示的结果不一样了？这就是频率，是手中的遥控器调到了不同的频段，然后电视就播放了不同的画面。

在当下实际上是有无数个频道，你只需要发一个足够强的愿你要去到哪里，你将会体验。这就是一念天堂，一念地狱，天堂和地狱就在一念之间。你只要有一个足够强烈的愿力发出，立刻就可以改变你的生活。

我讲一个故事给你听，这个故事给了我很大的触动，希望这个故事讲完，也能够带给你一些思考和启发。

有一对夫妻，他们有两个孩子，老大在国外读书，老二好像上五年级。

先生长期在外工作，一年当中，夫妻二人在一起生活的时间也就五天。先生是一个转业军人，东北男人，特别大男子主义，一回来就跟战友打麻将。太太一打电话，先生就说干嘛，忙着呢。太太感觉特别不好，觉得自己的生活不幸福，自己为这个家庭付出太多，活得就像个怨妇一样的。

后来这位太太接触了《你值得过更好的生活》，知道了"这一切都是我创造的"。刚开始她也不理解，只是觉得用了流程工具可以收回力量，外界的幻象有可能会瓦解掉。她不想改变自己的先生，也没准备离婚，两个孩子也大了，先生回来也好，不回来也好。用流程工具后，她不再像过去那么抓狂了，电话也不怎么打了。这样持续了一段时间后，先生就觉得有点奇怪，电话打过去问："你怎么不打电话了？"太太说："每次打电话你都骂我，我现在不打了。"又过了一段时间，太太开始收拾打扮自己。过去她在家里都穿着睡衣，蓬头垢面。现在她经常出去学插花、茶艺，生活变得特别有情调、有情趣。她开始学会享受生活，不再把所有的目光放在先生身上。先生就变得不淡定了，问太太是不是在外面有人了？太太说："我都人老珠黄了，过去我不知道自己存在的价值是什么，现在我要做自己，做我自己喜欢的事情。现在呢，我觉得你回来，愿意跟我在一起，我们就跳双人舞。你不愿意回来，不愿意跟我在一起，我就一个人跳独舞，我觉得也挺美的。"

不久之后，这位先生也开始翻阅放在床头的书，天天打麻将的他，哪看得懂这样的书，只是他觉得自己的太太变了，像换了一个人，好奇而已。后来，他说："不然我调回来算了？"太太说："你愿意回来就回来，反正分居已经这么多年，我都习惯了。以前总是想着要你回来，现在我觉得你回不回来都可以。"

隔了不久，先生调回来，之后麻将也不打了，全部精力都投到太太身上来，并对太太说："媳妇，这么多年我对不起你！"这么多年一直在外面的先生突然变得特别温柔。这位太太就有点受不了，很兴奋地跟别人分享："我读沙因老师的书，收回力量真有用，过去我天天让他回来，他都不回来。当我收回了力量，他现在还给我端洗脚水，给我做饭。还像 18 岁时那样，送花给我。这一辈子到现在，才有了我想要的感觉。这中间我没做任何工作，没做任何沟通，没有跟他讲过任何道理，就是不停地收回力量，做我自己。这一切都是我创造的，我现在就拥有了一个温馨的家，我现在创造了一个浪漫的他。"

她说："当我收回力量之后，会有几种变化。第一种，先生发生了变化，变得我自己都不认识了。第二种变化，我们俩离婚了。我离婚后我想要的那个浪漫男人出现了，我们会进入一段新的感情，这就是我想要的生活，不是浪漫男人给我的，是我自己创造的。我创造完之后，就一定会有人来配合我去实现这一段经历与体验。拿回力量原来是这样的。这个男人已经不重要了，他只是我的一个创造物而已，他只是按照我编写的剧本在上演着，那是我想要体验的剧情。第三种情况，我一个人过，也非常幸福。为什么剧情变了呢？因为原来那个模式已经彻底被瓦解掉了。"

这个故事，你能听懂吗？她已经不在原来那个能量和频率里了，而是在一个新的能量和频率里了。先生发现他再怎么玩，太太已经没情绪了，已经不好玩了。

我们每个人都有 N 多个面相存在，有暴力的一面，有温柔的一面，有体贴的一面，有粗放的一面……只是你现在用什么频率，处在什么样的频道，你就展现出哪一面而已。"你"在哪里，"我"就展现哪一面。

仔细想一想，你有没有对别人大喊大叫过？有没有撒娇温柔的时候？你在哪个频率里，你就创造了什么样的场。你一旦明白这个点之后，就会只关注自己，而不是别人怎么样。你要什么就去创造什么。你知道你要往哪里去，然后你就把所有的注意力都放在那里。

你今天面临的所有问题和挑战，只是你生命多个频道中其中一个频道的展现，你根本就不需要解决问题，你只需要去调整你的频率。你是在低频的状态下创造了一个有问题、有困难的你，创造了一个你被困住的生命实相。

正常的人生频率就像心电图一样会高低起伏。外在的物质世界向我们展示了我们频率的高低起伏。你不可能一直保持在高频的状态，也不可能一直在低频的状态。因为当你一直在低频时，你会被逼无奈，最后你就一定会找到出路。这就是很多人为什么开始选择生命成长或者修行的原因，因为他不想一直处在那个低频的状态。

在生活中，你是可以感受到高频和低频的。当你在低频的状态时，你会感受到自己是紧绷的、收缩的、紧张的、压抑的；当你在高频的状态时，你会觉得自己神清气爽、神采飞扬，好像可以无所不能。

这是一个频率的世界，要改变自己的人生，你只需要调整自己的频率，就可以改变自己的现实世界。当你内在的频率改变时，外在的世界就跟你的频率同步并为之呈现。

这里的高频，绝不是你一下中了500万元的狂喜，也不是你今天买了一件什么东西带来的喜悦，这都不是真正的高频，这是低频中的高频。你因为有形的相带来的喜悦同时也会让你体验到另一面，有相的喜悦是跟剧本黏在一起的。当你不再执着这个相时，你就可以从剧本中走出来了。当你可以没有任何的形和相，都在喜悦、兴奋的状态时，你就和剧本无关了，这就是所说的终极自由。到这个阶段，无论在你生命当中、生活当中、世界当中发生任何事情，你都可以体验到真丰盛、真幸福。

人生本无常，成长不可能一劳永逸。上天为每个人准备一条路，那你怎么找到属于你的这条路？非常简单，就是提频。

每天开启能量，开启全新的一天，全新的自己，全新的世界，全新的生命。如果这四句话你真的懂了，你的生命就会改变了。

每天收回能量，回到"松、定、空、安、妙"的频率当中，保持在这个频率当中，就是所谓的"三摩地"。

你本来不是一个人在战斗，但你有无数多个你不用，你只用一个"你以为的你，没有办法的你、很难的你"，如此，就是低频，是非常大的消耗，就是你的思想大于你的行动，你被自己的思想耗掉了。低频有时也会形成一种自我的攻击，低频的相应配套就是屋漏偏逢连夜雨。你在低频的状态下，就会接二连三地发生低频的事件，这个频率就会只显化这种事情。

当你明白之后，你就知道你不需要再解决问题，你只需要去看你此刻要调到哪个频道，时刻带着这种觉知，自我的觉知和觉察。你做"一事一觉"的训练，就是在觉察自己，觉知自己在哪个频率，哪个频道。

要怎样才能够让自己提频？最简单的方式就是好好做功课。除此之外，你在生活当中还可以随时随地做如下改变：

当你频率很低时，当你处在无力、困难、困苦、倒霉……时，你问自己："我不提频，我享受吗？我不提频，我想怎么办？我待在这里舒服吗？不舒服还不改变吗？"问一下自己，还有没有其他的选择？如果有，那就做出其他选择；如果没有，那就立刻改变。

随时保持嘴角上扬。把嘴巴咧开，嘴角能上扬多少就上扬多少。无论此刻你有多么悲伤、多么压抑，先改变自己的面部动作，把嘴角先扬起来，保持微笑。因为当你的身体开始保持微笑的时候，频率就会自动上来，头脑中的想象就会自动停止。

学会用你觉知的眼睛看。比如你看手机的屏幕、书籍的时候，带着觉知去看，去训练，看看到什么时候你能提频上来。

当你通过看提升频率后，字可能会变成立体的字，甚至有可能在读《道德经》的时候，老子从字中浮现出来；当你在看照片的时候，突然感觉那个人活了，你甚至能够看到他当时拍照片时的场景。

看的时候只是看，不要想，不要判断、理解、思考，听只是听，平等、完美地去听外在所发出来的声音，保持着觉知去听，慢慢地，你会听出声音中的层次。

你还可以用鼻子去闻气味、去感知。把你的六根全部打开，包括你的味蕾。吃饭时细嚼慢咽，带着当下和觉知去品尝食物。

每天去抚摸你自己的身体。当你能量很低的时候，来回抚摸自己的身体、桌面、小狗、手机，去感受不同的质感。当然，最好是抚摸你的另一半、你的孩子，只是去感受，不要有任何的判断。

每天做腹式呼吸。透过腹式呼吸让自己回来，感受自己的腹部，感受自己的鼻腔。每天早上我带伙伴们进行喜悦曼陀罗训练，就是让伙伴们能够回来，是提频，同时训练他们觉知的方式和方法。

多去大自然中，跟大自然连接。在大自然里面，不要说这个东西好美，那个东西好看，只是去看，把你自己所有的标准放下来，把所有的名词、标签、概念放下来，只是去看，只是静静地去感受它，感受风拂过你的面颊。大部分人都在眼耳鼻舌身意里面，没有把觉知带进去。再好的风景，他也感受不到，他只在有形的东西上面，感受不到外面无形的东西。请你带着觉知去跟大自然连接。

每天吃优质的、容易消化的食物。可以吃营养早餐、幸福餐，减少身体不必要的消耗，给予身体足够必需材料。

每天把自己给出去。只有给，你才能够恢复你的感知。你给，不是为了改变任何东西，不是为了让对方能够回应，回应或者不回应都是在相上面，你一定不要着相，就只是纯粹地去给。给，只是恢复爱的感知方式。

你在这个极小的"自我"里面时，你是没办法提到最高频率的。因为众生平等、上天有好生之德，你只有替天行道，"天"才会为你解决所有的问题。把自己给出去，每天去分享，每天去把自己的感受传递给别人，别人听也好，不听也好，回也好，不回也好，那是他的事情。你只是在练习把自己给出去的提频方式。

另外，还要大胆地做自己。做千变万化的自己，做千娇百媚的自己，让自己呈现出活力、张力，呈现出多种面相。

大道至简，最简单直达的提频方式就是知晓每一个当下的你都是全新的，你只有全新的你，没有受过伤害的过去，不要跟过去粘连在一起，当下提频，当下解决问题。别再抱着固有的观念，固有的认知、标准，把那些经验统统放下。从此时此刻此地开始，你是全新的自己。全新的一天，全新的生命，全新的世界。打一个响指，你每一个当下都是全新的，你今天所面临的所有问题和挑战，都会在响指间荡然无存。

最后，还有一点要提醒你，从此时此刻此地开始，所有消耗你的人事物你都可以屏蔽掉，甚至断绝掉、阻断掉，先让自己成长起来，这一点特别关键。

········ **开启功课，收回力量，一事一觉，当下圆满** ········

▶读完这章节文字，你最大的收获是什么？

▶它对你的思想、意识有哪些触动？

▶接下来你打算采取哪些行动，实现你的生命愿景？

▶如果你需要，你想我怎样帮助和支持到你？

## 第 2 节　出戏入戏，体验生活

外在所有的发生都不是真实的，只是你想到的、你看到的，你用你的意识来判断的发生，你还绑定了故事，而且那都是你自己编的故事。你在无意识、无觉知的状态下，故事马上就上演，它的速度极其快，一旦发生，你马上绑定故事，你根本不知道是哪一个东西粘在上面，也无法知道粘了什么东西。东西绑定上去了，绑定了 N 多层之后，你怎么可能看到真实的东西？

在你加工判断过并绑定很多故事之后，你已经戴了一副有色眼镜，你已经有了结论，然后你用各种东西来佐证，你已经判断他不来就是不爱你，他不来就是对你不好，他不来就是伤害你……你再怎么看他都看不懂，你已经不听他解释了。解释的机会你都不给别人，你在自我摧残，你陷入了更深的东西里面，这就是你为什么生活得这么苦的原因。

在夫妻之间是最典型的，往往彼此已经做了很多判断。有对夫妻过来找我做咨询，先生觉得自己很委屈，妻子也觉得自己很委屈。妻子说："我连工作都不要了做家庭主妇，我每天照顾两个孩子，他都不帮我。"先生说："我付出这么多，我一天上班这么累，回家后不是我不想做事，而是她那个脸色我受不了。"于是先生就到外面找了个脸色好看的，而且觉得很快乐。

为什么会发生这一切？因为在他的世界里没有她，她活在她的世界，而他活在他的世界，两个人沟通不了。妻子觉得先生回来，就应该懂得她在家的一天也是很累的。先生觉得他在外面一天的工作也很累，疫情时代压力大，谈个客户不容易。如此，两个人就开始越走越远，各自上演各自的故事，各自讲得不亦乐乎，还都很委屈，实际上都是他们自己在编造故事。

我们每个人都有很多的标准和条条框框，有很多的判断，有很多的自以为是。这一切让我们无法看到另一个世界，这也是我们一切痛苦的根源，是我们无法成长和突破自我之所在。要突破这个点非常难，因为你永远看不到真实的东西。你会问："我的心在想什么，你们知道吗？你在想什么，我能知道吗？"我想告诉你，根本没有办法知道，就算跟你沟通，也是外面包裹了很多很多层。所以我在跟你讲的时候，可能只讲到了其中的某一件东西，这个过程是心智机器和心智机器的交流，人和人之间根本没法交流。

我们彼此永远不在一个世界，我们都在自己的世界里，当你能够明白这一点之后，基本上你跟先生或是太太、孩子等的各种矛盾都会化解了。

在走上生命成长这条道路之前，我也绑定了很多故事，当我开始去剥离，我的觉知力才慢慢升起来，才不再去绑定它。

如何做到不绑定故事呢？就是不管发生什么，你先把目光由向外转到向内。不管发生什么，你先回来看自己有没有情绪。有情绪就先把它处理掉，你不能什么都不做。只要不是十万火急救火救人的事，你都可以先处理情绪，这里处理完了，再看看你此刻还有没有情绪波动。

情绪是一个提示器，它在告诉你，你不在纯原体验！你在纯原体验中是不可能有情绪波动的。只要有了心智机器，有了"我"的进入，它就有情绪，只是你不会善用情绪，还找别人诉苦："你知道吗？他真的不是人……"你找一个人帮助你，但他既没有智慧也没有能力，只能给你出馊主意。你只是吐吐槽而已，根本不起任何作用。

你的幸福主权凭什么要交给别人，还让别人出主意？你要从那里面走出来，随时觉察到你是不是又开始用头脑、心智机器在编造更多的故事了。你要知道你掌控这一切，你创造这一切，你想怎么玩由你自己决定。如果没有陷入情绪，一切就变得很简单，你就负责让自己开开心心。不管发生什么，孩子上学不上学，不管先生（太太）干什么，只要引发了你的情绪，就收回力量。

如果现在有人突然打电话来说，父母生病了，马上你就开始有焦虑。你跟父母讲他们要吃营养早餐，他们不吃，你有情绪了，对吗？你觉得营养早餐很好，他们不吃，是因为你有标准，觉得他们应该吃，他们吃了就好了，不吃就不好。谁说吃就好，不吃就不好呢？在那一刻他们没接受时，他们认为好的方式才是最好的。你觉得好不好那没用，是你错了，不是人家错了。请永远记住这句话："不是你觉得好是好，而是他觉得好才是真的好。"

当你的孩子说不做作业。对呀，不做，可以不做呀。你先看你自己有没有情绪？这是两个层次的问题。孩子不做作业是外在的一个行为表现，你先看他不做作业，你有没有情绪？你有没有判断？你有没有认为孩子不做作业，那他长大了该怎么办？如果你已经有了这个判断，有了情绪，先处理这股情绪。你有没有发现生活中就这样的："我不开心，我非把他也弄得不开心，这下我们两个都不开心！"然后你就开心了，得意了，你赢了。你们在生活中太残忍了，得多狠、多坏才这么做，是不是这个理？

你先处理你自己的情绪，当你处理完了之后，你知道神奇的事情是什么了，突然你就知道该怎么跟他说了。你想让他学习，你就会用一个他能接受的方式，他就变得很爱学习了。

这也是你过关的显现。怎么检测你自己到底有没有过关呢？标准非常简单，就是故事还在发生，还在上演，但你没有波动，你没绑定上故事，没粘上去了。假如你要用一的意识玩转二的世界，是否还绑定故事是一个重大的"分水岭"。你清楚地知道，你生命中所有的一切都是 TCE 幻化的，是他通过你在体验和表达。你的 TCE 把你照顾得很好，你不用进入别人的故事，去扮演救世主的角色、扮演神的角色，TCE 自有精妙的发生和安排。

外在没有别人，你必须一次次地收回力量，当这些力量全部收回来之后，智慧就会升起，技术和方法稍微练一练就好了。关于生命，实际上非常简单，你只要记住：这一切都是我创造的，并且用起来，人间的事就没有你搞不定的，剩下的就只是要反复练习。

现在你富有也好，贫穷也好，幸福也好，不幸也好，这都是你创造的，不要怪任何人。你创造你要体验的一切，那这个创造的目的是什么呢？TCE为什么要创造这种剧情？因为要通过这种剧情、这个事件来唤醒你。如果他是一个光的存在，你可以想象，光透过这里穿过茶杯，杯子是没什么感受、感觉的。他必须经由你拿着这个茶杯喝一口，才知道茶的温度。TCE是无处不在的，他是所有的一切，他没有我们的感官、我们的身体，他只能透过我们来体验和经历这一切，所以说我们也不仅仅是这个肉身本身。

TCE一直跟我们是合一的，是一不是二，但是我们的心智机器会把TCE和我们分开，分裂成两个，那都是心智机器或者是小我在作祟，实际上这是一体的。如果在修行中我们把自己和TCE认为是两个存在而不是一个整体时，就叫分离或者叫分裂、我执、法执。二元对立的世界，有好的，有坏的，有高的，有低的，有对的，有错的，我们是带着分离意识来的，始终在区分你的、我的。你为什么对别人家儿子上学不上学、做不做作业不关心呢？你的儿子、女儿一有事你就开始痛苦了，就开始纠结了。那是因为你没有把他作为是你的创造物，没有意识到你们两个是一体的。

只有回到内心，才能回到一，在外面就是二。你只有从二元回到一元里，你才能够活得通透。带着一的意识在二里面活，你就能活得非常通透，就是该怎么样就怎么样，如实如是，不去区分。你去住酒店要付钱，你坐车、买衣服要花钱，这是二元世界里的故事，中间的场景就是这样的，但你最终会发现你的钱没给别人，都给了你自己，因为这一切都是你创造的，这就是在意识里面是一、在外在行为上是二。伴侣是你，你也是你的伴侣，孩子也是你，如果你的意识跟他们合一了，外在的这些矛盾就很容易化解了。

当你能够完全回归到一的意识时，你就可以用一的意识玩转这个二的世界，你就是你生命的主人。

………… **开启功课，收回力量，一事一觉，当下圆满** ………

▶这节课带给你收获是什么，给你了什么启发？

▶你打算采取哪些行动，为你的生命、生活、生意增添色彩？

▶你决定把今天学到内容应用在哪些关系的改善上？

## 第 3 节　"三心二意"有新意

在生活中为什么我们那么用心想改变与家人的关系，却依然很糟糕，甚至是越来越糟糕？

为什么我们那么努力却依然没有实现想要的一切，没有达成我们的目标？

你要如何才能让自己在嘈杂繁琐的世界里，拥有一颗安定的心？

为什么说"你定了，你的世界就定了"？真相到底是什么？

为什么在你的世界里，只有烦心、闹心和伤心？除了失意，就是没有主意？

心若在，梦就在，梦还在，你怎么就把自己的心给搞丢了？

我写这部分时恰好是农历三月初三，三生万物，万物开始复苏。不管当你阅读这一章时是什么日子，我都希望它是一个好日子，它可以协助你打掉所有的限制和束缚，打掉所有的自以为是，打掉所有的你以为，把足够改变你人生命运的两个意识再次注入你自己脑海里面。

**第一，这一切都是我创造的。**

收回力量流程工具中的第一句话：我是 TCE 及其力量的临在，这一切都是我创造的。要收回力量，活出自己，你一定要把这个意识牢牢地根植在自己的脑海里。当你非常确信这一切都是你创造的时，你还要怪孩子吗？你还要怪伴侣吗？你还要怪这个社会吗？谁都不用怪了。

TCE 在创造这个游戏时，他把自主权给了你，他不控制，只是经由你来体验和表达。当然，他把这个权力赋予你之后，也赋予了你自由意志，你可以选择开心，可以选择悲伤，可以选择敞开、无限，也可以选择受限，可以选择满口脏话的你，也可以选择口吐莲花的你，一切的决定权都在你手上。

如此，这个游戏场里面才会精彩纷呈。TCE 是不是有点后悔，我不知道，但他的确不控制也掌控不了，他只能经由你来体验和表达这个世界。为什么呢？因为选择权在你这儿，你决定了你自己世界的一切。当然，可以说你的剧本不可改，也可以说你的剧本可以改，都对。你的意识在哪里，你就可以怎么理解，就看你要的是小我的，还是真正源头的。

一切都是你在玩这场游戏，是你创造的，是你要去体验的。所以请你一定要把这个意识牢牢地注入自己的脑海里。无论你遇到任何挑战，无论你今天受到多大的困扰，你就记住"这一切都是我创造的"，把这个意识牢牢地植入自己的内心之中。

**第二，我本自具足。一切都在我之内，心外无物，我心即宇宙，宇宙即我心。**

这是收回力量流程工具中的第二句话——我是 TCE 及其力量的临在，我是爱、我是喜悦、我是自由、我是丰盛、我是无限，所表示的"我是本自具足的"，无须外求。

在生活中，你只要带着这两种意识进入，无论有多少层限制性信念需要移除，你都会在移除过程中获得非常丰富和美妙的体验。

要移除限制性信念，活出本自具足的自己，除了这两个特别重要的意识之外，你还需要有"三颗心"做支撑。

第一颗心是决心。你有没有决心要彻底地砸碎重建，有没有决心要拿回自己生命的主权和力量，回归自己的生命大道，做自己生命的主人，做自己生命的大师？如果有这个决心，那就持续行动。如果没有这个决心，一切都是徒劳。

第二颗心是信心。一定要有信心，就是相信刚才我讲的这两个信念，并牢牢地放在自己心里面，你就不会想要去寻死觅活了，也不会再去说那些问题。眼前的困难，你要怎么去处理，你会非常清晰。我知道你有信心，对自我有信心，对未来有信心，如果没有信心，你很难继续往前走，随时都有可能会被很多东西牵绊住。

第三颗心是耐心。探索生命的成长，一定要有耐心。因为我们的道路没有终点，我们的成长没有终点。生命成长的道路都不是一蹴而就的，而是循环往复呈螺旋前进的，我们都有很多的习性是需要改的，你要给自己一些时间和耐心。我们对自己要有足够的耐心，不急不躁，需要持续前行又需要深入体验，进而打开一扇门，再打开一扇门，如此前行，你会看到更美妙的新空间。随时抬头仰望一下天空，不要让自己的脚步在一个地方停留、驻足太久，还有那么多美妙的体验等待着我们去创造。

"三心二意"定乾坤。你定了，你的世界就定了；你幸福了，你的世界就幸福了。这个世界很大，先把你自己照顾好，把你身边的人照顾好，再慢慢地向周边扩大，这个世界会因为有你，变得越来越好。

---

········ **开启功课，收回力量，一事一觉，当下圆满** ········

▶ 读完这章节文字，你最大的收获是什么？

▶ 它对你的思想、意识有哪些触动？

▶ 接下来你打算采取哪些行动，实现你的生命愿景？

▶ 如果你需要，你想我怎样帮助和支持到你？

# 4

# 拿回幸福的主动权

你是否每天也跟社会上绝大部分人一样,这一辈子都只在不停地忙着做事,想要拿到含金量很高的证书,想要成为某个领域的专家,想要赚到很多钱,想要出国深造,想要个人创业实现梦想……可是这些都是在事层面的忙碌,很少有人能够真正关注到自己这个人。

你是否把自己所有的时间和精力都放在所谓的"创造"上面去了?我想告诉你,这是一个假的创造,它不是真的创造!真正的"你",并不在这三维空间里面,但你又需要透过这个三维空间去体验,所以很多时候,你被这些东西限制和束缚,最终把你自己给丢了。如此,你永远不会明白,幸福是什么,真相又是什么,人活着是为了什么,为什么你的内心里会有那么多的痛苦与焦虑?为什么有时你也能体验到莫名其妙的喜悦……它们到底从哪里来的,它们存在的意义到底是什么。

所有的问题都不是用来回答的,而是用来超越的,只要你的意识、能量和能力足够,一切都不是问题。而要超越这些问题,活出幸福的样子,实现真正的自我,也都不是一蹴而就的。我们需要先在意识上扩张自己,先拿到开启幸福之门的钥匙,然后扎根下来，在生活的点点滴滴中做起来，活好每一分每一刻，一步一个脚印扎扎实实，永不退缩，勇敢前行，幸福就会如约而至。

罗伯特·沙因费尔德老师在他的《你值得过更好的生活》新版序言中有一段话：当你挪进隐形四层，你在隐形四层作出改变，它将改变一切，这些改变将如同涟漪，穿越所有其他的层面，在这个过程中，永久改变你生命中的一切。当隐形四层深入和巨大的工作得以完成，就开启了将谎言、幻象和故事替换为直接体验真相的大门。那才有可能。无论在你身上或者世界上发生什么，都能一直让你体验到真富裕、真丰盛和真幸福。此处，我加了一个"真幸福"，就是希望你能一直处于真幸福中。

# 第 1 节　打开生命幸福之门的五把钥匙

你是否发现现在社会上有很多人一直在装，装作很高大上的样子，装作很幸福的样子，但是晚上独自一人时他却可能是躲在被窝里面哭。就好比鞋子穿在自己脚上，舒不舒服，只有自己知道，生活中酸甜苦辣个中滋味也只有自己体会，谁纠结谁痛苦谁自己知道，谁幸福谁也自己知道。一人一世界，没有千篇一律的生活，但是有些东西也是相通的，就像今天我分享的开启你幸福与生命真相之门的五把钥匙，对绝大多数人来说都是适用的。

到底是怎样的五把钥匙，又是如何开启的呢？

**开启生命幸福之门的第一把钥匙是诚实。**

如果你要让自己的生命获得成长与突破，一定记得不需要装模作样，而是要做一个非常真实的人。诚实是对自己的诚实，而不是见谁都说你的烦心事，只有遇到懂你的人才能说，不然就会被有些人当作谈资去是非八卦，而且见人就说那就成祥林嫂了，也可能会被说成傻子，你说是不是？所以这个诚实是对自己的诚实。

此刻当下，请你思考一下：你的生活是你满意的吗？如果此刻当下的生活不是你所满意的，那到底是什么原因、什么因素导致你没有过上自己想过的生活，没有成为你想成为的人？另外，还有你幸不幸福呢？你有没有未完成的心愿，有没有不被满足的部分？所有这些问题，你都需真实面对，坦诚相待。

　　如果说你现在就想搞钱，那就去搞，不要遮遮掩掩，或者说钱都是身外之物，讲得挺高大上，其实心里对钱是匮乏的，那就不对了。如果你想要一个好的亲密关系，你现在还没有，那也要诚实面对。

　　你必须对自己足够诚实，对自己诚实到残忍的地步。当你能够很诚实地面对的那一刻，很多问题就会自动化解。

　　**开启生命幸福之门的第二把钥匙是敞开。**

　　你知道敞开对你的重要性有多大吗？如果你保持足够的敞开度，别人花好几年时间做到的，而你可能很短时间就可以达到。

　　这里所谓的敞开就是放下你所有的身份、所有的认知、所有你知道的一切，无论过去你学了多少、知道多少，都完全地放下，不拿标准来评判、评价。

　　我的一批学生，他们已经跟我学习了三年的时间，他们在生命成长道路上已经非常深入了。如果你足够敞开，你可能只需要花几十天的时间就能达到他们三年的效果；但是如果你不敞开，无论我怎么给你，你什么也收不到，也拿不走，就是神仙也没有办法。

　　**开启生命幸福之门的第三把钥匙是臣服。**

　　臣服实际上是一件非常不容易的事情。很多人都想跟命运抗争，都想用自己的力量去争取做更多事情。但我想告诉你这基本没有用，如果你是对的，你就不是今天生活的这个模样。换一句话讲，我们过往基本都是错的。虽然从真相上来讲，你没犯过错，但从故事层面来讲，你就是不顺畅。所以你必须得学会臣服。无论孩子读书也好，不爱读书也好；爱去上学也好，不爱上学也好，都很完美。你只要臣服，不再对抗，化转的力量瞬间就会到达，就是这么简单、这么神奇。

　　举例来说，你是否有时晚上会睡得特别晚，或者常常睡不着觉？你知道吗？你之所以一直睡不着，是因为你一直对抗，不肯臣服，你觉得睡不着觉是一件不好的事情。其实真正让你睡不着觉的是"睡不着觉是一件不好的事情"，这个观念让你继续睡不着。但是当你试着说："无所谓了，睡得着很好，睡不着也很好。睡不着我就起来看看我现在能做什么，有没有我特别喜欢做的事情，做我享受的事情。"比如画画或者读书，而不是陷入抗争之中。如果你臣服，你就会觉得当时睡不着，那是老天爷不想让你睡眠，想让你拿这个时间来做些什么。你可以用这个时间来做你特别兴奋、享受、有兴趣的事情，可能上天它真的就不让你睡那么长时间。在现实生活中也有很多人每天只睡 2—4 小时，他们也过得很好。这个部分你要臣服，不要去跟睡不着觉这事情去抗争，一旦你臣服，可能就化解了，睡眠自然不成问题。

**开启生命幸福之门的第四把钥匙是勇敢。**

能够来到这个世界，你就是生命的勇士，你就是最强壮、最勇敢的那一个。只要你勇敢，就没有穿越不了的东西。我们的老祖宗已经讲得很明白了——天无绝人之路，地有好生之德，你今天遇到的所有困难，实际上都是礼物，都是恩典，只要勇敢面对它，你会发现它就是只纸老虎，没有什么可怕的。无论是健康的问题、财富的问题，还是关系的问题，都是一模一样的，你只要勇敢往前走去穿越，打破那一层层的枷锁，你就打碎了一层层的壳，最后就能破壳而出。

如果你有恐惧和担心的事情，你一定要勇敢去面对，突破。分享一个我的故事：2016 年我带着女儿去宁波的一个游乐场——罗蒙环球城玩，我们去坐过山车，坐完之后就我吐了。我是极其理性的人，经常会用逻辑来推理，我就在盘算这个游戏有没有危险，游戏说明上面讲有心脏病、高血压及孕妇等几类人不能上，我没有高血压、心脏病，不属于禁玩人员，而且我确定这个游戏本身是安全的，但是我玩过之后我不舒服，那就是我的问题，不是游戏的问题。从此，接下来的每个星期我都去坐过山车，一直坐到能睁开眼睛、哈哈大笑，很享受地去玩为止。我连续坐了很长时间的过山车，突破了恐惧，身体的不舒服也就突破了，它们不再是我的障碍。现在我再去坐就特别享受，睁眼睛看着，跟着它的节奏疯狂地喊叫，就是真的可以好好玩游戏了。

人有两大恐惧，第一大恐惧就是对死亡的恐惧，第二大恐惧就是当众演说。如果你能够战胜这两大恐惧，基本上人间就没有什么值得你恐惧的事了。

**开启生命幸福之门的第五把钥匙是耐心。**

如果你失眠，不要着急，臣服，诚实面对，今天晚上也许睡好了，也许没睡好，那也没关系，你依然耐心地往下走，你会发现你的内心就会安定，你就会顺遂。当你安了，你的世界就安了；当你定了，你的世界就定了；当你幸福了，你的世界就幸福了。你只要有足够的耐心，持续地练习，都会有结果的。

无论是你，你的父母、伴侣、孩子，还是来到我们身边的每一个人，真的都不容易。对待任何人都要有耐心，耐心地等待自己和别人长大，不疾不徐，花有花期，人有归期，每个人都有每个人自己的节奏，每个人都有每个人的苦和乐，每个人都有每个人独特的经历，不干预，静待花开。

你生来就是要开启幸福的大门，就有能力获得生命终极自由的体验。当你运用好"诚实、敞开、臣服、勇敢、耐心"这五把钥匙时，并同时转动，才有可能开启幸福之门，少一把你都很难打开。

最后我想告诉你，你的钥匙并不在我手上，而是在你自己的手上。此刻当下我所能给的东西，绝对是非常简单、直达、快捷并且有效的东西，我现在把这五把钥匙交还给你，只能你自己去经历，自己去体验，谁也替代不了。再勇敢一点，再耐心一点，你终将会收获属于自己的精彩。

………… **开启功课，收回力量，一事一觉，当下圆满** …………

▶读完这章节文字，你最大的收获是什么？

▶它对你的思想、意识有哪些触动？

▶接下来你打算采取哪些行动，实现你的生命愿景、
支持到自己生命的成长？

▶如果你需要，你想我怎样帮助和支持到你？

## 第 2 节　做个生命的勇士

拿到了打开幸福之门的五把钥匙后，接下来你确定要在生活中真正活出自己吗？你确定不要像绝大部分人一样忙忙碌碌一辈子，也不知道自己来干嘛的，而是要拿回自己生命幸福的主权吗？你真的愿意做个生命的勇士，探索生命的真相，拿回自己生命幸福的主权吗？

你这一辈子的时间一定会花下去，无论如何都会花光，不是花在这里就是花在那里。这一辈子你一定也是要跟一些人发生交流和关系的，其中不是滋养就是消耗。我们的时间在哪里，金钱在哪里，精力在哪里，我们的未来就在哪里，我们的幸福就在哪里。当你把时间用在真正成长自己时，无论未来遇到什么挑战，你都可以勇敢面对，因为你生来就是无所畏惧的生命勇士。

我想跟你分享一个关于生命真相的终极秘密。你来到这个世界，设定的游戏就是要让你遗忘、无法摆脱束缚，感觉自己像是在一个笼子里面。但是游戏的真实目的不是要把你放在笼子里面，而是要你通过各种经历和体验最终让你醒来。然而你用你的小我，用你的心智机器，用你的知识，用你的知见，用你的一切东西束缚了这个无限的生命，活在了一个有限的世界里面，而且还不亦乐乎，还觉得自己很了不起。你完全走反了，这个不是你的生命本身！

你对自己太残忍，残忍到只能够看见眼前的东西，残忍到无法去体验灵魂所想要经历的东西。你常常忘了你自己，很少真实地去爱自己，也很少能够去尊重自己内心真实的声音。你真的是对自己太残忍了，你不敢放手一搏，你不敢放开自己，不敢让自己放松下来，也不敢尽情地去体验，不敢去做"坏事"……你被很多东西限制和束缚，你的头脑会有太多的判断与标准，太多你认为对的东西，所谓道德的东西。过往的你总是确定说，你有一个标准，你觉得这样、那样可能会更好。可是你知道吗？你让自己憋屈太久太久了，你从来不敢让自己内在的灵魂活出来。你还要让自己这样委屈多久？你还要残忍到什么时候？

其实你的内心里面像个孩子一样，想偷偷地干一点"坏事"，这样你就会觉得特别快乐。过去我也会有很多的评判，我在想这样会不会不好？其实，没有。那些东西，根本就不重要！但你却常常被那些东西绑架和束缚了，所以你很难活出鲜活的感觉。

《你值得过更好的生活》一书中说："自然界的所有力量和人类集体力量的总和再乘以 10 亿倍，仍然只是你弹指间运用的能量的九牛一毛。"所以你知道你有多么牛，多么厉害，多么了不起吗？

你必须活出无限的生命，那才是你的灵魂体验——实际上它每时每刻都在给你信息，每时每刻都在生命中让你看到所谓不可能的事情，一切真的皆有可能，只是你决定要怎么去玩。

从此时此刻此地开始，请你勇敢面对一切，勇敢面对一切的发生。我邀请你开始不断地去拓宽自己、打开自己，只要无伤大雅，只要不违反、触犯法律，只要不危及生命，为什么你不可以去玩一玩呢？为什么你要把自己限制在那个"好人"的面相里面呢？

你知道吗？你生命中的每一个发生，它本来都是礼物！过去的你没有收礼物的这颗心，你也没有收礼物的能力，所以你收不到这个礼物。而对于今天的你来说，你有能力去拿礼物，外在你可以尽情地玩耍，内在却能不停地收礼物。你会发现无论如何发生你都能收到礼物，所有的发生都很完美，你开始真切地拿到生命体验，让自己内在的灵魂真正活出来，活出那个原本就勇敢、自信、无限丰盛的自己，你就该这么呈现。

外在的你不用控制，也不要去阻止，下一秒会发生什么，你根本不知道，其实你也没办法控制。只有当你觉得发生什么事情都无所谓时，那么来什么你都能收到礼物，哪怕两人打架，你也能收礼物。如此，你的内心才拥有了一份笃定，你的内心才能真正地定下来，你也不再害怕发生什么了。

你知道吗？当你能够体验到这一切时，你会突然发现，人间太简单了！所有的人和事都是来给你送礼的，不管怎么发生，来吧，来吧，来吧，你收礼物就好了！

······

但是，但是，但是，如果你没有尽情地敞开你自己，你还想控制，那你就是有所畏惧的。请你一定要去直面你最怕的那个东西，要敢于把自己打碎重组，不要再让自己被很多的标准与条条框框那些假象所迷惑了······

切记，只要你还是在那里，只要你还有标准，你就会被这个标准所限制和束缚。你一定要清楚最底层的东西是什么，然后找到它，穿越它。我可以确定地告诉你，你只要不敢勇于面对你最阴暗的那部分，最黑暗的那部分，最恐惧、最担心的那部分，你只要不穿越所有的恐惧，你永远见不了"真"！这一辈子你不可能活出来！你也不可能获得终极的体验。

有个真实的故事，安莉老师有一次去拜访一个那个时代的首富，当时的安莉老师还是很年轻的一个小姑娘，别人就跟她说："难道你就不怕被别人拒绝吗？"她说："我真的从来没想过他会拒绝，拒绝也很正常啊，但我不尝试，我不去体验，我就没有收获呀。"她说她从来不想这些事情，只是去做而已，她非常勇敢，是勇士的表现。

人如果没有勇气，就永远没有机会活出来。如果你现在活得很糟糕、很郁闷、很憋屈，那你就必须拿出勇气来，因为你不穿越这一层，你最终是走不出来的······如果你没有探索生命真相的勇气，不做生命的勇士，没有到最底层去穿越，你永远不可能见真，这条路真的真实到残忍。

你必须把所有的标准全部拆掉，然后再重新建立。当你再次建立标准时，你自然知道人性是怎么回事，你自然知道你要走的中道是怎么回事。不然，它都是你的头脑的。你的头脑很聪明，它也在学习和进步，它学习进步的能力比你强，它会用新的标准，用道的标准，用 TCE 的标准来重新框住你。

你要做好当生命勇士的准备，虽然过程可能会比较残酷和残忍，但是当你跨越过这一步之后，你将会体悟到生命的美妙，生命的浩瀚，生命的伟大，它是无法用言语去表达的，说也说不清，道也道不明。

读到这里，可能依然还会有很多人被自己的心智机器所控制而没有办法往前走，没有办法去拥抱真实的自己，那就请你反复阅读并实践，直到你有足够的勇气面对自己，慢慢过关，无须着急，只需依自己的节奏继续前行就好。

---

········ **开启功课，收回力量，一事一觉，当下圆满** ········

▶ 读完这章节文字，你最大的收获是什么？

▶ 它对你的思想、意识有哪些触动？

▶ 接下来你打算采取哪些行动，实现你的生命愿景、
支持到自己生命的成长？

▶ 如果你需要，你想我怎样帮助和支持到你？

## 第 3 节　释放情绪，收回能量

情绪只是提示器，你知道情绪对我们来说意味着什么？情绪背后隐藏的秘密与真相是什么？你知道如何更有效更彻底地释放自己的情绪，并在情绪释放之后，拿回情绪背后的力量吗？

生命成长的道路从来都不会是一帆风顺的，注定会有很多挑战。如果你还在无明的状态，就会遭受很大的冲击，但是我们可以未雨绸缪，选择主动向前，就可以避免很多不必要的流沙坑。但凡选择主动前行的人，都是生命的勇士！勇士上路时如果有支持，可能会相对更有信心，我愿意做这样的支持者。现在，我要送一个特别的护身符给你，它是贯穿我们生命陪伴旅程中最重要的工具和方法之一，叫作"守住中心，释放情绪，收回力量，活出自己，成就我们。"这是一个极其好用的"法宝"，只要你能用好它，你就能够快速脱落很多东西。

为什么说这是一个"法宝"呢？在生活中到底怎么用这个"法宝"呢？接下来我会简单说明，这样你用起来会更顺手。

不知道你是否明白，你今天看见的这具身体，实际上不是这具身体本身，你也不是这具身体。你是什么呢？你实际上是一个有身体的灵魂，这样表达会比较准确，身体只是你的一个工具。

我们肉眼可见的身体，称为物质身体，也叫肉体。

但是肉体外层还有看不见的能量体。我们的身体并不是一个维度的，姑且叫作"综合体"。这个综合体分好多层次，在此我只简单介绍几个，紧靠肉体的一层被称为以太体，在以太体之外有一个情绪体。例如，你会发现有时你会莫名其妙的悲伤，有时会莫名其妙地喜悦。这跟这个物质身体结构没有什么太多的关系。比如，你看见了一朵鲜花或者是看见了美丽的风景，你会觉得心旷神怡；如果你遇到了一件不开心的事或者不符合你价值体系的事，你就会觉得特别的沮丧，或者会出现愤怒，甚至会抑郁。这类的运作，不是在物质结构上面，而是在情绪上面。

我们的身体在情绪体之外还有心智体，也称为信念系统，它是我们的价值体系，我们判断事物的标准，我们的心智模式、信念都在这一层里面。

在心智体之外还有一层被称为灵体，或者叫作星光体。在灵体之外还有其他的层次。我们不仅仅是肉眼可见的我们，我们更多的是肉眼不可见的我们，这也就是为什么我说我们是一个有身体的灵魂。

我为什么要跟你讲这个呢？目的就是希望你在运用流程工具时，能守住中心，并知道中心在哪里。很多人说要依心而活，那么心在哪里呢？如果连心都找不到，怎么可能依心而活？我们的心就是爱、喜悦、自由，就是平安、无限、丰盛、富足。

在你成长的过程中，你的成长环境、家庭、学校、社会、工作，有非常多的东西从头脑、认知层面进来，在心智模式上，或者在情绪上。小时候饿了，我们会哭；拉了大便、小便，不舒服了，我们也会哭；被蚊虫叮咬了之后……我们也会通过各种方式去表达。比如，有时候你看见一个人，你觉得很欢喜，却好像从来都没见过；有时候你看见另外一个人，你就莫名其妙地有一些讨厌，或者是不开心，但你也从来没见过他。有时候你进到一个场域里就莫名地有一种舒适感或不适感。无论是舒适还是不适你也不知道是从哪里来的。在长大过程中既有我们的肉体所体验的，也有我们的灵魂带来的累世没有处理完的能量会存在，所有这些都是隐藏在我们背后的，目前还无法被解密或者认知的部分。

不管它是来自这一世积累的记忆导致的情绪，还是累生累世所造就的东西，我们都不需要着急去处理，只是先去感知自己情绪的变化。如果这个情绪是开心、喜悦，或是舒适、舒服，你根本不需要处理。但如果这个情绪是压抑、不舒服，甚至是愤怒，你就要把这个情绪释放掉。你不用管引起情绪的事情本身，就只是去释放情绪。

下面我跟你分享如何释放情绪。释放情绪必须遵循下面三条非常重要的原则：

首先，不伤害自己。无论什么样的情绪释放，都是在不伤害自己的前提下。你不能拿刀去砍杀，也不能去打，无论做什么就是不能让自己的肉体本身受到伤害。

其次，不伤害他人。不要对着伴侣，对着孩子，或对着其他人去发泄、去释放，这都不恰当，因为你这样做的结果会造成更大的伤害，你不可以让别人成为你的背锅侠。

最后，不损坏身边的财物。在不伤害自己、不伤害他人、不损坏财物的前提下，尽情地让情绪流经。

你可以找到一个安全空旷，不会打扰他人也不被打扰的地方。有的人的情绪可能是在胃部或其他部位，无论在身体哪个部位，你可以把它带到腹部来，在你腹部的位置去感受这股能量，大声喊"哈——哈——"，倾尽全力去感受这个"哈——"，它是来自于丹田的部位。这股气不是在喉咙的部位，你让能量开始从腹部丹田位置流经出去，释放出去，然后你再"啊——啊——"，把它喊出去。你可以加一些自己的语言，你也可以有一些很剧烈的身体动作，都是可以的。"啊——哇——"，"我很愤怒！啊——我怎么样……都是你，你就是头猪，你这混蛋！"你可以怎么骂都没关系的。

释放情绪的要点，释放情绪的要点，释放情绪的要点，重要的事情连说三遍！

你一定要突破所谓的道德、想要做个好人等这些想法，请你一定把它统统撕掉，因为在无形的能量层面，它不会对对方造成伤害，这种方式只是让这股能量从你的身体流经出去，只跟你自己有关。

很多人没有能够完全打开，就是因为被他是一个好人，他有这个身份，他有什么形象等束缚住了。在释放情绪的这一刻，请你忘掉所有的标签，忘掉你所有的身份，你就只须记住你身体内有一股能量需要流经出去。

你可以在家里面，在一个封闭的空间里面、隔音效果也比较好的地方进行，你还可以拿个枕头甩打；如果是在户外，找到一个比较安全的地方，确保在你完全释放的过程中能保证身体的安全，万一你倒下也不会受伤。

做完上面的情绪释放之后，接下来我邀请你进入另一个极其重要的环节，就是收回力量。没有收回力量的情绪释放，只是情绪的宣泄，它无法给到自己生命真正的滋养，活出自己的真幸福就是一句空话。其实情绪释放后收回力量，说出真相是在执行简捷的流程工具，这是《你值得过更好的生活》第十章内容的重点。

其实，我们还给完整的流程工具起了一个响当当的江湖名字——"屠龙刀"，具体步骤如下：

**1. 深入情绪**

当你感觉不好时，无论何种原因，无论程度大小，请你去深入体验这种情绪，把它放大放大再放大，不要逃避，不要转移，不要压制，不要评判，只是体验。

**2. 说出真相**

当你感觉达到情绪的顶点时，尝试在内心对自己说出真相，去尽量体会每句话背后的真相。

**3. 收回力量**

说完真相后，请继续说："现在，我要从这个创造物、创造过程中收回我的能量，我觉得这股能量已经回到了我，我觉得这股能量在奔腾，我觉得我越来越有力量了，我觉得我越来越接近于真正的我，越来越活出真正的我了。"去感觉能量的流动。

### 4. 绽放真我

再次确认真相说："我是 TCE 及其力量的临在，我是爱，我是喜悦，我是自由，我是无限，我是丰盛。在我的全息图中，所有的人事物都是我创造的，我对他们负百分之百的责任，我对他们无条件地表达赞赏与感谢。现在，就让这个受限的模式消融在我无穷无尽的能量当中吧。"尽量去感觉每句话背后的真相。

### 5. 赞赏感谢

最后，以赞赏感谢结束流程："感恩我创造了如此逼真的全息幻象，天才的编剧，天才的导演，天才的演员，天才的创造，把我从无限的存在变成了有限的个体，忘了自己是无限的丰盛，无限的快乐，无限的富足，无限的力量。感恩身为创造者的自己！感恩这个完美的创造过程！感恩我从这个创造物中获得的价值！感恩我瓦解了这个模式，并从中收回了能量！感恩我跨越了彻底解脱点，活出了真正的自我！"尽量去感觉每句话背后的真相。

重复以上流程，直到你觉得不好的感觉消失，内心感觉和平为止。你也可以自己把这段文字抄在一张纸上，然后去读。

请务必遵循这样的步骤：先释放情绪，把情绪释放完，达到一个顶点时，去读这段文字，读到你非常平静、平和、平安，刚才影响你情绪的这件事情已经不再影响和干扰你。

流程工具中的文字不一定要用嘴巴说出来，你可以在自己心里去默念，包括情绪的释放也一样。

假如条件不允许，你现在还要跟别人交流、说话，甚至还要工作，你无法采取激烈的方式释放你的情绪，你也可以在心里去处理它，比如说骂那个曾经伤害你的人或某件事，骂完之后就告诉自己"我是 TCE 及其力量临在……"你也可以暂时离开一下，去洗手间，或者你到外面说。自己创造一个空当的时间，三五分钟都是 OK 的，及时处理情绪，不用刻意单独找时间。

如果有人，比如说我，指导或者协助你使用流程工具，效果会更好。那样你就可以集中地把你内在情绪做深度的释放，收回更多的力量。

我们的身体是有记忆的，不美好的事物、情绪都会存在我们的身体里面，我们必须把它们清除，让它们流经我们的身体，才能真正让自己轻松、放松。但是深藏在内在的情绪，你不需要刻意地去寻找它，只要顺随在每一天、每一个当下，当有某个情绪来临时，及时释放掉，然后收回力量。

每一次情绪就等同于一个送礼的快递员，它就是来给你送礼物的，你务必要收下，而收的过程是让情绪从我们的身体流经掉、释放掉，然后收回力量。这是上天一个特别精妙的安排，深层目的就是让我们在每一天的生活中能够回到真相，随着不断地收回力量，收回力量，收回力量，最后，你终将会安住在真相里面。

"屠龙刀"非常好用，可以助你降妖除魔，披荆斩棘，打破困在自己身上的层层束缚，活出真正的自己。但是我们还有一个更简单的手势，也叫"拨云见日"手势，我一并介绍给你。

"拨云见日"手势是沙因老师创造的。如果有机会，我建议你读一下《你值得过更好的生活》和《快乐终极指南》这两本书，你就会更容易理解。

先来看看我们对情绪的处理加工过程。我们来到这个世界上体验到的情绪本身没有好坏，它只是一个波动，沙因老师把这种纯粹的、原生的、未经加工的情绪波动称为纯原体验，或者叫作纯原经验。但是随着我们长大，慢慢地我们会给这种波动下定义并绑定故事，比如说这样的情绪叫喜悦、开心，那样的情绪叫愤怒、抑郁，情绪就有了一个标准、有了一个标签，而且会跟头脑的剧情粘连在一起。

为了更形象地理解，我用《快乐终极指南》书中的例子解释一下。我们知道，一个氧原子和两个氢原子结合就形成水（$H_2O$），但是氧原子和氢原子分离就不再是水。水实际上并不是氧原子本身，也不是氢原子本身，是它们两个的组合。这里，我们把纯原体验当作是一个氧原子（O），所讲的这些故事、所贴上的标签、所给的标准就当作是两个氢原子（H），它们结合在一起变成了什么？变成了正面或负面的情绪（$H_2O$）。从这里我们可以看到，情绪波动本身跟故事和标签或者标准有关，并不是与生俱来的，它们是可以分离的。

随着你运用"拨云见日"手势将两者分开，慢慢地，纯原体验和故事、标签会分开。当你再有新的体验，它们也不会再绑定在一起，会有一个改变。你也无须在概念上执着，只需知道纯原体验和绑定的名称故事并不是一回事，它们可以是分开的。当它们分开之后，你就只有了经验和体验，就叫纯原体验，也叫真幸福。

"拨云见日"手势说明：左手拳头代表纯原体验（太阳），右手手掌代表标签和绑定的故事（云彩），本来二者是粘连在一起的，让你感觉到不舒服，有情绪，这时你就可以将右手移开，将二者分离，也就见到了太阳。具体如下图所示：

这是一个非常神奇有力量的手势，透过这个手势你可以让自己快速地从故事中剥离和抽离出来，看到事物本源的部分，也就是纯原体验。

这个最简单、最好用的手势几乎可以处理我们在日常生活中所有的问题。比如，今天你现在有一个不舒服的体验，你的情绪特别剧烈，如何释放？你就可以通过这个手势，将二者分开，让自己看清生命的真相。

当你了悟了生命的真相，无论发生什么，你都可以泰然自若，你都可以淡定应对所有一切的发生。无论它是所谓的好或者是坏，无论它是所谓的快还是慢，你的内心都可以安定。你唯一要做的事情，就是借由每一次的发生去收回力量。让收回力量成为一种习惯，无论你做任何事情，都带着一份觉知与觉察，生命就是如此简单，你所有梦想的实现简单到几乎不可能的简单。

只有通过不断地收回力量，收回力量，收回力量，最终你才能看见你那个伟大的存在。当你真正遇见的那一刻，你才会知道这个生命有多么地了不起——你知道你只是经由你的肉身来到这里经历和体验，因此你会提高生命的精微度和精细度，你也会随时觉察、随时去觉知，而不让自己被心智机器所带走，从此只与你的灵魂共舞，活出精彩绽放、无限可能的自己！

········ **开启功课，收回力量，一事一觉，当下圆满** ········

▶ 读完这章节文字，你最大的收获是什么？

▶ 它对你的思想、意识有哪些触动？

▶ 接下来你打算采取哪些行动，实现你的生命愿景？

▶ 如果你需要，你想我怎样帮助和支持到你？

## 第五章

# 开通你的幸福账号

到目前为止，你已经拿到了开启幸福之门的五把钥匙，也学会了收回力量的"屠龙刀"和"拨云见日"手势，相信现在的你对于自己获得幸福信心满满，如何在生活中持续扎根，获得属于自己的幸福体验呢？接下来的章节我会在方方面面给到你体验幸福的生活小妙招，希望你能熟练运用，以圆满自己的关系，获得丰盛的人生财富体验，活在真幸福中。

## 第 1 节　搞定获得幸福的七件事

如果你想要获得真幸福，拿回生命幸福的主权，你一定做好七件事情，这七件事情是如此重要，缺一不可，它们不但是你人生真幸福的"葵花宝典"，而且决定着你的幸福指数。

**第一件事：孝顺父母。**

一定要孝顺，只有孝之后才会顺。孝顺父母更深层的意义在于，我们需要连接上父母、祖先、源头的能量。无论是我们的情感、财富、健康出现问题，都跟这股能量的链接有极大的关系。

为什么连接上父母的这股能量这么重要？因为它代表着源头，家庭就像一棵树，父母是根。父母就代表着根的那一股能量，代表着你跟整个宇宙源头生命之根的那份链接，这一份链接，你无法讨价还价，必须连接上。这股能量一旦接上，你会发现你的事业会顺利、心情会好、健康会好、关系也会发生很大的改变。

父母有他们非常强的标准，实际上他们希望我们幸福。当你能够意识到：父母一定是爱你的，只是他们不知道怎么去表达他们的爱。他们认为他们的标准就是爱，他们活在他们的标准里面。当你能够看到并认出他们背后的这份爱，而不是他们对你所说的那些话，不是他们对你所做的那些举动，这份爱就连接上了。否则只要你认不出这份爱，你就终身受苦。

你真的孝顺自己的父母吗？估计没有人会承认自己是不孝之人，但是我们的孝顺和父母认为的孝顺也会不一样，其实我认为做到让父母开心、愉悦就是极大的孝顺，但是也不能愚孝，要做到中正、平和，就需要从以下三个层次来进行。

第一层次：孝顺父母的身体（孝身）。给他们弄点好吃的，给他们点钱，买点东西供养，但如此简单的孝顺，也有好多人没做到。

第二层次：孝顺父母的心（孝心）。你能不能让你的父母安心，让他们不再为你操心，不再为你的家庭、事业、工作而担心，让他们的心安下来，同时满足父母的心愿。

第三层次：孝顺父母的慧（孝慧）。孝慧，指我们协助、支持父母开启生命智慧、了悟生命真相。

以父母喜欢的方式孝顺，认出他们爱我们的能力，把自己活得精彩才是对父母最大的孝。

你能够通过与父母能量的连接，让自己回到最源头。实际上，这是帮助你收回力量的最好方式。在跟父母沟通之前，如果你还有情绪就要先收回力量，之后再去跟他们聊，不要急着一下子改变他们，他们也很难改变。唯一可改变的是你对他们的看法，唯一可改变的是你对待他们的行为，你可以持续不断地影响他们，甚至引领他们。

**第二件事：爱好伴侣。**

一男一女，一阴一阳谓之道。男性主外，代表着阳性的力量；女性主内，代表着阴性、孕育、繁衍的力量和功能。男性有三种角色，即父亲、男人、男孩，女性会扮演母亲、女人、女孩。伴侣相处过程中最大的问题就是夫妻双方都只有一个角色，存在角色上的错位。

家是一个充满爱和幸福的港湾，你在这里可以停下来，靠一靠、歇一歇。家里的氛围如果是轻松、快乐、流动的，每个人都会得到滋养；家里的氛围如果是凝固的、冰的，那就很可怕，家里的人可能会觉得生不如死。婚姻是需要经营的，夫妻双方如果在家中能随时转换角色，家里的能量才会流动起来，才能创造幸福和谐的家庭气氛。

当然最好是男女双方在成为夫妻之前，能在以下三个方面做到基本一致，那婚后的夫妻双方一定能做到友好相处的。

第一，三观相合。这点非常关键，虽说人生观、价值观、世界观三观不一定要完全一致，但一定要大致相同，互相契合。三观不合，就经常会产生矛盾和冲突。就像一个特别节俭的人和一个非常铺张浪费的人一起生活，一个人想他怎么那么小气？另一个人想他怎么那么浪费？谁对谁错？没有绝对的对与错，只是每个人选择的体验不一样而已。要想婚后夫妻关系和谐，你唯一可以改变的是自己，不可能改变任何人。

第二，生活习惯。生活习惯特别重要，有时可能就是很小的习惯差异就会造成夫妻之间的嫌隙。其实也不是谁有问题，只是每个人的标准不同，谁有标准，谁的问题会更大，退一步海阔天空。比如，一个特别邋遢的人和一个特别爱整洁的人在一起生活，就会有很多问题。婚前可以通过出去旅行，到陌生的地方生活一段时间来检验两人是否合适在一起。

第三，性，是基本的身体需求，无须贴很多标签。有它锦上添花，无它也可以生活，但性关系和谐是可以增加你幸福体验的。

婚后夫妻相处的秘诀：男人要多让女人感觉到有安全感，女人要让男人经常感受到成就感。


**第三件事：养育孩子。**

孩子出生的那一刻就已意味着分离，孩子最终是会与父母分开的。他（她）是一个独立的生命个体，他成长为一个人格独立和思想独立的人非常重要。如果他的思想不能够独立，总是人云亦云，没有自己的主见、没有思考能力，在社会上他要想有成就是很难的，大部分有成就的人从小到大都会对事物有自己独特的见解。孩子能否秉守自己本善的良知和思考的能力，就显得特别重要。要让孩子成为一个独立的人，拿回生命主权的人，这对于父母来讲太重要了。

做父母的正确的角色是支持者、守护者和陪伴者，但是很多家长做错了，角色定位就是错的，经常在家里扮演了一个"法官""监狱长"或"审判长"，家长角色都错了。

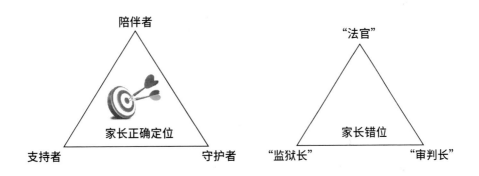

父母应该扮演支持者、守护者和陪伴者的角色，前提是无条件的爱。父母的陪伴非常关键和重要，只需呵护孩子成长，无须过度干预。在处理亲子冲突时要从事退到人退到心，从关注行为到关注人，从行为背后看到孩子，从关注外在到关注内在（本章第 2 节会详细介绍）。

**第四件事：成长自己。**

这是非常重要、一生都要做的一件事情。还记得前面提到的"三心二意"吗？对自己的成长一定要有足够的耐心，冰冻三尺非一日之寒，要下一个决心，而且一定要对自己有信心，缺任何一颗心都得不到好的结果。经由做事成长自己，先成人再做事，人成了，事必成，做到生命、生活、生意三位一体。

**第五件事：管好健康。**

我反复强调健康的重要性，因为身体做不到，生命就做不到。如果没有一个健康的身体，想在这个世界去尽情体验就太难了，时刻提醒自己关注自身健康。大部分人天生都是健康的，而且身体有很强的自愈能力，及时检视自己对身体的伤害，停止伤害，疗愈会自动发生，保持让细胞生长的速度大于死亡的速度。有这几个意识之后还要注意影响健康的五大关键因素：

第一，乐观的心态。这点至关重要。

第二，能量的流动或适量的运动。保持悠远深长的呼吸节奏，找到适合自己的身体流动习惯，如果你没有很好的习惯，可以试试拍八虚。运动不能过量，否则对身体的伤害是不可逆的。

第三，充足的休息。包括睡眠，张弛有度，劳逸结合。

第四，均衡的营养。以食物为基础，适当营养素做补充。饮食要细嚼慢咽，并利用完整优质的食物，做到及时均衡足量补充。

第五，良好的外部环境。物理环境安全，保证有干净的空气和洁净的饮水；人文环境舒适，可以让自己感觉松弛、愉悦、安心、舒服、有高能量。

**第六件事：赢得财富。**

财富不是赚来的，是赢得的。你就是财富，财富就是你。每个人都是财富，这个世界上最值得投资的一定是你自己，最值得花时间的一定是你自己，你是世间唯一的珍宝。要想做一个富足的人，你只需拿回力量做你自己。

财富有三个账号。第一个账号是我们生命的账号；第二个账号是能量的账号，你的好心情，是钱不能换来的，但好心情能换钱；第三个账号是物质的账号，就是你有多少钱、房、车，这个账号是最无关紧要的，但是很多人却把大部分精力都花在这里（本章第3节会详细介绍）。

**第七件事：成就我们。**

见天地，见众生，最终才能见自己。一个人要能修出来，必须见过大山大水，经历过大风大浪，必须见过众多人，必须做众多利于我们的事情，最后才能知道自己是谁。一个人平淡无奇地过一辈子，没有拼搏过、奋斗过，没战胜过内心的恐惧、帮助过别人，你会发现他的人生真的是白来一场。这就是为什么要成就我们，我享受，我们一起享受，相亲相爱，让我们成就我们。

当你进入任何的一个群体时，你可以时刻保持觉知——你在得到这个群体给到的支持和滋养时，你可以给到这个群体怎样的支持和滋养。当你有了更高的觉知力，你才可能有更大的包容心，你才可能会在群体里面从"我"走向更大的"我们"。如果你都没活好，你就不可能从"我"走向"我们"。只要你真正地活好了，走向我们是自然发生的事情。

这七件事，如果都圆满了，不仅你幸福了，你也一定能回归自己的生命大道。

---

**········ 开启功课，收回力量 ········**

▶ 把收回力量变成自己的习惯，变成习惯的动作。

▶ 读完这章节文字，你最大的收获是什么？

▶ 它对你的思想、意识有哪些触动？

▶ 接下来你打算采取哪些行动，实现你的生命愿景？

▶ 如果你需要，你想我怎样帮助和支持到你？

## 第 2 节 做父母不能不知道的事

小故事，大智慧，我先讲一个故事，看看你能够从中发现和悟到一些什么。

一个小男孩在吃晚饭的时间还没有回家吃饭，妈妈就非常着急地到处去找，结果发现孩子一个人坐在农田田埂上，傻傻地望着天空发呆。如果你是妈妈，你会怎么做呢？你的内心里会升起哪些念头？你的心智机器会怎样运作？

这位母亲非常有智慧，她并没有着急喊孩子回家吃饭，而是悄悄地、静静地坐在孩子身旁，跟孩子一样抬头仰望天空，一句话都没有说。这样大概过了一两个小时，孩子突然起身说："妈妈，我们回家吧。"妈妈就很好奇地问："你刚才仰望天空，在看什么呢？"孩子说："我在看天上的月亮，我在想月亮上面有什么？我想我能不能到月亮上面去看一看？"这位母亲就跟孩子说："只要你想，就一定有办法可以登上月球。"

据说这个男孩就是阿姆斯特朗——第一个登上月球的人，这个故事可能只是个传说，故事不一定是真的，但是这个故事给到的启发却值得我们去思考。在阿姆斯特朗小时候仰望天空时，他的母亲就在他心里种下了一颗种子。

父母该如何做才能真正有效地支持到孩子的生命成长？

孩子的成长不是一蹴而就的，需要父母精心呵护、陪伴和支持，其实陪伴孩子成长的过程，就是父母自己在成长的过程。在这个过程中，我们要给孩子种下五颗种子，就是爱心、自信心、自尊心、进取心和责任心，并逐渐让孩子做到五心合一。

**第一颗心是爱心。**

爱是所有的基础。要让孩子有爱心，首先让孩子学会爱自己。只有真真实实地爱自己的人才能爱家人，才懂得去爱自然，爱天地万物。作为家长，先看看你是否真正地爱自己？爱孩子最好的方式，就是父母自己成为孩子的榜样，每时每刻都是爱自己的想法、意识和行为，不用多讲，孩子看见你就觉得骄傲，就有力量。当你把自己活成了爱，爱就自然地绽放和洋溢出去，自然会传递给孩子。如果我们不能够呈现出这种爱的品质，孩子很难有爱心，所以先从爱自己开始。

**第二颗心是自信心。**

很多人都不自信，总觉得自己不值得、不配得，因为自己在成长过程中没有得到足够的肯定。所以，父母在孩子成长过程中给予及时肯定非常重要。语言的力量非常强大，做父母的在跟孩子交流互动过程中，要不断地鼓励、肯定孩子，而不是打击、伤害他。如此，孩子的信心才能一点一点建立起来。

小时候，我们会问孩子："你长大后的梦想是什么？"如果孩子说："我要登上月球！"大部分的妈妈都会说："还上月球？你还是回去先把饭吃了，先把学习搞好了！看看你这样子，题都不会做，还想上月球，做梦吧！"孩子的信心瞬间就没有了。做父母的平时跟孩子交流时，一定要多给予呵护、支持、滋养、认可、确认，对孩子如此，对自己、对父母和另一半也要如此。

**第三颗心是自尊心。**

从小就让孩子被尊重，同时也要让他懂得去尊重别人，千万不能够伤害他的自尊。没有自尊心的孩子就会感觉自己没有价值，低自我价值会对他的未来产生极大危害。

**第四颗心就是进取心。**

做父母的,与其教孩子造船的技术不如启发孩子航海的梦想,实际就是去挖掘孩子的内动力、内驱力。进取心是每一个人,每一种生物,每一种植物与生俱来的向上的力量,人人具备,如何激发是非常关键的。

还是那句话,父母是榜样,言传不如身教,父母自己有没有对生命进一步的探索,有没有对生活的热爱,有没有在事业发展的过程中精进和进取,都会对孩子造成极大影响。

**第五颗心是责任心。**

培养责任心就是要让孩子有一种公民的意识,他要为自己百分之百的负责,而且还有余力可以服务他人。比如他在班级这个集体中,可以担任什么样的职位,可以发挥什么样的作用,父母在陪伴孩子成长的过程中,就要去关注他有没有责任感、有没有承担力、有没有承载力,这都特别关键和重要。比如说在孩子上学阶段,主要任务就是学习,但是作为家庭中的一员,也可以承担部分家务劳动,共同维持整洁有序的家庭环境。

在这五颗心的培养过程中,做父母的每时每刻跟孩子的交流互动,表达的语言、眼神及行为,都直接影响着孩子在这五颗心种植时的状态。

父母要运用智慧去跟孩子交流和交往。如果孩子说:"你不是说要信任我吗?你信任我,你就应该把这个手机交给我,你就应该相信我可以独立完成作业。"你要如何回答?你可以静下来告诉他:"是的,妈妈现在也在成长,妈妈也开始在学习如何能够做一个更好的妈妈。在共同成长的道路上,我们一起坐下来谈一谈信任的问题。我信任你。那你信不信任你自己?你如何能够让我确信,我可以信任你,你对自己的要求是什么?"

关于信任孩子,做父母的往后退一步,要看看是否真的全然放下了,真的信任了,这一点特别特别重要。如果没有这点,你跟孩子谈的都还是技术方法的层面,在技术和方法层面的沟通是无法奏效的。所有的技术和方法之所以有效的原因,就在于那颗全然放下的心。生活中所有的事情都是来修你心的，在生活中间无论发生了什么事情，有了怎样的矛盾、冲突也好，都不重要。甚至你用什么样的形式、用什么样的方法去处理和对待这些事情也不重要，重要的是要回到自己内心本来本然的状态里去。

除了培养孩子的五颗心之外，做父母的还要培养孩子的五商，就是体商、智商、情商、财商和逆商。

**（1）体商**

五商中最核心和最重要的就是体商。因为没有了身体，承载一切的基础就没有了。

首先，要注意饮食结构和营养的支持，这是最重要、最基础的物质支持。我建议给孩子们提供营养早餐和必要的营养素补充。无论他在学校是怎样的饮食结构，只要他回家，你一定要给他做能起到营养支持的食物，让孩子养成营养补充的习惯。

其次，帮助孩子建立一个良好的生活习惯。让孩子的睡眠充足，而且保证每一天在体能上都有足够的训练。

最后，跟孩子建立良好的互动。如果孩子处在情绪的状态，引导他运用流程工具去释放情绪、收回力量。周末还可以与孩子一起去大自然中释放，然后再通过静坐冥想等方式收回力量。

**（2）智商**

在智商培养方面，就是让他多接触一些经典。比如说读读《道德经》《论语》等四书五经、《心经》等佛经，孩子接触经典的过程，实际上是让孩子的意识频率去跟最高智慧同频共振的过程。

**（3）情商**

提高情商，一个最简单的方式和方法就是去发现美好、表达美好。从赞美、认可、肯定、欣赏、感谢身边的人开始，从小就让孩子心里开始装下那些美好，这是提高情商最好的方式。在周末或者时间允许时，做父母的去跟孩子聊一聊，试着让孩子去发现他们班上所有同学的优点、亮点、特点。在他眼里有的人可能真的找不出优点，那就看有没有什么特点。

另外，就是不要让孩子从小积压情绪。前几天早上我女儿有一点不高兴，我就故意跟她演了一场戏，我表现得非常严肃，也很严厉，最终结果是父女相视而笑。到晚上的时候我跟她道歉说："早上我是不是有点吓着你了？"她说："你演的还真像。"我说："你看，你那样做就会遭到那样的回应，你换一种方式，可能就是不同的回应。如果你觉得难受，你现在就可以大声喊叫，你在这里可以肆无忌惮，只要不伤害自己，不伤害他人，不损坏财物。"

我女儿现在还经常拿这件事来跟我说事。父母要让孩子知道在不伤害自己、不伤害他人、不损坏财物的"三不"原则下，释放情绪收回力量，他的情商一定会慢慢提高。

我女儿非常简单，思考问题不会拐弯。后来我也给她约定原则：一定是在保护好自己的前提条件下，在自己的能力范围内尽力去做。比如说自己想做一件事，如果做了，没有达成想达到的结果，那就表示要么是自己的技能方法不够，要么就是这件事可能就真的超出了自己的能力范围，那要先退回来，别着急继续做，别急着进行下一步行动，退回来看看有没有其他的方式和方法能够达到想达到的目的。这是需要做些训练的。

（4）财商

财商是关于值得感和配得感的。财富是一股能量，是生命能量的一种形式。提高孩子的财商，告诉他财富是属于人间的游戏一部分，让孩子从小就对金钱有一个正确的认知。

（5）逆商

逆商就是让孩子经历挫折，拥有走出逆境的能力。让孩子去经历一些磨难，经历一些挫折，训练他经历挫折打击的能力，这里要把握一个度，过犹不及，这个度就是中道，也就是正道、大道、王道。

无论是"五商"还是"五心"，这都是学校一般不会教的事，但却是做父母的不得不知道的事情，这不仅让孩子赢在起跑线，还让孩子赢得整个人生。

如果做父母的从现在就开始培养孩子的"五心"和"五商",那么,他不仅仅是赢在了起跑线,他跟众多孩子已经不在一个层级,他注定会成为这个世界领导潮流的人,能掌握自己生命幸福主权的人,无论在哪里都会闪耀他独特的光芒。

---

**········· 开启功课,收回力量 ·········**

▶把收回力量变成自己的习惯,变成习惯的动作。

▶读完这章节文字,你最大的收获是什么?

▶它对你的思想、意识有哪些触动?

▶接下来你打算采取哪些行动,实现你的生命愿景?

▶如果你需要,你想我怎样帮助和支持到你?

## 第 3 节 开启财富的三个账号

有位家人的朋友过来咨询，他现在正负债，不知该如何跨越。在聊天的过程中，我发现他内在有深深的不值得感和不配得感，这些限制性信念如果不移除，即便目前他的负债还清了，他依然还会再次陷入类似的状况，他的内在状态决定了外在的债务。

如果你也遇到了财务问题，要想从现在的财务负债危机里走出来，你是每天都陷入"你已经是负债的""你现在有很多问题"的情绪，还是想突破这些限制，要去创造新的体验呢？在过去的时光里面，你所创造的是什么样的体验呢？如果你认为赚钱是很不容易的、赚钱是很辛苦的，你所创造和显化的结果就是赚钱是辛苦的、赚钱是很难的，甚至还负债。

如果你没有从骨子里面意识到财富账号背后运作的规律，你就没有足够的值得感和配得感，即便你是住在五星级酒店或者坐豪华游轮，虽然表面看上去也很洋溢，似乎拍的照片也很好看，但你花钱时一定是抠抠搜搜、斤斤计较的，你在花每分钱时心都在滴血，而且你的内心是极度匮乏的，你怕花光就没有了。

其实你忘记了这个世间的一切都是为了生命服务的，是为了完成这份生命经历与体验来设计的。在《你值得过更好的生活》一书中讲到关于无限透支银行以及怎么保障的概念，讲到金钱可以像呼吸空气一样自由。金钱也是一场游戏，那么如何玩转金钱这场游戏？你的钱花在哪里，财富就在哪里。如果你是带着兴奋、带着喜悦、带着享受再去花钱的心态，那么宇宙真正的创造本质就会加持你，支持你去体验和经历更多的东西。

生命的意义不是为了简单的物质享受，而是透过这个生命载体让你走向无限。你一定要记得，先从意识上下功夫，扩展你的意识：一切的物质，都是为了完成你的体验和感受，你根本不需要占有，不必拥有，物质的本身就是为你的体验而来的。先看看你的意识在哪个层面，看看你每天在创造着什么，看看每天你在给出什么，看看每天你的每一个起心动念，它是来自于无限的丰盛，还是来自于极度的匮乏？看看自己在和周围人相处的过程中，是在计较与比较，是在算计，还是真正地敞开了，不断地去给予和支持他人？

我们绝不拒绝物质丰盛，我们拥抱财富和金钱，让它们在我们手上时，可以发挥更大的价值和效用。中国有个成语叫"厚德载物"，虽然在很多场合我们都能看到这样的书法作品，但是却很少有人能够真正懂得背后蕴藏的宇宙智慧。很多人在某个阶段拥有了财富，后来却起起落落，风雨飘摇，财富消失。这一切的根本原因是那些人根本没有意识到是他们的德没有提升，没有跟上，导致最后金钱尽散，这叫作"德不配位"。在现实生活中，很多富翁表面上看似是投资失败，实际上却是德不配位导致的。

在这个宇宙，在能量世界里的核心秘密是看不见的那些东西决定着看得见的东西，所有的有形都是无形的积累与呈现。你想让自己的物质世界里面很丰盛，有很好的房子，拥有很多的金钱，你必须首先在无形的空间里面去积累你的财富。

你首先要做的就是扩展意识：认识到自己就是财富，你就是丰盛本身，未来的财富会围绕着那些高意识、高能量的人走。当你锚定自己是最大的资产，你用财富支持你的经历和体验，支持你的生活变得更美好，支持你的生命成长得更好，财富就会不断地涌向你，你就会被财富包围。

你的财富不会平白无故地突然出现在那里。如果你一觉醒来就在你的床头看到一堆金子、一堆钞票，这大概率是不可能发生的事情。虽然说 TCE 无所不能，但是大部分的人间剧情不会这么安排。你的财富都是你自己内在积累的外在呈现。

　　社会上绝大部分的人关注的财富就是金钱，就是物质本身。但我明确想告诉你，财富并不等于金钱。我想跟你分享的财富，绝不仅仅是大部分人想到的金钱、存款、房子等等这些有形的东西。真正的财富究竟是什么？它藏在哪些我们不曾注意的地方？如何才能打破自己那些受限性的思维，拓展自己的财富管道，开启财富账号呢？

　　每个人都有自己的财富账号，如果你想要实现真正的财务自由、生命富足，你必须开通你财富的三个账号，并不断存款。当你在自己财富的三个账号里面存足了款，你所想要拥有的一切都可以实现，而且远远超乎你的想象。

**财富的第一个账号是生命的账号。**

　　它是你遇到的所有人、事、物。来到你生命中的每一个人、事、物都是你的财富，但是绝大部分人认不出它们。更多的人都有自己的偏好，有些喜欢或者不喜欢的部分。当你开始有了评判，那些不被接纳的部分就没有办法存进你的生命账号里。当你有能力去发现所有人、事、物的美好时，你就开始在往生命账号里存款了，如果不是，巨大的财富就从你的身边溜走了。

　　你知道宇宙或者说真正的创造本质创造万事万物、创造这一切，到底是为了什么吗？是为了让你去体验，因为它自己无法经历和体验，它必须通过它创造的这些人、事、物来经历和体验。但是当你有自己的好恶、有自己的偏好时，你就没办法装下万事万物了。

　　在自然界中，苹果有苹果的作用，香蕉有香蕉的作用，当归有当归的作用，人参有人参的作用……每个存在的人、事、物都有它存在的理由。如果你能把它们存在的理由或者是它的德和能，它所具有的独特属性装进你的心里，你就有机会随时地去调用它，你就能把此刻自己"不需要的"部分，即事物另一个面相的美好，分享给需要的人。

每个人都有自己的偏好。比如：你喜欢吃甜的，不喜欢吃咸的，但另外一个人如果喜欢吃咸的，你就可以把咸的部分提供给他。但是如果你心里只装下了甜的，而没装下咸的，你内在就没有这部分，当你想要分享的时候，你是根本没办法分享的。这就是为什么我们要"变大"，为什么要装下很多东西。因为当我们太小了，装的东西太少了，你几乎没有可以给予的东西。

你知道吗，当你把事物的"能"装到自己内在，也就等于你把它本身所具备的特性装入你的生命。这在《道德经》里叫"重积德"，你在创造贵人。如果你装的是它"不能"的那部分，你就是在创造小人，就是在败德，就会生出很多是非。

从此刻开始，把你生命中所有遇到的人、事、物都当成是自己生命中最重要的贵人，你就是在接贵人缘。如果你带着和平、不伤害的方式去链接，这整个过程就是在不停地往你的生命账号里面存款。

万事万物都是财富，都是财富的一个面向，而金钱只是其中的一个媒介而已。

从现在开始，如果你不断往生命账号里存款，不断储蓄，并开始不断投资、关爱自己这个财富本身，每时每刻都呈现出生命的丰盛，你的生命会全然不一样，这就是你的生命的账号。

万事万物都是财富，取决于你能不能发现它，能不能看见它。

**财富的第二个账号是能量的账号。**

能量的账号在现实生活中的体现和表现就是能力。钱已经在那里了，但是能不能拿回来，这得看你的本事，你的能力。如果一个人不具备相应的能力，虽然看似一直在努力，但做事就会比较难成功，能力和能量必须相匹配。

很多时候，我们只是看到别人在某个方面的成功或成就，却不知道或者是忘记了他背后能力和能量的匹配。社会学家曾经做过统计，凡是买彩票中大奖的人，最后过得很丰盛的并没有几个，很多年之后大部分人不仅仅是没有了钱，甚至还负债累累。这是为什么？因为他没有能力去驾驭和管理这笔金钱，所以这笔钱很快就没了，消失殆尽了。

上天或者 TCE 可以随时把某些东西给你，但是如果我们不具备相应的能力，也就是能量不匹配，能力不匹配，没有提升自己的德行，完善自己的能力，最后财富还是会离我们远去。为什么会如此呢？你看得到的是给出去的物质，但看不见的是给出去的能量。

如果你一看见有钱人就讨好，就觉得自己比他差，立刻就矮了三分，那么你的能量还停留在匮乏里面。无论如何你都要记住，即便你没有钱，甚至是沿街乞讨，你也是最富有、最骄傲的乞丐！不要忘了在这个世界里，你自己本自具足，你自己就是丰盛本身，你是 TCE 及其力量本身，你就是爱，你就是自由，你就是丰盛，你就是无限。你知道为什么你的祈祷、渴望很难显化的原因吗？就是因为你心里没有百分之百的认同，甚至根本就不认同。

如果你要走生命成长这条道路，要实现你真正的富足，你需要训练的功课之一，就要不断提升自己的能力和能量。著名漫画家蔡志忠在很小的时候就想明白了一件事情：他不会为了金钱去做事，他痴迷地做着他想做的事情，并且他把他痴迷的、想做的画画这件事情做到了极致，他打破了所有的限制，活出了无限的自己，他把能力发挥到极致，所以他的财富也是源源不断而来。

通过蔡志忠的故事你能领会到什么？接下来你真正需要做的就是历练自己和成长自己，如同我在 2017 年所讲的，做好自己，在自己能力范围内去做开心喜悦的事，做到极致，直到闪耀出你独特的光芒。

你需要不断地在你的能量账号里面存款，让你的能力不断提升，让自己变得非常踏实和坚固。

**财富的第三个账号是物质的账号。**

物质账号就是你的存折、你的房子、你的车子、你投资理财的东西，就是你看得见的这些有形的东西。但是你不要被这第三个账号蒙蔽了双眼，今天这个账号数目的多和少都不重要，重要的是那两个无形的账号，它们决定着这个有形的账号，决定着是否可以有源源不断的金钱和财富来到你身边。

换言之，不要把你的时间和精力用来关注你有没有钱，关注你住的是什么房子，而更重要的是关注你所拥有的钱所带给你的体验是什么，带给你的感受是什么，你要关注的每一个体验的背后带给你的能力是什么，你从中所获得的能量又是什么。

你是这个世界上最大的财富，最宝贵的资产，是真正的珍宝。但非常遗憾的是，你没有花时间去经营自己，没有花时间把自己当作最大的财富去对待，却把全部的目光投向了外面，希望自己有一个好的机会、好的项目和好的资源，希望有好的人脉，却忘了真正的资本、财富就是你本身，这是得不偿失的。

让自己活在"我是丰盛"的实相里，活在"我是真正的创造本质"的实相里面，带着丰盛的频率，每天早上开启能量，晚上收回能量，你就是TCE，你就会从一个丰盛走向下一个丰盛。

我从来不做赔本的买卖，你也不要以为我很有大爱，因为我深知这个宇宙的法则，也知道它背后是怎么运作的。我从来都不跟人做生意，我只跟天做生意，跟 TCE 做交易，或者说我只跟我自己做交易。宇宙法则里有一个法则：你给出什么就收回什么。给予是这个宇宙所有一切的秘密，爱是唯一的答案。所以我不停地给予，这也是我成长比较快的原因。那么，你能给予别人什么呢？你能给予这个世界什么呢？你是能给予能量、物质、钱，还是你能给其他什么呢？还是你拥有的这颗心呢？当下你每一次的起心动念极其重要。

今天我给你财富的三个账号，就是要告诉你，你真的就是丰盛本身，你真的是本自具足的。你的生命是无限的，不要把这个无限的生命局限在某一个领域里面。当你的意识是无限时，你就能感受到无限的美好；当你打开无限的眼光，你就会发现世界无比的美好。

········ **开启功课，收回力量，一事一觉，当下圆满** ········

▶ 把收回力量变成自己的习惯，变成习惯的动作。

　▶ 读完这章节文字，你最大的收获是什么？

　▶ 它对你的思想、意识有哪些触动？

▶ 接下来你打算采取哪些行动，实现你的生命愿景？

　▶ 如果你需要，你想我怎样帮助和支持到你？

# 6

# 做个有故事的幸福人

本章节内容是从女性的角度出发撰写的。当然，对男性来说，也基本适用。

我深知女性在家中的地位，她是女儿、是妻子，也是母亲，女人幸福了，家就幸福了。女人是家的风水，都说好女人旺三代。什么样的女人算是好女人呢？有人说是善良的心、和气的脸、会说话的嘴，是也不全是。这里我不谈心地善良、乐善好施，我就想谈谈你到底是不是一个鲜活灵动的人，是活的吗？

都说眼睛是心灵的窗户，现在你的窗户还是那么明亮吗？还是蒙上了厚厚的灰尘？我不知道这么多年，你到底经历了什么，遇到了什么人，发生了什么事，你的眼睛已经没有了最初的灵动与光彩，你甚至已经让自己变得呆若木鸡，没有了光芒。作为女人的你，怎么能让自己的人生活成这个样子？

请你现在去照照镜子，看看你的表情，是不是基本上都是僵化的？即便是微笑，也像训练过的一样，都不是发自你的内心……你的心到底去了哪里？你把自己的心都搞丢了……

丢了魂、丢了心的女人太可怜了，本来可以做到水善利万物而不争的，但是却因为搞丢了自己，让家变成了战场、冰窖，找回你的心吧，重新做一个千娇百媚、鲜活生动的你，活出你自己的美好，极致绽放自己，让周围的人因你的光芒而闪耀！

## 第 1 节　你天生就是最好的演员

你觉得生命最大的乐趣是什么呢？生命最大的乐趣就是你是活的，整个世界一切都是为你所用，一切都是拿来支持你生命体验的。你来到这个世界的目的是什么？你就是来玩的，是来获得丰富的、多元化的体验的。

无论在家庭中还是工作中，如果你只是对付着过日子，那你就把自己活得太辛苦啦，你让自己扮演了一个辛苦的角色，你让自己的灵魂蜷缩在、困在这个壳里。都说婚姻是一场修行，家庭就是我们最好的道场。如果你还没有准备离婚，那就别一天到晚不停讲道理，把自己演绎成了别人讨厌的样子。很多时候你对自己的爱都已经没有了，你把女人都活没了，把自己活成了木乃伊。你天生就是最好的演员，有很多的角色可以扮演、体验，为什么你却一直让自己困在这个辛苦的角色里？

从现在开始不要让自己每天都那么忙碌，卸下你所有一本正经的伪装，把鲜活的自己活出来，演绎出来。千万别再每天讲那么多道理，别再那么死气沉沉，这种角色你已经扮演了很久了。

从现在开始，你要扮演一个全新的自己，扮演一个活泼、灵动、充满生机与活力的人，女人如水，就让你的生命像水一样灵动、丝滑，既滋养自己，也滋养万物。否则你赚多少钱都没有价值，因为从你身上看不到生机、看不到幸福、看不到灵动、看不到美丽，更重要的是看不到希望、看不到未来。

在网络化时代，任何知识都很容易传播，学习也变得容易，但是一个人的气质、气韵、品位，必须通过训练才能够改变。灵魂的味道，只有反复训练，耳濡目染，心灵才能得到升华，也慢慢开始从血脉融入生命之中。

如何才能让自己灵动起来，给自己的生命注入活力？首先是要提升你的感受能力，这才是真正做人的开始。你要开始让自己变得灵动，懂得爱自己，也懂得去欣赏别人，懂得去感受生命，如此，生命彼此之间才有了连接，这才是真正改变自己命运的开始。

你天生就是最好的演员，你要怎样演绎自己的一生？

从此时此刻此地开始，带着你自己内心的喜悦，去欣赏周遭的一切，随时互动，去感受这一切都是跟自己关联在一起的。你要学会用自己的善意来交换善意，用美好来交换美好，用欣赏来交换欣赏，用赞美来交换赞美，无论对方的回应是什么，都保持着自己内心的纯善与美好，保持每一天夸自己的习惯，这是第一步。你天生就是最好的演员，这是你与生俱来的内在特质，一切从爱自己开始，你别无选择。你一定要把自己活出来，活着就是为了欣赏，欣赏周遭的一切，欣赏天地万物。如果你没有欣赏，那你就没有真正地活着。

你天生就是最好的演员，所以带着一种好的状态、一种好感觉、一种好心情，让自己的眼神和表情都灵动起来，请现在进入你全新的生命角色，开始你的表演：

对，就这样，让你的表情再丰富一点，让你的眼神再亮一点。

对，很棒，就是这样，做得很完美。

好，现在用你的眼神去回应，跟你的另一半抛抛媚眼，用你妩媚的眼神去诱惑他。

跟你的孩子抛抛媚眼，让他（她）感受到你对他（她）不一样的爱。

做得不错，很好，继续加油！

再来一个更具挑战的，走到路上向那些帅哥抛抛媚眼，看看你的眼神是否会"电"倒一片……

太棒了，你天生就是最好的演员，就是这样继续训练，让你的眼神变得灵动，有活力，魅力四射，魅力如电！

从此时此刻此地开始，你要让你的表情丰富起来，让你的内在世界和声音多元起来。训练打造全新的自己，开始学会撒娇，学会发嗲……学会去享受自己的人生，学会体验不同的角色，学会做自己……尽情地开始你的表演，释放自己吧！如果你的发嗲不会让家里悬挂的东西掉在地上，你就尽管去做。只要记住"三不"原则，你做什么都可以，天地之间任你遨游。你管他是谁，你就是夜空中最闪亮的那颗星。当你的快乐越来越多，赞美越来越多，祝福越来越多，我敢肯定你的美好就会越来越多，你的财富也一定会越来越多。

你天生就是最好的演员，从现在开始，养成每天去创造新表情、新眼神、新心情的好习惯，去制造你想要一切的快乐。你是生产和创造幸福的厂家，幸福、喜悦、灵动的表情就是你的产品。你要源源不断地扩大生产你的产品，你可以自用，可以分享，也可以赠送，反正老天也不限制你，你就是无限！这是老天爷让你生下来附带着的财富，你生而就很富有！很多人不知道这个秘密，他们没有生产的能力，他们极度匮乏，他们缺爱，他们缺夸，他们缺关注，他们缺赞美，他们也缺欣赏。从今天开始，你要源源不断地生产这些东西，把它们给出去，给出去，给出去，无论是认识的，还是不认识的。你就是制造喜悦和幸福的百万富翁、千万富翁甚至亿万富翁。

从今天开始，带着你的好感觉，带上你的好心情，带着你欣赏和祝福的眼神，走到哪你就"电"到哪里，带"电"上路、带"电"作业、带"电"生活。当你开始这样做时，你的生活就会发生改变，你的生命也会发生改变，你突然发现你的生活真的开始活了，你能感受到生机，感受到生命力，感受到你是鲜活的。

从此时此刻此地开始，你要抹去灰尘，看见自己，看见自己的美，对自己着迷、疼爱自己、爱惜自己，好好地爱自己。只有爱自己，你才能真正懂得爱自己这个生命，你才能够收到真实的生命体验，你才有能力给予他人。

生命真简单，好好地爱自己！你只要不爱自己，你所有给别人的爱都是假的。你连你自己都不爱，你有能力爱别人吗？别拿道德来绑架自己，别拿捍卫所谓的一个什么东西来绑架自己——那是虚伪的。只要你不开心，只要你不绽放，对不起，你的爱是出不来的。生命就这么残酷，就这么残忍。所谓的假修行人一大堆，天天讲概念，却是活不出来的。

这个世界就这么简单，你只要还把孩子的事情、先生的事情、外面的什么事情当成真，你就永远没机会见到真，因为在幻象里面是永远见不到真的。这世界都是你创造的，所有人都是来配合你演出的，多高多低都是你创造的，都只是你的一个创造物。但你把你的创造物当真了，你只要还把幻相当真，你永远没机会见到真。

如果你觉得可怜，你的先生都不愿意多看你一眼的话，那不是先生的错，那一定是你自己做错了，演错了。你没有把自己的千面女郎、千娇百媚的角色演出来，你一定让自己只有一副冷冰冰的面孔。记得，你就是最好的演员，该严肃的时候你就要很严肃；该严谨的时候你就是很严谨；该认真的时候你就是很认真；该娇滴滴时你就要娇滴滴；该撒泼的时候你就要撒泼；该发疯的时候你就要发疯。你要让自己体内的各种能量活起来、动起来，把身体和生命的各种感觉都找回来，都感受到，你就是全世界最牛的导演、最好的演员，你就是自己故事里面的主角！你天生就是最好的演员，所以从此时此刻此地开始，你就是百变女郎，你再也不能只是一副面孔。

你就是天下最好的演员，你不需要任何一个人来圆满，你自己就可以满足你自己，你自己就可以圆满你自己。如果有一个人要爱，而且这份爱带给你的是更多的幸福和更美好的感觉，就好好地去爱。两个人相爱，不是相互指责，不是相互挑剔，不是一堆麻烦，而是相互欣赏，如此，爱的能量才可以相互叠加。

你天生就是最好的演员，既然是最好的演员，就要好好演，千万别浪费了这个角色，千万别错过了这个出演的机会，千万别一本正经，一本正经的你不可爱，也没人爱！从今天开始，试着让你做的每件事情都变得有乐趣，都变得好玩。人生这段旅程就是为了创造快乐，创造更多的生命体验，生活也好、工作也罢，你要把它变得有趣味一点，把它变得好玩一点，把它变得轻松一点，把它变得搞笑一点，可以无厘头一点，你可以随心所欲地演绎。即使你有再高的学历，学富五车，但是你少了一点灵动，你少了一点灵活，你少了一点灵魂，就都不好玩了，也很少会有人愿意陪你玩。请记得，你天生就是最好的演员，只要你好好演，就可以把自己的生命演绎得无限精彩。只要你愿意，就没有能够阻挡你。让你的生命尽情地绽放吧，你就是自己世界的女王！

你天生就是最好的演员，此时此刻此地请进入你的角色，做一个内心干净，不藏也不压抑，喜欢表达就及时去表达的女人。如果爱，就立刻说出来；如果要拒绝，就勇敢地说"不"，大胆地说"不"。活出专属你自己的那份洒脱，自己的那份精彩。每天整理你的心灵花园，直面你的人生，坦诚坦然，干干净净，痛痛快快，选择直达，让你的人生活得痛快，酣畅淋漓。

你天生就是最好的演员，接下来进入实质性训练和实操，协助你拿回力量。从你的微信好友里找出五个人，至少五个，多者不限。带着你的微笑，带着你的情感，带着你的爱，去感谢或者去道歉，用你的声音、用你的语音去表达你发自内心的感激、感谢或者道歉，让你的声音变得有感情、有温度、有感觉。

你天生就是最好的演员，所以，请开始你的表演，开始演戏吧，打破所有的自以为是的限制，只要你不再一本正经，你会发现这个世界就是你的，你的世界你做主，你就是你世界的王。你的态度决定着你世界的态度；你的快乐会带给你世界的快乐；你的真情会带回真情。

如果你坚持每天训练，三个月以后，再看看你的气韵、气质会完全不同，像换了一个人似的。这个升级一旦完成，你的命运都可能已经改变。无论你想要的美丽也好、健康也好、幸福也好，一切都从这里开始，让你自己活起来，灵活地活，鲜活地活，它还是火红地活，你最后一定会火起来，活出来！

········ **开启功课，收回力量，一事一觉，当下圆满** ········

▶ 读完这章节文字，你最大的收获是什么？

▶ 它对你的思想、意识有哪些触动？

▶ 接下来你打算采取哪些行动，实现你的生命愿景？

▶ 如果你需要，你想我怎样帮助和支持到你？

## 第 2 节　夸出你的幸福

这么多年，你被束缚了太多的东西，把你本来可以飞翔的翅膀给裹起来了。很多人对待自己，对待自己的孩子、父母、伴侣、同事，都是批评、挑剔，根本不会夸，好不容易偶尔夸一下，也是轻描淡写，不痛不痒。你把自己培养成了情冷淡、爱冷淡甚至性冷淡的人。你在生活中扮演着好人的角色，情感中却表现得非常冷漠无情。这是你吗？

你本来是上天的作品，带着天使的翅膀，带着仙气来到人间，但非常遗憾的是，当你开始读书、学习、长大，就一步步地失去了笑脸、天真、自信。你开始去讨好别人，等待认同，你开始逐步地去牺牲自己，你努力等待有人给你颁奖。然而，你却从来没有如愿，你没有被父母"看见"过，没有被同事"看见"过，从小你也很少被别人夸。你没学会夸自己和夸别人的能力，你学会的是不断刁难自己，对自己提更高要求。

当你开始忘记了赞美自己，你生命最核心的那份灵气、最强大的心力就蒙上了厚厚的灰尘，正如同很多女人已经完全没有了女人的感觉和味道，除了这具躯壳的生理特征。很多人不敢夸奖自己的背后，是觉得自己不值得、不配得，夸自己是不要脸的，一夸就觉得紧张，这些感觉你有吗？你知道吗？不敢赞美自己背后隐藏的是你几十年的压力，它就像塞子堵住了你年轻健康、绽放洋溢的管道，它阻碍你勇敢地展示自己，让你无法呈现出令人惊叹的气质和魅力。

今天你必须重拳出击，从此时此刻开始打破你所有的束缚，把塞子拔掉，打碎你多年来厚厚的壳，让你内在的活力绽放出来，让你的整个生命鲜活起来。这个世界上没有人可以伤害你，唯一可以伤害你的就是你自己，是你的自我设限；唯一能够让你不快乐的，就是你的思维、认知和意识的限制，一旦你突破这个限制，就能够飞速增加你的幸福感，增加你的财富。人生最怕的一件事情是你学来学去最后还是原样。如果我不小心，刺痛了你，你就大声地喊出来。如果你想哭就放声地哭吧，如果你想笑就放肆地笑吧，别再遮遮掩掩，突破你所有的自我设限，别再让自己躲在那个阴暗的角落。如果你不能够突破，你就无法真正地活出来。如果你现在还不让自己活出来，你还要等到什么时候？等到人老珠黄吗？

现在，我要带领你做一次内在革命——重新修正你的系统，祛除你心灵的毒素，找回上天赐给你与生俱来的源代码，重新启动你原本美妙至极的生命，这是你生命本身的权利。你是那束光，它从来就没有消失过，是你让它蒙上了一层灰尘，光一直都在，你的光亮、光洁、明亮一直在。从此时此刻此地开始，你要勇敢地活出来，让生命中的那束光照亮你的生命，照亮你的人生。

从今天开始，试着在你的朋友圈夸自己，每天早上起来夸、中午夸、晚上夸，不停地夸，一直夸到自己觉得满意，觉得满足。你就是一个有福气的人，无论谁遇到你，命都会变好。你的夸奖，会让人们记住你的名字，你的收入也会增加。你要不断地升级自己，带着那份骄傲告诉所有人你是一个有福之人，认识你是他的福气。如果你愿意真正地、虔诚地臣服，愿意配合，上天一定会调集整个天际的能量陪着你一步步蜕变，抖落尘埃，逐渐呈现你无限的魅力以及你满身的仙气。

从今天开始，我想邀请你走出你的小世界，迈向一个逢人就夸的大世界。从今天开始，从夸自己开始，好好夸自己，夸身边的人。你每夸一下，你的人生就跨出一大步，那些堆积在你内心的情绪可能都会垮下来；你每夸一下，你就可能离开你停留很久的盲区，你就跨越了自己；你每夸一下，你就开启了新的生命轨迹、新的模式，你就开启了你新的生命，你就可以转换频率，创造更美好的未来。

你会夸自己，你就会夸别人，你就会发现别人身上的优点和长处，你就会越来越懂得珍惜彼此之间的这份情谊。你会越来越明白别人的不易，你的同理心会不断地升起。你会变得越来越包容，愿意接受他人；你也越明白当你把赞赏与感谢给出去，原来人际关系可以如此的简单；你的路也会越走越宽，你会得到越来越多的资源，你的人生也会越来越精彩。当你不断把爱给出去，会有更多的爱回来。

每天试着练习这段话：

我赞美上天赐予我独一无二的生命，并赐予我身体强大的自愈能力、平衡能力、修复能力，使我与生俱来就可以照顾好我自己。我赞美今天的天气，始终是那么好的温度，仿佛是上天为我量身定做的；我赞美我所吃的食物，美味，如同是为我特别定制的。我一点都不夸张，对于我所拥有的生命而言，每一天都值得被夸，每一天都值得大声地赞美，值得四处炫耀（后面部分大家自己发挥）。

接下来我邀请你进入一个全新的角色，无论你喜不喜欢，请你扮演见人就夸的人。学习夸自己，夸夸自己的福气，夸夸自己的邻居，夸夸自己看见的花花草草，夸夸自己的孩子，夸夸自己的伴侣，夸夸自己一天幸福的生活。让这个"夸"伴随着接下来的每一天，伴随你一生。你要让自己的嘴上抹蜜，从此你走到哪里，都人见人爱，花见花开，车见车爆胎。当你学会欣赏周遭的一切时，活着才有意义。

当你开始夸自己，从"夸"开始释放你的天性，让自己内在的那份美好开始一点点地绽放。当内心里的"夸"一旦出来，你会突然发现你原本就有的魅力出来了，你不再是一个婆婆妈妈的人——你没时间每天盯着那些细枝末节的小事，挑伴侣的事、挑孩子的事，你的每一天都变得无比精彩，这原本就是你应该拥有，这原本才是真正的你！

········ **开启功课，收回力量，一事一觉，当下圆满** ········

▶读完这章节文字，你最大的收获是什么？

▶它对你的思想、意识有哪些触动？

▶接下来你打算采取哪些行动，实现你的生命愿景？

▶如果你需要，你想我怎样帮助和支持到你？

## 第 3 节　如何讲好自己的幸福故事

在生活过程中，我们要做一个有故事的人，讲好自己的故事也特别重要。在电影剧本里面大家有没有注意到它有一个公式——如何讲故事，我先讲这个公式。

在故事中，一定会出现一个人物角色，有一个主人翁。在我们的人性故事里，你就是你这个故事中的主角。你从出生来到这个世界，无论是你出生在什么样的家庭里面，你在生活中都会遭遇一些问题，所谓的让你想不明白的，可能跟你的三观不太符合的。所谓你遇到的挑战，比如学业不顺利，比如就像现在我们很多家长面对孩子做作业，就会觉得是一个挑战或问题，比如遇到了身体健康的问题，比如说可能会遇到财务的问题，总觉得自己怀才不遇，总觉得自己不得志，或者看到同学学习也没你好，但他过得好像比你好，挣的钱比你多，你内心可能会有一种不平衡。也或者是有些人遇到的挑战更大，身体突然就出现问题了，感情突然出现问题了，财务突然就陷入了困境。例如，事业本来是很顺利的，有过亿的企业在经营，突然滑到了谷底，以至于负债，所有这些都会让你感觉到你遇到了问题。遇到问题之后，你一定也会遇到一个向导，这个向导可能是一个人，也可能是我们参加的一场读书会、读过的一本书、听过的一节课程等。然后这个向导会给你提供一套解决问题的方案，有了这个方案之后，就会召唤你采取行动。最后你就避免了失败，最终取得了成功。

就是故事中大概会蕴含着的一个顺序。请大家仔细想，我们今天为什么还在这里读书，而没有去看娱乐节目，没有去刷抖音？那一定是我们希望能够拿到真幸福的体验，我们内在一定是有一些我们想要的追求。

另外，我们在故事中会遭遇的一些挑战。只有极少数人是生下来就想搞明白他到底为什么在这个世界，大部分人是生活给我们提出了挑战，提出了所谓的难题，然后我们就开始渴望往外走。这就是一个故事大概所走的一个旅程。

今天还要讲的一个东西是什么呢？就是在我们还没有故事之前，或者我们的经验很少之前，我们可以讲别人的故事，比如说我们可以讲沙因老师的故事，讲张晋齐老师的故事。沙因老师是由张晋齐老师引荐到中国的。晋齐老师是大连的青年企业家，是企业家协会的理事副会长，大学毕业就开始创业，创业成功，后来失败，然后再成功又失败，然后再成功又失败。在他人生最困难的时候，他总觉得靠他自己可以逆袭，他说他每次失败之后，就去读一个研究生，他大概有两个研究生学位，但是他发现好像也没解决，最终又陷入了新的困境。后来他听说沙因老师《你值得过更好的生活》这本书也许对自己有帮助。

之后，他有机会见到沙因老师的时候，重复说了三遍，他是来取经的。沙因老师告诉他，问题的解决是一段旅程，他就明白了。不是说我们找到能给我们灌顶的一个人摸一摸我们的头，我们的问题就解决了，不会的。我们还是要去体验，还是要去经历，还是要在这趟旅程中间，一点一点地往前走。

人生是一段旅程，开始晋齐老师请沙因老师来做中国的读者见面会，后来才有了沙因老师在中国大陆的拨云见日课程。这就是我跟大家讲的故事，讲沙因老师的故事，讲晋齐老师的故事。在我们还没有故事之前，我们讲别人的故事就好了，当我们成长到一定的阶段，我们开始践行，接下来我们就讲自己的故事。

我们开始有了自己的故事，我们在这一路上，拿到了属于我们自己的独特体验，我们自己体验到了真幸福，到达所谓第一阶段、第二阶段以及第三阶段，都可以讲述。当然你还没经历到，你就别讲，你就讲你已经在体验的这部分就很完美了。接下来我讲讲我们"知行生活道"的故事。

我在 2021 年 5 月 20 日创办了"知行生活道"，正式开始了知行生活道的这一段旅程。现在我们有一大批来自全国各地，世界各地的核心成员。我们在一起学习，在一起成长，在一起共修，在一起扎根生活。

到今天，我满肚子的都是我们核心成员成长和蜕变的故事，他们都在我心里，都有一本账，都有一个故事。有一部分人我们交流得更深入，故事的细节我掌握得更多。有一部分人可能没有那么紧密，我大概能知道一点，但是绝大部分的人我都非常地清楚。如果他不写日记，也不分享，我可能就了解得比较少。这一路走来，这两年多的时间里面，我们核心成员的故事、蜕变，在"喜马拉雅"上面也有一些。

到我这个阶段，我就不仅仅是要讲自己的故事了，更多的是在讲述我们知行生活道成员们成长和蜕变的故事。

我们每天早上五点钟开始进行喜悦曼陀罗练习，有很多成员从 2022 年正月初六到今天几乎都没有中断过，这些家人们拿到了非常独特的体验。我刚才还看到一位成员在他每天的"一事一觉"的日记里面，写他从 6 月 25 日到 8 月，两次测试他的七个脉轮的数据，数值增长得非常多，那张表格我看完之后，我真的要特别嘉许他取得了非常明显的进步。这件事情谁做谁知道，谁体验谁知道。这就是讲述别人的故事。

讲故事分三个阶段。先讲老师的故事，再讲自己的故事，再讲我们所带领的这些伙伴们的故事。你会发现人生是不是很有趣？

有的人永远自己没故事，活得乏味，活得无趣，活得平淡，活得没有可讲的东西，每天都是说"我妈怎么样了"，"我孩子怎么样了"。天天说来说去，就那么点破事。他没有精彩的体验，没有跌宕起伏，没有波澜壮阔，这很无趣，这样的灵魂基本上是死亡状态。对于灵魂来讲，他要鲜活的，他要尝到那个鲜味。大家如果想问什么是灵魂状态，你们就看一两岁、两三岁的孩子，他们就是在那种状态里面，在这个年龄阶段他们还没有太多心智机器数据的输入，他们还是在纯原体验的感觉，大家可以去感受。

实际上我是通过讲述一些故事让大家体验和感受到底什么是真相，这也是特别有趣的部分。接下来我就讲讲我的故事。

2006 年我在新华书店买了大概有十多本书，其中有一本书叫《健康一生》，作者是林海峰。为什么会去买这样一本书呢？是因为在 2006 年夏天，我的慢性咽炎发作，持续大概有快一个月的时间。

慢性咽炎在医学上来讲，不是一个什么特别大的病，也不会要人的命，但是当身体所有的力量放在那个地方跟细菌和病毒去作战的时候，你就会发现你胃口不好，你睡不着觉。医生说你是神经衰弱，然后就说这个炎症，这种慢性病很难治，你要慢慢养，他说辣的不能吃，冷的不能吃，还要少讲话。他们讲得都很有道理，我说辣的不吃，冷的不吃，我可以做到，我自律性很高。但是他让我少讲话，我做不到，除非我转行，不干教师这个职业了。2004 年我才到高校教书，刚刚尝到一点教书的味道，结果他说我不能讲话，我就说这不行，看样子靠这条路似乎走不通。那我就在想有没有一种可能性，有没有办法能解决我的这个问题，所以我就去新华书店买了中医的书，买了营养学的书，有中国大陆作者的，有外国作者的，也有中国台湾的一些老师的，有通过按摩，比如说敲经络的，我买了很多书回来看。打开了我的思维认知，让我这个非常严肃、非常严谨的人看到了一种鲜活的生活存在。

2006 年下半年，我报了一个心理咨询师，报了一个营养师班，这两个都是人力资源和社会保障部颁发的证书。那个时候觉得要想学习，如果没有考试，人是不会主动学习的。因为我是老师，我非常清楚，可能就会随便对付，所以为了拿到一个证书，也为了逼迫自己更精进一点，就考了。实际上我手上现在是有三个证，一个是人力资源管理师，一个是国家一级心理咨询师，还有一个是营养师。后来我又考过一次营养师。

考完之后，在生活中我就开始去更深入地体验、应用。基本上通过整体自然医学，通过我自己的实践，咽炎的问题这十几年的时间里基本上不存在了，偶尔也会有咽炎，但是我没有丝毫的恐惧，没有丝毫的担心，最重要的是体力和精力不再像过去那个阶段那样会出现疲劳、劳累。虽然我知道生活会有压力，环境的变化可能会导致出现一些状况，但是我非常清楚地知道那是我做错了事情，是身体对我的一种提醒，同时身体因我对它的伤害启动了自我保护机制，所以我特别感恩这具身体。

我发现今年我的体力、体能比我在 18 年以前还要好。当初 2004 年来到学校教书的时候，我的体力和体能以及精神状态没有现在好，也就是说这 18 年我没有老去，反而比原来变得更有活力，更热爱生活，更有力量。我觉得我这人生赚大了！这取决于我在 2006 年跨出的那一步，虽然那次出去学习往返的机票和课程费用耗掉了一个多月的工资。

自 2011 年开始，我走上了探索生命这条路。

我还想跟大家讲，我身上有一个非常重要的特质和特点就是我特别积极和主动，当我看到一个信息之后，我能迅速抓住。我跟沙因老师这本书的链接，是因为 2015 年有一个从长沙过来的医生跟我推荐了这本书，我就买来看了，但没看懂，一点都不明白。这本书好像说得挺好，什么跨越彻底解脱点、自由自在玩耍等，虽然也提供了四个工具，我挺向往，就是看不太懂，所以没用工具，就放下了。到了 2017 年，又有人跟我说，好像有人活出来了，那我就再看看吧，那个时候好像已经看得懂了。

到了 2017 年元旦我就问了问我自己，我这人生走到今天，已经快 50 岁了，我已经过了这么多年也还有惑，我也不知道啥是天命。我当时就做了一个重大的决定，我要花五年的时间搞清楚为什么我会来到这个世界，为什么我在人间会有这么多烦恼，有这么多痛苦，到底有没有解药？这五年哪怕不吃不喝，我必须把这件事情搞清楚，无论付出怎样的代价，我都可以，只要能够有一口气，穿什么、住什么、开什么车都不重要了。

当我作出这个决定之后，人生很有意思，就开始出现各类信息、书籍、人物来协助我去寻找。

从 2017 年到 2019 年的 9 月份我回到宁波之前，这两年多的时间里面，我去了世界很多地方游学，结识了很多老师甚至大师，特别感恩这一路走来所有给我帮助和支持的老师们、同修们，这里就不一一列举。因为没有那一段旅程，不会有今天知行生活道的成立，不会有我们的线上读书会和线下读书会、静心能量茶会等，我也不会陪伴这么多人，可以支持这么多的人，不会有这段旅程的。

大家可能知道，我一直在讲课，包括做老师这个身份，在 2017 年的时候我自己也带微课，也收钱，目前在线上的好多人就是在 2017 年那个时候听我课的人。我去参加课程，我也做了一个创造，当时我就带着几十个人来跟我一起学习成长，当我肩上有一种责任，我要讲给别人听，第一次去上课我几乎生怕落下一个字。我记了一个大本外加小半本，我就是为了能够讲给别人听。这种情况下谁收获最大？一定是我收获最大，我学习态度很认真，当一个人肩上开始有了承担，他的成长速度是飞快的。他如果只想自己好，他很难好，他永远好不了。比如有的人这里不舒服，那里不舒服，健康有问题，他一直没好，没解决问题，但当他说他要想把健康搞明白，还要帮助别人好，他的病好的速度就特别快。

如果大家愿意去扩大自己，愿意去支持和帮助、协助更多的生命成长，你获得的助力将会是最大的。

这一路走来，在 2017 年 6 月，我在新疆遇到了一个人，他只听过我的生命体验记录就非要带我去新疆自驾游，陪我一个礼拜，他叫高飞，他说他出钱、出时间、出车陪我游新疆。当时我突然发现我的价值感被极大地满足，于是我就决定，我不再去讲授我自己没有体验过的知识，我不再只当一个二传手去传老师的知识、理论、概念，我暂停下来，我就停止了我的个案，停止了所有收费课程（已经有上百名学员了），我专门去做体验。

我开始做免费分享，在这几年的时间里面，受我影响的人不计其数。现在几乎每天都有人来加我，说听了我的音频收获很大。我这么做，我很快乐，很开心，也很喜悦，我自己也获得很大的成长。所以，我要特别感恩这些人，感谢很多素未谋面的人，我甚至都不知道他在哪个角落，但是他给到我力量，给到我加持，这是无形的东西，是无法用言语表达的，也不是眼睛所能够看得见的。

就这样一路走到了2019年，我实际上是第三次拿起沙因老师的书。大概是在2019年的春节前后，我把书籍内容变成了音频，也就是大家今天在"喜马拉雅"所听到的音频。在那个时间节点，我重新决定开始认认真真读，认认真真去做流程工具、表达赞赏和感谢的工具。我的一个好朋友，我要特别感谢他，他跟我说，这么爱学习，还读书干嘛，去上课呀，人家已经来中国讲课了。3月份我就带着我太太一起到深圳参加了沙因老师的金钱工作坊，当时老师有一个经典的动作，他说现在他给到大家身上一个工具包，我们已经有四个工具挂在腰间了，无论在生活中遇到什么样的问题，我们都可以从其中拿出一个工具来，从那一次开始我就更认真和踏实去运用寻宝工具了，有时候一整天都在收回力量。

从2017年开始，有五句话一直伴随着我，就是：扩展意识，提升能量，训练能力，做好自己，成就我们。在2019年6月，我突然意识到一个问题：这个世界上没有大师。这个世界上如果存在一个大师，那就是我们每个人自己。只有我们跟自己内在的那个大师能相遇的那一刻，能认出的那一刻，能合一的那一刻，生命才真正开始。于是，2019年9月我回到宁波，提出四个字：扎根生活。我把所有学习到的知识在生活中践行出来，就这样开始有了免费的静心能量茶会、读书会、电影赏析会等一系列活动，随后有了幸福生活训练营，早间练习等线上、线下丰富多彩的活动，协助大家拿回力量，这些在后面章节会有详细讲述。

所以，不仅要有故事，还要学会讲述故事。

········ **开启功课，收回力量，一事一觉，当下圆满** ········

▶读完这章节文字，你最大的收获是什么？

▶它对你的思想、意识有哪些触动？

▶接下来你打算采取哪些行动，实现你的生命愿景？

▶如果你需要，你想我怎样帮助和支持到你？

# 7

第七章

# 闪耀你独特的光芒

　　这本书到这里，相信你无论在意识、能量和物质方面都有极大扩展，从生命愿景和蓝图开始，到拿回幸福主权，圆满各种关系，并随时收回力量，现在的你估计是能量满满，内心强大，是人见人爱的珍宝，也是幸福的制造机，你有能力在物质世界中绽放自己。接下来，请你再确定以下几个问题的答案，随着自己清楚地看到答案，我想你的进步更是不可同日而语。

　　第一，这本书带给你最大的收获有哪些？你有自己清晰的蓝图了吗？你这一生最大的梦想是什么？它是从什么时候开始的？是什么让你做了这样一个决定？当你作出决定的那一刻，你起心动念的那一念到底是什么？现在的你还真守着当初的那个念吗？

　　第二，你特别需要去成长的有哪些？这一年你最需要去成长和突破的东西是什么？你有没有聚焦？

　　我希望你找个安静的空间和时间，认认真真坐下来，清楚明白地写下来。

　　几乎没有人知道你这个生命是多么的了不起，你的内在是多么丰盛、多么富足、多么辉煌、多么灿烂！绝大部分的人都活在自我、小我过去所形成的意识里，活在过去的世界观、过去的人生观里，活在旧有的模式里，完全忽略了这个伟大的存在。每每看到这么独特的生命就这样被耗费掉，真的太可惜了，这常常让我痛心不已，我常常问自己，到底我能够做些什么才能支持这些生命活出自己？如果我真的能够支持他们精彩绽放，获得终极自由，用我的生命来做交换我都愿意。

我要怎么样才能够支持到你，我们要玩一场什么样的游戏？那就是吸引那些想要绽放这个独特生命的一群人。无论你在哪个领域，你都能成为最璀璨、最耀眼的那颗星，你的光芒无人可以抵挡，你就是那个 superstar。

# 第 1 节　找到你自己独特的热爱

我们每个人每天都只有 24 小时，没有哪一个人会比另外一个人多一分钟、多一秒。但在不同的状态下，每个人创造的价值不一样。很多人前怕狼后怕虎，做事情犹豫不决，然后又说他没有行动力，他很懒惰，他拖延，他就是改不了，脑子里想很多，又不去做事情。你有这种情况存在吗？如果有，我告诉你，这不是你没有行动力，而是因为你没找到热爱。

人生永远都不是通过努力来解决问题的，如果你想要努力，那你的生命就是在消耗状态。TCE 创造这个世界，是让你来享受的，不是让你来努力的。但是你做着做着，就忘记了人生来是玩游戏的。你开始为了所谓的目标，为了所谓的大房子、好车子，而忘记了生命本身，忘记了自己的热爱。

你有自己特别热爱，特别痴迷，特别投入去做的事情吗？如果有，那恭喜你，请继续你的热爱，并做到极致；如果没有，那也没关系，我们一起把它找出来，然后做到极致。

找到自己的热爱，是一件特别重要的事情。在生命成长的过程中，一般只有两种生命状态，一种叫坚持，一种叫热爱，选择不同决定了你的人生不同。从脑科学的角度来讲，坚持和热爱，这是大脑神经网络细胞呈现的两种不同状态。

假如说你上班的目的就是挣钱，挣完钱之后，你可以出国旅游，你可以买你想买的东西，这份工作是你不得不做的，是为了得到你想得到的结果，你要坚持把这件事情做好，你没有调动自己内在的生命能量，你只是为了有一口饭吃，只是为了到周末可以放松一下。就像跑步一样，你要坚持跑，咬着牙跑，再跑一圈，你就可以达标了。这种情况下的你是在坚持做一件事情，你的大脑中那些能够产生多巴胺导致兴奋、快乐、喜悦的神经网络和脑细胞基本上处于睡觉的状态，绝大部分神经网络和脑细胞是没有被激活、没有参与工作的。如果你坚持做不喜欢做的事情，是为了下一个阶段怎样，我想告诉你，你就永远不可能活在当下，你也就很难感到喜悦。

你的大脑神经网络、脑细胞只有两种工作状态。当你热爱时，它们被激活，而当你坚持做时，它们没有被激活，它们的状态是沉睡。我们的大脑是由 860 亿个神经元细胞组成的，就相当于一个工厂里面有 860 亿个工人，如果你是在坚持的状态，有 90% 的工人是在睡觉的状态，他们都在流水线上睡着了，如果你是在热爱状态，你大脑中的 860 亿个神经元细胞 90% 以上都在工作，这与坚持下的大脑状态是有天壤之别的。

当一个人做一件热爱的事情时，他眼里会放着光。正如著名的足球运动员梅西有一句话，他说："足球一到脚下，世界就消失了。"这是什么？这是兴奋、快乐、喜悦。当他跟着足球去奔跑时，他感觉整个人都已经到了世界的尽头，他的大脑厂区 90% 以上的神经元细胞都处在一种高度兴奋的状态。

你有看过电影《超体》吗？如果你看过，就会知道当一个人的大脑细胞完全被激活之后，是一种什么样的状态。你要什么就来什么，最后就是无所不能、无处不在的状态。

当你做着你特别热爱的事情时，你大脑中的多巴胺在工作，你的大脑工作是全方位的，是最高效的、最有智慧的。我女儿考完试之后就特别兴奋，我在车上也跟她聊。我说："你知道吗？如果你一直保持你现在这种兴奋的状态，并用这种兴奋的状态来看书学习，我告诉你，你的学习成绩根本不会差，即使考不了第一名也是第二名。"但是我们很难把人一直带到这种状态里面去。

人生为什么失败？就是因为他只是在坚持，他没有做自己热爱的事情，没有去调动和激活那些大脑中的神经元细胞，而是让它们一直处在休眠的状态，生命能量白白浪费了。

你让自己的大脑处在哪种状态，是兴奋、高效，还是沉睡、低迷？

在生活中我们周围的人只有两种，一种是以坚持为主色调的，这种人活得水深火热、苦大仇深；另一种是以热爱为主色调的，他们玩得开心、快乐，学习很轻松，做事也非常轻松高效，人生充满着乐趣，充满着五彩缤纷。人要么热爱、要么坚持，没有中间选项。你愿意成为哪种人？

请你试着去找到你最热爱的事情，去做能够让你热血沸腾的事情，去做那些能够让你废寝忘食的事情吧，让你的脑细胞痴迷、沉醉、激情地燃烧起来吧！当你开始投入热爱的事情时，如果 24 小时你都在做着自己热爱的事情，那么 24 小时你都是享受的。

有人说："老师，为什么你现在充满着精力，充满着体力和活力？"那就是因为我正在做着我最享受的事，我热爱去支持每一个生命拿回自己生命的主权，回归自己的生命大道，做自己世界的王，做一个幸福的人。做这些事时我很开心、很快乐，我也很享受。

下面我跟你分享一个老师的故事，也许会对你有所启发。

这个老师最初是学建筑学的，后来转行当主持人，最后就成了中央电视台知名的主持人，就是因为他热爱。他在省电视台工作时，他说："你不需要给我什么特殊的东西，只给我一个沙发就可以的，这就是我的心态，因为我热爱。"后来他去中央电视台工作，他说："我花三年的时间，一定可以把这件事情做好。"他打算在这三年的时间里不计报酬，不计回报，不考虑要不要出名，结果三个月他就抓住了机会，他说："我本来计划用三年时间在中央电视台找到自己喜欢的事情，可三个月就已经找到了。"后来他采访了帕瓦罗蒂，采访了瓦尔德内尔，现场直播时出现在亿万观众的面前，他当选年度"中国十大记者风云人物"，那一年他才 29 岁。

他说："如果你是在 40 岁以下，你应该停止你现在做的所有坚持的事情，给自己三年的时间，哪怕一分钱都不赚，只要你有一口气能活下来，你也不要谈收益，你都要找到你的热爱，唯有热爱的事情才可以让你披荆斩棘，它是一把利剑，不需要坚持。如果你是 40 岁以上了，还没有找到自己的热爱，那你就要想办法在你所做的事情里面找到这种热爱。"

他说："比如你是一个老师，你什么都弄不好，但是你板书写得很好，那你就把这个板书发挥到极致。停止去做你坚持的事情，去寻找你热爱的事情，找到它。不然的话，你这一辈子就白来这个世界一场。"

2017 年，我做了五年规划，我计划用五年的时间，把生命探索这件事情搞明白，到底人为什么会来到这个世界？我们为什么要活着？所以我开始去花很多的钱和时间，去拜访国内外的各类名师，只要觉得那个课程能够帮助我打开意识，提升能量，身体能够提升，我就拼命地去学，拼命地去找。

很多人问我："老师，你怎么那么能坚持？"实话实说，这跟坚持没有一点关系，因为我喜欢。还有人问："老师，为什么这么多人来来去去，你都如如不动？"因为我知道我已经走在一条必赢的路上，我正在做我热爱的事情。

世上 90% 的人是没有被激活的，是因为没有找到自己热爱的事情。如何做才能找到自己的热爱呢？当你在做每一个选择时，不是按着应该做的事情来做，而是做让你最兴奋、最喜悦的那件事情。如果你能跟随内心的指引走一段时间，你将会逐步地发现哪一件事情会让你特别兴奋。

如果你现在还必须工作，还要养家糊口，这是必须要做的，你不能立刻辞职不工作，否则你的生活来源都没有了，你会陷入新的焦虑和困境之中。这个时候该怎么办呢？你就在你的工作里面去寻找乐趣，去创造快乐，你一定可以的。

从今天开始，每天早上起床第一件事，请面对镜子里的自己，先从对着自己微笑开始，干一件能够让你激活的事情。

当我女儿不开心时，我就跟她聊，我说："你今天有没有开心的事情？"

她说："有啊！"那我说："接下来你是继续去寻找开心的事，还是想一直陷入那个不让你开心的事情里面？"她说："那我们去寻找新的快乐吧。"

放下分别，放下判断，去寻找到你最热爱的吧，比如插花，比如舞蹈，比如写字，比如亲子教育、美食……都 OK。在你没有确定那个热爱之前，你试着把眼前所做的事情变得好玩，变得有趣，变成热爱，你就是高手中的高手。如果你洗碗时眼睛都在放光；如果你拖地时眼睛都在放光；如果你在做你任何一项工作时，你的眼睛都在放光，那你肯定找到热爱了。

当你醒来，你找到了你的热爱，找到了你的激情和快乐，你就能够让你的"百万雄兵"醒来，让你的"百万雄兵"协同作战，你会发现你就可以以一抵百、抵千、抵万。但如果你的百万雄兵都在睡觉，就只有你的"小我"在努力，你注定累个半死。

我相信每一个生命都能活出来。你一定要行动，而不是单纯在想，我劝你别想了，你肯定想不明白，因为你要想得明白，你就不会有烦恼了。你说你一定要搞明白才会行动，我说你搞不明白的，你要能搞明白，你早就搞明白了。千万别等自己想明白，这是一个伪命题。问题的制造者怎么可能解决问题呢？你不彻底地打碎重建，不彻底地改变，你怎么可能创造一个新的世界？不可能！

从这一刻开始，你要真正把自己当作最宝贵的资产，找到自己的热爱，找到自己的喜爱，专注在某一方面，纵向打一眼深井，深挖洞，广积粮，花三五年的时间都非常值得的。终有一天，你的能力和能量会被释放出来，那时谁也无法挡住你闪耀的光芒。接下来的这十几年会是一个非常动荡的年代，是新旧交替的时代，当你能够准备好自己时，你就有机会去迎接新时代，甚至是成为这个新时代的引领者。

········ **开启功课，收回力量，一事一觉，当下圆满** ········

▶ 读完这章节文字，你最大的收获是什么？

▶ 它对你的思想、意识有哪些触动？

▶ 接下来你打算采取哪些行动，实现你的生命愿景？

▶ 如果你需要，你想我怎样帮助和支持到你？

## 第 2 节　闪耀你独特的光芒

从此时此刻此地开始，请你自信起来，别再自责觉得自己这不对，那不好。别再批评、评价别人，更不要自责、自我攻击。你就是独一无二的存在，你不知道你有多么了不起。无论现在你的身体、你的感情、你的财富出现什么样的状况，那都是 TCE 完美的创造，为你这个独特的生命做的独特设计、独特旅程和独特体验，过去你从来没有犯错，现在不会，未来也不会！

今天你就是独一无二，谁讲什么都没有用，你就是要活出你自己，谁也别想阻止你的生命精彩绽放。

从今天开始，你要时刻牢记四个字：信、愿、行、证。

"信为道源功德母。"在生命成长的道路上最核心的信念，第一条就是信，如果你不信你是独一无二的存在，如果你不信你光芒万丈，那么你再听一百个人的课也没有意义，也没有用。

你真的信吗？你真的相信你是创造本质，你是 TCE 及其力量的临在，你是光，你是爱，你是无限……你要问你自己。如果你还不信，那就释放自己的恐惧，直到拿回力量，确定内心百分之百信任。

当你能够真的活明白时，你就会体验到所有的奇迹，这一点都不奇怪。因为你眼前所感知到的一切，它都属于你，每个人都有自己感觉的世界。用心去聆听，用心去感受。

每一个起心动念就决定了结果。这个世界除了你看得到的有形的外，这个宇宙中还有更大的力量。你为什么不去运用呢？要启用这股力量，需要你有愿力。在你百分之百信任这一切都是你创造的基础上，立大愿，行动，你会所向披靡！

假如你现在还不清楚自己想要什么，我再发出一个邀请，请你对自己一定要下一点狠心，把自己打碎，重建你的新系统。这是几乎没有选择的事情，因为你要绽放耀眼的光芒，一定要把所有的东西都粉碎掉。

我再次跟你分享 2017 年我写的五句话：扩展意识，提升能量，训练能力，做好自己，成就我们。我觉得这五句话真的很厉害。当你在不断地去扩张自己的意识时，你的生命的能量也在不断增长！同时你还要训练自己的能力，不仅让自己值得，还有能力获得，做独一无二的自己，你就是你，最后做到从我走向我们，让大家成为大家。当你的生命真正开始成长时，你会打破所有的限制，可以真正地活出无限性。

你问我究竟在做什么？我想带你踏上一条"回归道，做英雄"的生命之旅，回归你自己的生命大道，绽放你独一无二的光芒，做自己故事中的英雄，做自己世界的王。我希望我能成为你生命中的那个人，在我这里，你可以放下所有的委屈、所有的不安，甚至你觉得见不得光的东西，我不会对你有任何评判，我可以完全接纳，接受所有的一切。

今天我送给你的礼物，你收到了吗？此刻当下，邀请你感受一下自己的身体，你的身体是怎么样的？发冷还是发热，紧张还是放松？你的感觉如何？舒服还是不舒服？你内在心灵有怎样的感受？你的内在有没有受到触动？或者是你觉得我在夸海口，你没听懂。你可以任意表达，勇敢表达出来，可以让我知道也可以只是单纯地写下来，相信你会有不一样的体验。

生命中最幸福的事情是什么？对我而言，最幸福的事情就是有一群心灵相通的伙伴在一起陪伴，我们可以心手相连，可以真正地成为背靠背、彼此交托的家人，我内心很快乐，很幸福。人这一辈子，总要找一些靠谱的人在一起。我希望你也可以有这样的机缘，找到志同道合的人与你相伴而行。

你是这个世界上最珍贵的宝贝，绽放着独一无二的光芒，我愿意陪伴你活出真正的自己，让这束巨大的光芒照亮夜空，照亮整个宇宙。在这里你就是你，你就是天下最美的风景、最不一样的烟火。无论何时，我就在这里，一直在这里，从来没有离开，也一直都在！祝福你！我爱我们！

········ **开启功课，收回力量，一事一觉，当下圆满** ········

▶读完这章节文字，你最大的收获是什么？

▶它对你的思想、意识有哪些触动？

▶接下来你打算采取哪些行动，实现你的生命愿景？

▶如果你需要，你想我怎样帮助和支持到你？

# 8

---

第八章

# 踏上真幸福的旅程

你当下的人生，就是最完美的安排，你从来没有错，更不会犯错，一切都是选择而已，你选择什么就体验什么。虽然大多数人对自己选择的结果并不满意，但是不论你如何推脱责任，那都是你自己的选择造就的结果，只是在选择的时候你无知无觉，你的选择造成的结果是你并不享受的，仅此而已。说到底，一切都是有无觉知导致的。你的觉知水平就是你无明的程度。你身上的枷锁和限制、信念越少，你的觉知水平会越高，在发生事情时你就能先知先觉或者当知当觉，如此你就会作出相对更高频的选择。不是现在的结果怎么了，而是结果之后的结果如何，结果之后的结果就是你的未来，它是由你当下的抉择决定的。

你是要终极自由，无拘无束地生活还是要其他什么？一切都是你当下选择的结果，一念一世界也就是这样的，不同的念头引起的能量、发生是不一样的，反映到物质世界就呈现出千姿百态。你真的确定要从无明走向光明，真的确定要改变自己命运的运行程序，卸掉枷锁，拨开云层，见到光明，获得终极自由，无拘无束地生活吗？

记住，一切都刚刚好，没有人会犯错，放掉所有的自责、怨怼，都只是信念而已。请你放下一切限制，记住每一个当下都是全新的，轻松前行，大踏步走向光明！

## 第 1 节　当下就是最完美的安排

"你当下的人生，就是最完美的安排。"看到这句话，你感觉如何？最完美的安排就是此时此刻无论发生了什么，都是最完美的，一切都刚刚好。在这场人性游戏中，最有意思的就是无论你选择修行，或者你选择不修行，都很完美。选择修行，你就有机会去超越你所谓的原来的完美；选择不修行，你也一样完美。

既然当下就是最完美的安排，那么人性游戏到底还有没有剧本？我说是有剧本的。剧本的所有可能都存在于时空中，在你做出选择之前剧本的所有可能都有机会发生，但是当你选择之后你就只能体验当下的一个剧本而已。比如说，当你选择生命成长，关于生命成长的信息会铺天盖地来到；但是如果你没有选择生命成长这条路，那些信息也可能会来，不是它不会呈现，但它可能只是一滑就过，你会视而不见，因为这不是你要体验的重点。

在人生的这一场梦或游戏中，每分每秒的发生，都基于你的选择。当你把每分每秒的发生当成你人生中最有意义的一场表演时，所有你周围的发生都会因为你而变化。这个时空为我们提供了最大利益的学习机会。你搞不砸任何东西，所有的一切都是为你来经历和体验、为你的学习与成长而来的。

不同的选择会让你拥有不同的生命体验，站在更高的高度，从 TCE 这里讲，所有的体验都很完美。这是整个宇宙非常有意思的运作方式，你是因，世界是果，也叫心是因，世界是果。一切都是你说了算，一切都是为了你这个生命成长服务的，宇宙在这一刻，是来匹配你的。当然，这个你不是"小我"，不是这个心智机器，是指那个更大的"你"——灵魂。如果你是一个有限制性信念的人，世界为了配合你，让你看到的所有一切都是限制；如果你是一个有原则的人，它让你看到的就特别有原则；如果你是一个很灵活的人，宇宙就是灵活的。宇宙最大的规律，就是配合你。你选择了什么，你就能够看到什么，你就能够经历什么。

你没有任何理由再去抱怨当下的这个世界，因为它呈现了你最想看到的样子。也就是说，此时此刻你的悲伤、完美都是你最想要看到的，最想要经历的，这就是你的选择。你说："我不抱怨这个世界，我抱怨我自己，总可以吧？"也不对，因为你是因，世界是果，也就是说，你抱怨自己时你就把你创造的这个结果当真了。

每一个当下都是全新的，每一个当下都是一个全新的开始。从实相上面来讲，永远都只有真实的创造，没有所谓的结果，所谓的结果是你想要取得的所谓成就。

当下就是最完美的安排，一切刚刚好。

你一定会问，既然宇宙都配合你，到底谁说了算？是你说了算，还是我说了算？前几天我做了一个梦，我在梦里抓了一个东西在甩，醒来后我发现床头的一件衣服被我扔到了地上。通过这件事你发现了吗？梦境中，所有的物质都随着梦境在做着调整，我的身体是配合这个动作去做出来的。

这个世界就像一面镜子，一万个人在镜子面前照，会看到一万个不同的面相，但镜子是岿然不动的。在量子力学里，这个世界是一个量子纠缠，它有一个观察者效应，就像双缝干涉试验，观察和不观察最后投射出去的光波是不一样的。换句话讲，这个宇宙是按照同步性在显化和显示着，这个世界永远都是你说了算，这个世界一直在配合着你这个导演。

你觉得你的过去是真实的吗？它对现在、对未来有没有影响？有多大的影响？如果你是用心智机器把过去带入当下，你就会让当下无数次地在重复和经历着过去的发生，实际上当下什么都没发生。举个最经典的例子，比如，小时候你妈打了你一巴掌，此时此刻她并没有打你，但是你一想起这件事情，还觉得自己是个受伤的人、是个受害者，那就是你心智机器的运作模式。如果你能懂本章节开始的第一句话——当下的人生就是最完美的安排，你就可以跟你的过去说再见了，你再也不会受它的影响和干扰。

如果你没有了任何的信念，没有了任何你以为的、你知道的，你以 TCE 的角度来生活，你只是来经历和体验这个世界的，这个世界就是天堂，就是所谓的如来、所谓的空性，它的本质就像那面镜子，它什么都没有。但是"什么都没有"不是你所想的什么都没有。在头脑层面，你是有些无法理解和想象的。在心灵层面，在真正的创造本质层面，它是没有任何结构的，它无任何的相。只要有相，它就已经不是它了，只有它没有任何相的时候，它才是它本来的样子，它不是固定的。

当你开始越来越深入地探索生命真相时，你发现你有些看不懂这个世界。其实不是你看不懂这个世界，是因为你看不懂自己的信念系统，你发现在信念系统中有着层层叠叠扣在一起的东西。你认不出镜子中的你，你不知道你是谁，谁是你。如果你认不出镜子中的你，那就是你陷入一种"玩空"把戏，你没有了那个我，在镜子里是什么也没有的，你觉得好像一切都没有意义了。而真正有意思和有意义的是因为你在。如果你都不在了，情况会是什么样子，世界会怎么样？你能想象吗？

当下就是最完美的安排，一切刚刚好。

假如你对现状不满意，假如你觉得自己是受限的，有局限的。你除了可以去运用流程工具收回力量外，你还可以彻底交托。既然这一切都是最完美的安排，那你还要做什么呢？你什么也做不了，也不需要，交托出去。

假如现在你觉得生活无比精彩、无比美好，这个时候你就放松地享受，去感恩、赞赏和感谢。当你开始不断地表达赞赏和感谢时，你在向宇宙传递一个信息，这就是你想要的，宇宙会给你更多的美好和精彩。

假如这个宇宙是一位顶级的大厨，他可以创造任何东西，我想问你，如果你去他那里吃饭，你还需要点菜吗？你肯定是说不需要，他安排什么你就吃什么。因为他做出来的任何东西都是美味的，你只需要去品尝，只需要去体验，只需要去经历就够了，你根本不需要去点菜。也就是当你什么都不想的时候，你发现你才有机会变成 TCE，他的心愿就是你的心愿，此刻你才能够成为一个真正自由的人。只要你还有你想体验的，只要还有一个条件不满足，就无法合一，你就无法真正地成为 TCE。

一个小说家在写小说的同时，他还在经历着这部小说中所有的人物角色，他正在经历着他想象中创造的一切经历，如果他知道下一秒会发生什么，他就会失去作为经历者要去体验的滋味。小说家创作时是没有一个固定剧本的，他是边写边看的，就像杰克·罗琳在写《哈利·波特》时，她根本不知道直到写到第七集伏地魔才死。

没有一个剧本是死的剧本，它一直在推进中。如果你是一个剧中的人物，你是不能改变创作者想法的，你只能体验。现实生活中，你就不会以为你只是中间的一个角色，你在体验你既是写小说的人，又是看小说的人，同时还是小说中的一个人物角色，你是几层意识糅合在一起的。当你知道你是多层意识糅合在一起的"我"时，你将拿回生命的主权和力量。

为什么说 TCE 是无限的？因为他可以创造任何他想要创造的。这里面有一个横向的整合，就是你、我、他的整合，还有一个纵向的整合，就是编剧、导演、演员的整合。所谓的合一，就是你、我、他的合一，也就是编剧、导演、演员的合一。如何才能迈向合一，彻底拿回你的生命主动权，做你的世界的王？除了流程工具外，你还需要做到以下几点：

第一步就是放下，放下你以为的，放下你的定义，放下你的判断，放下你的知道，全然交托、全然接纳，不是去跟上天做交换，而是让自己全然地临在。就像小孩子，他是一个活的灵魂，他是一个真正全然当下的状态。他跟你吵着说他要吃冰激凌，下一刻他突然看见一个玩具，他根本想不起冰激凌了，他是全然的，当下没有一个固定的他非要的东西，只是那一刻他的心灵想要那种经历和体验，他跟随那个经历和体验而行走。

当你彻底地放下所有的期待，放下所有的标准，放下所有的你想要的东西，你才有可能真正回到最高的意识状态，你的心意就变成了天意，天意就成为你的心意。真正的创造本质想要去表达的，就是你想要去表达的。这个时候你才成了真正的 TCE，或者作为小说家这样的体验者。当你的心意就是天意的时候，你就是替天行道，也就是所谓的无我，也就是所谓的无为，回到老子所说的"无为而无所不为"，无我成就真正的我，回到源头，回到真正的创造本质。

当你能够彻底地放下时，才有第二步——接收。你才有机会接收到 TCE 给到你的信息和信号。实际上这个信息和信号从来都没有中断过，它一直在，只是因为你有太多心智机器的运作而无法识别和分辨出来它传递给你的意识。当你静心冥想时，你就可以进入更深的体验和经历里面去。

放下、接收，然后才能有第三步——创造。创造一定不是妄造，不是妄想，不是你想要去创造，就像大自然的创造一样，是不以人的意志为转移的。大自然里面最有意思的东西就叫作生生不息，永远没有终点，没有停止，它不断地向外生长，不断地向外去延伸，循环往复，无始无终。

生命成长的这趟旅程，没有终点。当你打开一扇门，还会有新的一扇门。如果你以为你觉醒了，这些东西都好了，我现在就告诉你，这都叫妄想。这不是实相，这也不是生命的真相。如果你真的醒了，你就不会操心觉醒之前发生了什么。生病也好，财务危机也好，你也不会再去担心未来会发生什么。你只会在当下去创造全新的体验，因为你知道只有当下是真的。

当下就是最完美的安排，一切刚刚好。

当你真正放下，你才能接收，你才有了当下全新的创造。每一个当下都是全新的，没有过去，没有未来。过去和现在跟此时此刻这个当下半点关系都没有。最后这一段话，送给你：所有的错误都不需要修正，你需要修正的是你的假设，你唯一需要调整的就是你的源头。因为当你的源头调整以后，你就知道这一切都是你想要去体验的。在当下你想创造什么样的体验？

········ **开启功课，收回力量，一事一觉，当下圆满** ········

▶ 读完这章节文字，你最大的收获是什么？

▶ 它对你的思想、意识有哪些触动？

▶ 接下来你打算采取哪些行动，实现你的生命愿景？

▶ 如果你需要，你想我怎样帮助和支持到你？

## 第 2 节　点一盏灯，照亮你的无明

当一个人在黑暗中行走，他最需要的是什么？那就是一盏灯。在你修行成长的道路上，同样也需要点亮一盏灯，照亮自己，从无明走向光明。

在你的思想意识里，你觉得无明是什么？你是怎么理解的？无明到底是什么呢？

或许我给出的答案出乎你的意料，在你的意识之外。一切都是你的心创造的，你不知道的那部分，就是无明。只要你不是在全知全觉状态，所有你无觉知的那部分就是无明，这并不是传统文化中所讲的无明，而是一个更大更广义上的。

无明的意义在哪里，为什么需要无明？

无明的意义就在于只有无明才能让意识产生层次。如果你是全知全觉的，你全部知晓，就没有延伸和延展的可能性，这个世界的生生不息就很难存在了。因为在全知全觉的状态下，你没有了创造、创新，也没有了关系。这个世界一定会有一部分是你不知道的，在你意识之外而没有被觉知到的部分，它来自于你的心灵创造，是生命需要完成的体验。

你看，只会看你能看到的；你听，只会听你能听到的；但是还有你看不到的、听不到的那部分，就是无明，就是壳，是为了让你有"我"的感觉。无明就是为了能让你知道有这个身体，有这个时空。无明或者叫作壳，也就是你觉知的边界。

有人问：老师，这个世界的真相到底是什么？真相就是这一切都是你创

造的。真相就是一切都在你之内，真相就是你，你就是爱，你就是喜悦，你就是自由，你就是无限，你就是丰盛。真相就是心外无物，你心即宇宙，宇宙即你心，这就是真相。当你不能够百分之百确定和安住在这个真相里面时，你就在无明当中。

"我知道这一切都是我创造的，但是我却不知道是我创造的"，这就是无明。为什么你创造的但你又认不出，你又记不起？因为这一切的遗忘，都是为了让你有一天能完美忆起。你的头脑可能是已经遗忘了，但有一个东西是非记忆的，不是你记忆的存在，那就是你的感觉，你的感觉始终在。也就是说，你的记忆可能会忘掉，你的头脑可能会忘掉，但是你的心是不会忘的，心非常清晰。

当你开始长大，当你的意识开始不断扩大，到一定的时间你就会破壳而出。这个破壳而出的过程，就是一个新生命真正的诞生，你就成熟了。破壳就是穿越那个"我"，就是所谓的"我"感，这是"我"的，这是"我"的孩子，别人的孩子学习认真不认真，成长好不好，你根本不会着急，因为你觉得那不是"我"的孩子，与你无关。

人成熟和没有成熟最大的区别是什么呢？就是对壳的感觉不一样。在你没有成熟时，你是不知道有这个壳存在的，不知道为什么，是在完全无意识的状态下。但是当你开始成熟的时候，你就知道有这个东西存在，你的觉知就会不断扩大。如果你是被强行拉开的，不是亲身穿越过去的，你就还没有长大，也不是一个真正成熟的人。随着觉知的不断扩大，你还可能会碰到更大的恐惧，但这也是由你的内心创造的，是你的一部分。因为所有外在的东西都是你的心所创造，它本来就在你的内在，这是所有创造的源头。你只是把它投射到外在，你不认为它就是"我"，从而产生恐惧。

当你知晓这一切都是你创造的、你的心外无物时，所谓的恐惧也好，不接纳也好，所有的贪嗔痴慢疑也好，它们全部都成了你的一部分，是不可能离开你的。TCE 在创造的时候，有一个非常重要的法则——他用他自己在创造，他让每一个人说"我是 TCE 及其力量的临在"，这是真相，它是 TCE 的一个延伸。用这样的表达方式让你看到这个真正创造的本质是什么。因为你是创造者，你就要去经历所有的创造。所有被排斥在外面，所有不被接纳的这些东西也是你创造的，这些东西是不会伤害你的。但什么东西伤害了你呢？是你的念头，是你的不接纳，是所有被你排斥在外面的东西，它们都有可能伤害到你。

举个例子，比如说人类把地球上所有不要的东西抛到外太空，把它们抛出去，脱离掉。假如有一天我们人类要飞跃地球去跟外星人交流和交往时，要穿越太空，穿出地球时，却突然发现所有被抛弃的那些东西成为我们最大的障碍。

你不需要接纳任何东西，也不需要去排斥任何东西。一切都在你之内，没有东西会超出你之外的。只要你能够看清楚这一点，你就可以去撤销所有你不接纳的东西、你所对抗的东西，你才有机会穿越无明区域。

这个世界上到底有没有地狱呢？其实，你恨一个人，你对他的诅咒就是你的地狱。不是他下到了地狱，不是他去下油锅，而是在你内心里面你就在地狱中。只要你的念发出去，也不一定非要采取行动，在这个多次元的空间里面，就一定会有跟你的这个念相匹配的一股能量出现。黑暗是不能够隐藏任何东西的，这所有的一切都是你，你没放过的别人，是你没放过你自己。为什么在传统文化里说你不能够随便去创造念头，为什么要断念？就是你在用自己生命的一部分创造了某个念头，它是你不可或缺的一部分。就像你恨一个人，实际上你会发现无论你怎么骂那个人，最后难过的是你自己，是因为你没放下你自己，没有放空这部分，实际上只是你难受，难受的是你自己。

古语云：勿以恶小而为之，勿以善小而不为。恶的事情，你做完，难受了，虽然可能对外再也没造成很大损害，但是你自己内心愧疚，你内心知道你做的这件事情会一直跟随着你。有一句话叫作自作自受，自作自受是一句诅咒，就是所有你给出去的，你都终将会体验。这也叫作解铃还须系铃人。

你是一切的根源，源头还是在你这里。你给出去的所有念头，你怨恨别人，你不原谅别人，你嫉妒别人，你算计别人，最后算计的是谁？算计的都是自己，所有你不能放下的，受折磨的都是你自己。所有你排斥的，不接纳的，对抗的，所有从你这里分离出去的，都是你的一部分。因为外在没有别人，这一切都是你自己创造的。

很多人把自己关在了一个自我设定的牢笼里，甚至还有一部分人把自己放在了自己所建造的地狱里面。传统文化里有句话——万般带不走，唯有业随身。很多人不知道自己每时每刻都在造业，最可怕的是他不知道他在造业，他不知道冤冤相报何时了，业报就一直就跟随他。不是业力要跟随你，而是因为你还有没有接纳的东西。你在这一生做人的时候，你有机会圆满这一世创造的力量，也有机会接纳累生累世没有接纳的一切。你与你生命中发生的所有一切是一个整体，是一不是二，所有基于分裂的，都是因为你不知道真相。每次当你发生问题时，就是给到了一次你穿越无明区、开始去扩大自己的机会。

既然一切都在你之内，外面有东西吗？没有。看到这里，我知道很多人可能会瞬间消散掉所有的恐惧。因为外面没有鬼，是你心里有鬼，是你有一些没有被圆满的能量。你不知道真相，你以为外面有东西，其实外面什么都没有，一切都在你之内，只是你的意识没有扩大到知晓这所有的一切，你还在自我的认知里面。

生活中看似你在折磨他人，其实你也是被折磨的那个人，这就是施受同体。批判、批评、分裂使你无法最终合一、圆满。你只能通过接纳，知晓，放下所有向外攻击的念头，放下所有指向外的矛头，你才有机会拿回你生命的主权和力量，你才有可能达到彻底解脱。

我说你小时候的经历不一定是真实的。因为那是在当初的意识状态下，在当初的认知水平下的经历，看起来好像是那样的，但是今天随着你意识的扩展和扩张，当你开始知道"这一切都是你创造的"时，当下你就可以把过去所有的东西转化。不仅能转化掉童年的你，现在的你也会对未来的你更加确定，你会对存在于多个时空中的你更加清晰。

你拥抱未知就是去拥抱、去迎接所有的发生，所有的可能性，你就会非常简单、直达。我曾经讲过一个五岁小男孩的故事，他被关在小黑屋的那一刻，他是哭着的，但他转念一想，他可不可以笑呢？当然可以，他就笑了。在每一个当下，你都可以作出一个新的选择，你可以选择"小我"的声音，你也可以选择真正创造本质的声音，你很重要。

不是外在发生了什么，而是每时每刻你采取了什么样的行动。

"罗辑思维"的创办人罗振宇 2021 年 12 月 28 日接到通知，因疫情的原因，他在成都的"时间的朋友"跨年演讲，不能安排观众进场，他只能够独自登台，面对 12000 个空座位，办一场没有观众的跨年演讲。当时票已经卖出去了，当他听到这个消息之后，他是怎么来应对这件事情的？如果是你，你会怎么办？

罗振宇说他绝对不能退缩，一定要办，要不然对不住那么多信任他的购票观众。约束、限制条件出现了，难受、抱怨都没有用，唯一考虑的就是在约束条件下怎么创造，他当下决定——创造一个万人空场的演讲新模式。31日晚上他的演讲面对着一个空场，由他和他的音乐总监一起来完成，两个人完成了史无前例的跨年演讲。他和他的团队真实地演绎了他的跨年演讲主题"原来，还能这么干！"这个世界上没有难办的事情，只有不确定的事情。选择面对，穿越，简单，直达！

只要你不把矛头向外，你能够知晓："这一切都是我，这一切都在我之内，这一切都是我创造的。"你瞬间就有可能穿破无明区，但是很多时候你会自以为是。举个例子，有一个母亲希望女儿嫁一个富有的人，是因为她觉得钱对她来说很重要，她的这个念就已经把她带离了真相，她有可能会下意识地或在她的生命中间经历因为钱的原因相爱而不能爱。她的念创造了一个世界，进而影响她的女儿，如此念念相加，盘根错节。

如果想要在念里面去解决问题，难度是非常巨大的，也是非常人所能为之的。你要回到真相，就容易很多。因为一真破所有的幻。当光明来的时候，无论你有多少层的黑暗，都将被驱散。你只要能够活在光明之中，过去所有盘根错节的信念系统，无论叠加了多少层的黑暗，都会被驱散。

在光明还没有出现时，幻象看起来是有层次区别的，其实它并没有层次的区别。当光明一旦出现，它就没有了区别，因为光明带着"这一切都是我创造的"觉知，光明带着"我就是无限的"觉知，光明带着"一切都在我之内的"觉知，只有一没有二。如果当下你能够宽恕、原谅过去你觉得不能够被原谅的那个人，撤销掉你对他的所有评判、标签，这一刻所做的行动就会全部解放不同次元的你、不同时空的你。

当你开始知晓生命真相的那一刻，你会发现今天你是否成为一个千万富翁、亿万富翁，甚至世界首富，相对于你这个灵魂、生命来讲，可以说一文不值，没有任何意义。你知晓生命的这一刻，你知道生命意义的这一刻，你知道你的人生是短暂的，如何在短暂的一生里去创造更多的体验？假如你不想要分裂，你就给出一体；假如你不想要恐惧，你就给出平安；假如你不想要贫穷和匮乏，你就给出富足；你用光明来覆盖所有的无明，覆盖所有的业力。因为你是一切的源头，你就是创造一切的本身。

你不再是受限的，局限的，匮乏的，开始带着丰盛、无限、自由，带着让生命发光的意识，带着"这一切都是我创造的"真相意识，进入一个新的时间和生命周期。

如何穿越这个无明区，从无明走向光明？有一个最简单的方法，就是你不用再相信任何分裂的声音，你不用再相信任何有限的声音，你不用再相信任何非爱的声音。只要是来自于你的心智机器，来自于你头脑所说的，那不是真的，所有的一切都在你之内。佛是你，魔也是你。这是一种主动超越，但是并不是所有人能立刻就做得到。聚焦在你想要的人生体验里，直接认出你就是真正的创造本质，不再聆听"小我"的来自分裂的、来自受限的任何声音。假如你一下子做不到，那你开始去做一个善人，让自己活出慈悲，活出博爱，去积累你的福报与福德。在一生中，你可以开始从最小的善事做起，学会给予，把自己所有能给出的部分全部给出去，反复训练自己"给"的能力，这就是创造。

所有的灵魂都在成长，你既要勇猛精进，还要有智慧。外面的无明是他人，内部的无明就是你自己。你不需要把矛头指向他人，也不需要把矛头指向自己，无论在生活中间发生了什么事，你都有选择。

首先，选择看待的目光。你用什么目光看待眼前的发生？是用你的目光、小我的目光、分裂的目光、有限的目光、匮乏的目光，你还是选择 TCE 的目光，带着爱、带着无限、带着丰盛的目光？

其次，选择对待的态度。你准备用一个什么样的态度？你是抱怨的，你是怨恨的，你是恐慌的，你还是支持的，你还是给予的，你还是滋养的？你是积极的还是消极的？你是向外的还是向内的？

最后，你选择采取的行动，就是你接下来选择做什么？比如说要让自己发光，你每天的行为有没有发光？如果今天你随便对付自己的心情，如果今天你随便打发自己的时间，如果今天你随便让自己生气、计较、算计，想想看你的未来也就在算计和计较里了，已经超级清晰。不用看你的未来在哪里，你的未来就在当下的每一天，请你千万别忽视了每天 24 小时的价值，每天的 24 小时决定着你的未来。你每一天的时间、精力、体力、体能……你的投资花在了哪里，你的未来就在哪里。

前面讲到罗振宇的 2022 年跨年演讲，也是他自己做出的选择——空场举办演讲，准时登台。所有的选择决定了自己的未来。罗振宇的选择决定着他的未来。当时很多人说，他本来就是要面对没有观众的空场，他可以用一个演播室，这样可能更适合看直播的人，还能省点成本。但是他说："这个世界总会有不确定性的。很多人都把不确定性当作自己也变化的理由，这当然也无可厚非。但是，总该有人去扮演确定性。不管情况怎么变化，我不变。"
这么说好像有点自我标榜，他说其实不是。你就想，一个早点摊子，如果刮
风下雨不出摊，自己感冒发烧不出摊，进货不顺利也不出摊，他当然有自己
的道理，但问题是，这还是一个靠谱的早点摊吗？他还在扮演他该扮演的社
会角色吗？说到底，他的早点摊生意还能好吗？罗振宇说环境变，他不变，
这不是什么倔强的姿势，这就是本分。这个世界就是确定的人影响不确定
的人。

你是否也愿意把自己变成一个靠谱的人呢？如果你要让自己发光，要改
变自己的人生，要追求生命的真相，你就一定要做一个靠谱的人。虽然这个
社会会发生太多的不确定，但是当你开始确定之后，你就能做好准备，把根
扎下来，踏踏实实，扎扎实实地生活，走好每一步，过好每一天的生活。

你真的确定了吗？你真的确定说自己要用光明驱散无明吗？我不知道。
如果是真的，就不要再叽叽歪歪、鸡零狗碎，不要每天矫情，不要再为那些
事情消耗自己伟大的生命了。有太多的美好东西值得你去经历、值得你去体
验、值得你去创造，只要你能活出来。

如果确定了，就请你围绕着自己的终极目标前行，无论路上的风景多么
美好，都不要停留太久，时刻记住自己的终极目标。向唐僧学习，他只有一
个目标——西天取经，不论是女儿国也好、盘丝洞也好，他都不受诱惑。虽
然他也是人，也有七情六欲，但是他知道他要前进的方向，他聚焦在他想要
的体验上面坚持前行，最终修成正果。

在生命成长过程中，你会面临很多的艰难、险阻、挫折与挑战，每一次
挑战，每一次困境，每一次不舒服，都是你穿越无明的最佳时机，抓住机会
吧，光明时刻在！

········ **开启功课，收回力量，一事一觉，当下圆满** ········

▶ 读完这章节文字，你最大的收获是什么？

▶ 它对你的思想、意识有哪些触动？

▶ 接下来你打算采取哪些行动，实现你的生命愿景？

▶ 如果你需要，你想我怎样帮助和支持到你？

## 第 3 节　改变你命运的运行程序

你我都是孩提时代的过来人，孩提时代的一切对我们来说，意义重大。这是关于原生家庭的部分，有一句话高度概括出一切：幸福的人用童年治愈一生，而不幸的人却在用一生来治愈童年。虽然在意识上你知道"我是一切的创造者"，"每一个当下都是全新的"，但是在你没有真正做到时，了解自己命运的建立模式及运行规律就显得至关重要了。如果你真正读懂了这部分内容，你跟父母的关系会瞬间疗愈。

本章节内容可能跟"做父母不能不知道的事"这一部分内容略有重复，重复的目的是加深印象。从这也看得出来，我对于本部分内容的重视程度。

本部分内容开始之前，先给你讲个小故事：

有个小男孩，他的父亲是名送奶工，特别忙碌，几乎天天起早贪黑，早上很早就出门去，晚上很晚才回来。孩子非常不解，就问妈妈："爸爸到底在做什么？为什么我总是见不到爸爸？"如果你是孩子的妈妈，你会怎么回答这个问题？我相信大部分人都会说："爸爸还不是为了你，还不是为了咱们这个家。"爸爸起早贪黑很辛苦，说的也都对，也没有问题，但是缺少了一些智慧。

这位妈妈回答孩子："你的爸爸很伟大，他在为全市的市民服务。他为了大家能够喝上新鲜的牛奶，很早就出门了，很晚才回来。"这个小男孩听完妈妈的话之后，拍了拍胸脯说："我长大以后要为全美国人民服务。"据说后来小男孩成了美国的总统，他就是奥巴马。

这个故事是真是假，不得而知。但是，这个故事却给了深刻的启示：你用积极正向的语言去表达时，孩子收到的是满满的正能量。虽然同样是描述这位父亲所做的工作，但后者不仅是站在"我"的角度，正是父母这些无意中的回答，在你的内心植入了命运的程序，这才是故事里隐藏着的智慧。

每个人来到这个世界，都装了两个系统。如果把人的生命比作是手机，那么硬件就相当于是你的身体，软件包括两部分：一部分是操作系统，一部分是应用系统。

母亲十月怀胎，当你的灵魂进驻到身体里面的时候，不仅带着自己独一无二的 DNA 等的遗传物质，同时还带着另一个非常重要的东西，就是你的命运程序。你就已经拥有你这一生要上演的基本剧本，你的命运程序在母亲子宫内就开始启动了。

0—3 岁，开始安装你的操作系统。

3—12 岁，开始安装你的信念系统、应用系统、认知系统和应用程序。

13—18 岁，应用系统基本安装完成。

至此，你开始在社会上去经历和体验，开始去尝试应用这些系统，去检测父母给你安装的系统到底好用还是不好用。在这六年时间里，是你自己使用应用系统的关键，之后还要经过 12 年的时间来修正、调整和完善这些系统。到 30 岁时你身体里的系统基本上就已经稳定下来了，这就是孔子说的三十而立。

每个人来到地球，因为到来的时间、地域、空间、遇到的人物不同，你所带的系统也会不同。每个人的操作系统都是最本源、最根本的部分，是在0—3 岁注入，并逐渐建立和完善，胎教的重要性也在于此。

当一个孩子遇到事情时，他是积极主动的还是被动消极的，他是在怪罪他人还是觉得自己要去承担的，都是由他的操作系统决定的。

如果你已是孩子的父母，你跟孩子之间互动时，你是担心、害怕、恐惧居多，还是激励、鼓励、肯定、欣赏、认可居多？在孩子成长过程中，一定要引起足够的重视，认真思考到底怎样跟孩子去相处，协助他建立一个正向、正面的操作系统。

然后是应用程序的安装，应用程序涉及孩子在与这个世界互动时呈现出来的状态。那么如何协助孩子正确完成应用程序的植入，让孩子在未来能轻松面对，自如驾驭一切呢？

第一，请一定要守护、呵护和陪伴好孩子，给予孩子无条件的爱，无条件的支持。请记住：小时候的经历如果不完整，长大了他一定会想办法去经历和体验的。小时候，无论是身体还是心愿没有被满足的，他一定会在长大后想办法去满足的。

谈一下我的经历：大概在我四五岁时，我父亲有一次要出远门，骑自行车到我表姐家，大概十五六里路的样子。当时父亲问我要不要去，我内心特别想去，但是表面上又不敢表达想去。小时候的我特别乖，父母对我要求也非常严格，很多时候我不敢真正表达自己。父亲走了之后，我的内心还是没有抑制住想要去的冲动。我就没有跟任何人讲，一个人上路，从早上走到了晚上，我到了那里时，父亲却是早就回家了。我到表姐家附近，我不知道他们住哪一栋，就一个人在家属院里面转悠，幸运的是他们在做饭时突然发现了我。那时候没有电话，交通也不便利，我父母吓坏了，到处去找我。这件事的后果就是我被父亲狠狠地揍了一顿。我发现我身上一直有一股劲，包括现在对生命的探索，为什么会一直往前走？我就是一定要搞明白，一定要去经历。

如果你跟一个人说吃素好，但他特别想吃肉，他内在的原始冲动一直在，这是生理层面本身就有的东西。这绝不是靠思想、价值观与规则就可以去完成的。

在你的应用程序里，其中非常关键的一个情绪是恐惧。作为父母重要的责任之一就是在安全的情况下，带领孩子大胆地去尝试和体验。例如，小孩子在电扇旁边转来转去，爸爸特别担心，害怕出现不安全，就会大声地吼孩子。这不是一个正确的方法，这样做很有可能会让孩子觉得世界是不安全的，长大了就不敢去尝试很多新的东西。你有没有看到身边有很多人去到一个陌生的环境里面，就会很不安、很担心、很害怕、很恐惧，尤其是当有新的变动时，他就一直忐忑不安，不敢去选择，这就是因为小时候他不知道这个世界是安全的。

当小孩子碰电扇、碰热水、碰火时，如果是智慧的父母，就会带着孩子在安全的情况下去经历和体验它。让孩子去经历和体验，他就会在安全的情况下，敢于大胆地经历和体验，而不是头脑知道的恐惧。比如，你会觉得电扇很危险，你就可以让孩子拿一个小树枝试着塞进电扇里面，然后枝条就全部粉碎掉了。孩子就可以了解到电扇的危害。

如果怕孩子被火烫伤了，你可以拿着孩子的手，让他慢慢地去靠近火，当他感受到烫的时候，他本能地就会缩回来。让他去经历和体验，而不是让他害怕这些东西，同时要让他知道所有的存在都有合理性，这样他就不会恐慌，长大后就不会唯唯诺诺，就会敢去尝试，因为他知道如何让自己在安全的情况下去经历和体验这些东西。这就是卸掉束缚和限制的枷锁，通过经历和体验来成长的。如果没有经历到，那只是头脑的一个概念，永远无法真正地知晓。

为什么你不能够大胆地去做自己想做的事情，为什么你遇到机会时也抓不住？就是因为小时候你一直都在恐惧之中长大。你尽管大胆地去尝试和体验吧，只要在确保自己安全的情况下，在"三不"伤害原则下，你可以做任何事情。

第二，培养孩子的安全感。千万别跟孩子说他再不听话，你就把他丢了；千万别跟孩子说他是从垃圾桶里捡来的；千万别跟孩子说他再不这么做，你就把他关进小黑屋。你知道吗？这种伤痛，如果没有机缘走进生命成长去探索真相的话，有时候可能他一辈子都无法疗愈。

一定要告诉孩子，他一生是安全的，这一点极其重要。"无论你做什么或不做什么，我都是爱你的，不会因为你多做了一点，你满足了一个什么样的条件，我才会爱你。"

如果孩子小时候有被遗弃的感觉，走向社会之后他就会极力地去讨好他人。你看，很多人做很多事情，好像也很尽心，很卖力，也很认真，但他很委屈，这背后隐藏着非常重要的秘密——小时候他是在不被重视的前提条件下长大的，他极力地想要去讨好上司，去做很多的事情，甚至委曲求全。

要让孩子从小都知道："孩子别怕，有我在，你是安全的，不管外面发生了怎样的事情，我都永远爱你！"孩子需要的是无条件的爱和支持，他做任何一件事，没有附加条件。不要对孩子说他学习好了，你就带他去旅游；他学习好了，你就给他买一个什么东西；他学习不好，你就给他惩罚。如果从小让孩子就生长在交换的条件下，孩子会觉得被遗弃、不值得，他会觉得不配得。

第三，建立责任感。承担自己该承担的，不向外去找原因，既不怨天尤人，也不埋怨孩子。比如，小孩子摔倒了，过去很多爷爷奶奶就会说都是因为这张桌子把孩子绊倒了，当然现在绝大部分的家长不会这么说了，但是爷爷奶奶这一辈还有可能这么做，要不他们就会说让你小心你都不小心，结果摔倒了。

如果习惯性怪罪外在，孩子长大了，他基本上不会有承担力，他总是会觉得都是这个社会不好。如果你指责孩子，说他怎么那么笨，这点小事都做不好，孩子又会形成严重的低自我价值。他将来不伤害别人，但很有可能自残，他觉得他自己没有存在价值。

这不仅对孩子来说如此，对我们成年人来说也是如此。经历本身就已经让你收获和成长了，不需要再加一通说教和信念，去强化很多东西。你在经历中学习和成长，既不需要怪罪外在，也不需要怪罪自己，它只是一个发生，只要你能吸取到经历和教训，就已经足够了。

第四，建立正确的财富意识。上天或者 TCE 为每个人准备好了一切，你来到这个世界，无论你是生存所需要的，还是其他体验所需要的，全部都已经存在。财富是一股能量，真正的财富不是你拥有什么，不是占有，而是去享用，它是来帮助你去经历和体验的工具，你买一张机票，你就可以体验飞机把你带上天空的那份美好。

有的家长甚至会跟孩子说："你投错了胎，咱们家穷，你应该到富人家去，我没钱，有本事你自己去买。"千万不要给孩子植入这种不值得和不配得的观念，要告诉孩子你值得拥有全世界的财富，只要这个世界上有人能够做得到，你都可以做得到。

有一位普通工薪阶层父亲，他的孩子问为什么他家买不起那些昂贵的车。后来这位父亲就带着孩子每周都去这个城市的汽车4S店，并让专业的工作人员跟孩子讲这辆车的性能、特点。他们从最普通的车开始试驾，最后到试驾各种豪华车，去享受驾驶的乐趣。这孩子对车也很有兴趣，平时也会去网上搜索相关的信息。几个月过去，这孩子已经了解各种车的性能和状况，而在他们班上家里有豪华车的孩子却根本不懂车的性能，他谈起来头头是道，他的自信就建立起来。并不是说你有你就很专业，而是你没有，你依然可以去经历和体验。当这个孩子体验了几个月之后跟他爸爸说："你现在是买不起的，接下来我要发奋读书，我知道这辆车的价值是多少，我知道我可以通过什么方式去买，我未来可以去买我想买的车。"

在整个过程中，孩子不会因为暂时没有而自卑，反而是因为这种经历激发了他要去学习和成长的动力，让他知道了他是值得和配得的，只是他暂时还没有拥有而已。

第五，凡事都有两面性，没有绝对的好，也没有绝对的坏，一切都是由你自己决定的。你无法去决定你长的是什么模样，你生活在哪个家庭，但是你可以决定你未来要去哪里。撕下所有的标签，给自己松绑，你可以客观完整地去看待事物的发生。

第六，正确面对死亡。你一定要知道生命的本质。对小孩子来讲，他是害怕死亡的。当他养的一只小动物或者某种小植物死亡时，你要告诉他，它们只是变换了一种存在形式，它们的灵魂是永存的。它们只是暂时离开了这个身体，就像树叶到了秋天会落下，它化为了泥土，又开始去滋养这棵树，让它发出新芽。当孩子知道这些之后，他就不再害怕死亡，同时也懂得去珍惜他所拥有的身体，他会知道他是借由这个身体去体验他想要去体验的一切。

第七，在孩子面前示弱。要敢于在孩子面前承认自己的不足。要勇敢而真诚告诉他："孩子，你是未来的主人翁。我是第一次学习如何做一个爸爸，如何做一个妈妈，我是第一次担任父母，哪怕我是第二次，我也没有经验。所以我们可以一起共同探索，共同成长。"

今天你就试着跟孩子讲："因为我过去的不成长，因为我过去的自以为是，我可能犯了很多错误，希望能获得你的原谅，从今天开始我们可以携手共同去经历，共同去体验，共同去探索，共同去创造我们在一起的日子和时光。"

当你真的能够意识到自己的不足，自己是还有很大成长空间的，你就愿意与孩子一起去携手学习、成长，你也完成了自己的生命成长与蜕变。

第八，关系和谐。关系是你生命成长过程中极其重要的部分。你有没有发现总有一类人，你换什么工作岗位，他都在你面前出现，大学住在一个宿舍，你讨厌他，工作岗位又出现类似这样的一个人，为什么？是因为你没过关。因为你跟这类人的相处没过关，所以老天爷必须让他们不停地出现，直到你过关为止。

很多家长觉得有些孩子不好，就跟自家孩子说别跟他一块玩，那他家孩子就错过了和这一类人去交流交往的经历。小时候没过关，将来步入社会之后就要付出更大的代价。这也是好多人事业之所以不能够很好发展、不能够晋升的原因，就是人际关系出了问题。出问题的核心原因就是你太小气，太计较，不懂得去发现美好。当你学会去欣赏、赞美，去发现、去关注身边所有的人，你就学会了怎么和这个世界互动，怎样与这个世界保持良好的关系。

在安装和运用程序的过程中，你就会告诉孩子将来怎么和这个世界互动，怎么和这个世界去保持良好的关系。

第九，健康。你的身体具有极强的自愈能力，当你能够完全去接纳、去欣赏自己时，这一辈子基本上不会生很大的疾病。所有疾病的发生，是因为你有对抗，有不接纳，有消耗。当你在挑剔别人时，实际上你的内在就会有冲突，你必须先平复你的内在，你才能够让你的身体一直健康下去。从小在孩子的心里面注入这样的思想，不用着急去吃药、打针，而是支持免疫系统。

改变你命运的程序，超越原生家庭的问题，没有人可以伤害你，你比你想象的都强大。人生所有一切的剧情都是你的选择，你要去经历和体验的。放下所有的包袱，在此刻和当下一念即转化所有的东西，这是一个极其重要的真理和真相。

你不用把力量交到外在，把力量都收回到自己的内在。生命的这趟旅程，不管你走到哪里，会成为什么样子，守住中心，释放情绪，收回力量，并把它运用到极致，这是化解一切问题的最简单直达的法门。

最后我想跟你说：要过，就过你想要的人生；要做，就做自己世界的王。当你彻底地清理掉生命中的阻碍，撕掉内在所有的标签，释放掉内在所有的情绪，你就改变了自己命运的程序，勇敢一点往前走！如实如是地用 TCE 的目光来去看待一切的发生，让自己做一个幸福的人，做一个有故事的幸福人。

········ **开启功课，收回力量，一事一觉，当下圆满** ········

▶ 读完这章节文字，你最大的收获是什么？

▶ 它对你的思想、意识有哪些触动？

▶ 接下来你打算采取哪些行动，实现你的生命愿景？

▶ 如果你需要，你想我怎样帮助和支持到你？

## 第 4 节　踏上终极自由之旅

今天跟你分享的内容会有些"烧脑"，但对你的生命成长极其重要，所以不着急，建议你多花点时间阅读本章节的内容。同时推荐你阅读沙因老师的三本书，可以使你能更加深入和了解。首先我跟你分享一些非常重要的概念，是在本书中反复提到过的。

第一个概念——真正的创造本质 TCE。真正的创造本质，创造了所有的一切。它就相当于是剧本的编剧、小说的作者。你今天眼睛看到所有的一切，能够感受到的一切，都是 TCE，没有一个不是。也就是说万物一体，来自于同一个源头。你今天在听，在拿着手机，喝着水，所有的空气，看得见、看不见所有的一切，没有一个不是 TCE。

第二个概念——心智机器。心智机器，也有人把它等同于大脑，或者是有人把它称为"小我"。机器，它不是人，它没有情感，你输入什么指令，它就做什么，它只是按照所设定的程序来作出反应。心智机器非常有用，它也是 TCE 所幻化的。

第三个概念——内在空间。内在空间包含着你的想法，包含着你的情绪、感受，包含着你的感觉。你内在可以感觉和感受到的都属于内在空间。

第四个概念——剧情空间。剧情空间，就是在全息图中间。剧情空间和内在空间，实际上是可以合一的，它是同一个。因为剧情空间，也在内在空间之内，只是为了表达和表述的方便，让它分为两部分。因为这部分会让很多人的大脑抓狂，心智机器会疯狂地运作。今天所发生的每一件事，你看到的每一个物件，人和人之间的冲突，你现在面临的金钱的困惑，情感的纠葛或者健康问题等等，它都是发生在剧情空间。

第五个概念——人性故事。人性故事，在第二个阶段叫人性游戏，到了第三个阶段，把它称为人性故事。为什么要用"人性故事"这个词？因为它方便理解，便于拿小说、电影里面人物的情节来讲述，例如其中的人物角色。在人性故事中间会有人物角色，所以引用这样的概念方便去表达。

每一个人从出生到死亡的一段旅程，是在讲述着你的人性故事。随着时间的展开，你的人性故事一点一点地往前去推进和推演。

第六个概念——真相"病毒"。真相"病毒"就跟计算机病毒一样，它会破坏原有的程序，改变数据库的结构。真相"病毒"最主要的作用是你引入真相病毒后，你的心智机器过去所运行的那些模式和方式会发生改变，就有可能会带来一些新的体验。我整本书的内容，实际上也在协助你植入真相"病毒"，看完本书，也许你的生活中就会自动发生一些转化和转变。

第七个概念——全沉浸式的体验。全沉浸式的体验在沙因老师的书里面都有，就相当于看电影一样，你是沉浸在其中的，虽然你知道是电影，但是你看的时候还是很投入，看比赛也是这样的。

第八个概念——人性故事的三个阶段。

第一个阶段，是绝大部分人所处的阶段，你被限制、被束缚，你有很多的评判和标签，有很多的谎言、幻象、故事，你沉迷其中。随着你往前走，总觉得哪里有不对劲，你会发现在没有钱的时候，就特别想挣很多钱，但是挣完很多钱之后，还是不开心、不快乐，自己的内在跟外在的物质好像没有关联。在第一阶段，你是被限制、被束缚的，被遗忘的。

第二个阶段，跨越彻底解脱点，开始迈入真相。当你开始去深入探索生命到底是怎么回事时，你就来到了第二个阶段。你可能会因为一个人、一本书、一个课程、一部电影，或者是一个什么样的发生，让你有机缘去推开一扇门，走进一个新的世界，进入生命探索的阶段。

这个探索相当于是协助你钻探云层，太阳一直在，但是被乌云遮住了，你看不到光，看不到你的自性光芒。你以为你生活在无明黑暗的世界中，你总是有那么多烦恼、痛苦、纠结、悲伤，总是有那么多情绪。随着拨开的云层越来越多，太阳的光就自然照进来，你就可以在阳光下面玩耍。但这还不是最终的目的地，最后你会到达第三个阶段。

第三个阶段就是终极自由，你彻底、完全被唤醒的阶段，也就是我所说的依心而活。

如果你现在还一直在关注外在的金钱、情感、健康，你所追逐、所关注的还都是外在这些东西，那么，你所在的就是故事层面的外在旅程，这是第一个阶段的。

当你开始去关注自己内心的感受，开始探索内心，往内走时，你就开始从故事层面到了内在旅行，走向第二个阶段。当然你还在幻象的层面，还在故事的层面，还没有真正到达真相的层面。

第三个阶段的旅程就是你的终极自由完全被唤醒，你到达了真相层面，而且安住在真相层面里面，这是一段完全不一样的旅程。

终极自由不是帮助你去解决赚更多钱的问题，也不是让你的身体更健康的问题，不是让你拥有良好的浪漫关系的问题，终极自由跟这些东西都没有关系。

第九个概念——纯原经验，或称纯原体验。在纯原的经验里面，它没有好坏，没有对错，没有更好，这也是很多人很难理解的。当你开始评判，当你开始分别，当你开始贴标签，这都来自于心智机器，它不是真的。真正的它，只是一个经历与体验，它是 TCE 创造性地在表达的一种方式而已。

这里有一段非常重要的话，你一定要牢牢地记在心里："在你生命成长的过程中，在你过往以及在你未来的行程中，所有人都没有犯过错，也永远不会犯错。"这也是一剂真相"病毒"，就是你从来都没有犯过错，你未来也不会犯错，因为那都不是你，那都是 TCE 的创造。

当你在看一部小说时，你会为主人公的命运着急吗？你会用你的方式去改变主人公的命运吗？我相信几乎没有人有这样的妄想。因为你知道它只是一个故事，你知道从一开始这个人物角色的命运，作者就已经写得很清晰了。就像哈利·波特一样，在第一集他就开始跟伏地魔作战，但是到了第七集才把伏地魔打败，这个过程中是怎么发生的，由作者说了算。就像孙悟空有七十二变，为什么他被压在五指山下面的时候，他就变不出来呢？那是因为吴承恩不让他变，他要遇到观音，然后让他协助唐僧去西天取经，最后成为斗战胜佛。是作者说他能变他就能变，说他不能变他就不能变。

这就是全息图中无因果，也就是在物质世界里面的，你从小到大的所有信念都可以试着统统放弃。当然你是男人，是女人，这些还不用放弃，还是生活所必需的身份。有些信念是完全可以不用的，但是支持你基本生活的这些，随着真相病毒的注入，它依然会保留，不会被改变。

大部分你所坚守和坚持的东西都可以放下。换句话讲，当你感受感觉所发生的事时，你可以往后退一步，或者往后退两步，从事到人再到心。过去你往往及时作出了反应，但是从现在开始，你可以往后退，你会发现有一个人、有一个观察者，有一个人格面具在看着这个故事的发生，然后你继续再往后退，退到 TCE，用 TCE 的视角来观看这一切的发生。

比如说，孩子不做作业，你会发火、你会发脾气，那是因为你在故事里陷得太深了。你认为他是你的孩子，当这个"我的"不能够被移除，不能够被消融掉的时候，很多事情、矛盾和冲突都会发生。

这个世界的万事万物都是 TCE 创造的，万物是一体的，你就是我，我就是你。你只是在这个剧情空间当中，扮演着不同的人物角色，在演着这场戏而已。只要你完全知晓这一点，你就不会再比较，更不会再计较，更不会说谁好谁坏了。

这个部分或许不是你的头脑所能理解的，生命探索这趟旅程，一定不是你的头脑明白，你就能活出来的。而是真正到最后，你突然会体验到孩子还是那样，但你不再有强烈的冲突和反映了。你就像在看一部小说、看一部电影，你虽然也会进入，你也有情绪、有感受，但你没有想要去改变人物命运的想法。

你的人生，TCE在你出生时，就已经写了剧本。你问剧本能不能改？无论是已经写好的剧情，还是每一天都在改的剧本，都已经写好了，你每一天都还是按照剧本来出演。你一定要明白，从出生到结束都已经写好了，虽然你每一天都在变，不管你怎么变，你都在剧本之中。这一点你不要想不通，因为你啥也改变不了。很多人一定会问那该怎么做？这也是心智机器会问的问题，请跟随你内心的指引去做，它不会让你无所事事，它不会让你一直躺着睡觉的，你该干什么还干什么。当你不想控制的时候，你就真正地拿回了主权，你就顺应生命之流的流动，开启了不一样的人生。

《清醒地活》的作者迈克尔·辛格，有六年多时间他是被冤枉的，他说非常感谢这六年多时间，因为在这段时间里他写了《清醒地活》这本书，在这六年多时间里，他彻底地把最后那个"我"移除掉了。

大道至简，道理真的很简单，但真的又很不容易，因为强大的心智机器的运作不会在一瞬间就分崩离析，它不会轻易地交出控制权，当然这也是剧本使然，这个过程是一个逐步松动的过程，正如终极自由是一段旅程，而非终点。

当你的那些认知、看法、信念系统开始用"我什么都不知道"来代替时，你就越来越能够去清晰地活在当下，你就不会再痛苦纠结。最后我想说：这个世界没有苦，也没有所谓的不好，都是你的数据库里面所呈现的标签、绑定和设定。当有一天你真的把这一切统统都放下时，你就真的安住在真相里，安住在真幸福里，我知道那一天一定会到来，我会一直陪着你！

**········ 开启功课，收回力量，一事一觉，当下圆满 ········**

▶ "一事一觉"、写生命日记，观察自己的生活，并把它记录下来。当你的觉知力开始训练时，你就能够从事件中往后退，让自己成为一个观察者，在沉浸式观察和体验中，学会用不同的目光和视角来看待生命中的人、事、物。

▶ 多看电影，多看小说，看人物传记，深入故事中间去。带着觉知开始观察，你就是编剧，从一个新的视角去看，看出不一样的味道。

▶ 开始做觉知空间冥想，当你内在去观察你所谓的感受与感觉，都只是能量波动，你就不会贴上标签。当你把它分离开来的那一刻，它就消失了。

# 9

## 第九章

# 分享奇迹分享爱

你我都是平凡人，但又都不是平凡人，每个人来到这个世界上都是惊天动地地啼哭，从呱呱坠地起，我们就开始踏上自己的归途。在这个过程中，总会有一些意想不到的事情发生，而正是这些无法预期的事情，改变着我们的人生。这些意外看似是意外，其实也不是意外，那都是信号，都在指引我们前行。

我是一个早产儿，生来体弱多病，这让我也多了一份觉知，与生俱来的。我非常认真和执着，可以说，但凡我想要的都会积极争取。我因疾病结缘整体自然医学，也因此开启了一段新的生命探索之路，慢慢地，我成了最闪亮的那颗星，我知道我走在自己的生命正道上。

我天生喜欢分享，我也有很强的分辨真伪的能力，所有我认为真的东西我就会去实践。我是一个实干家，从来都不是飘在天上不落地的人，尤其近几年更甚，扎根生活，把日子过好是每个人的本分，我就在做一个人的本分。

可能我生来就是为了分享，分享对于我来说非常享受，所以我不停地输出、给予，随着我的分享越来越多，我收获越来越大，我更加愿意分享，也希望能利益到更多人。

　　都还记得我写的那五句话吗？扩展意识，提升能量，训练能力，做好自己，利益我们。我是代言人，我愿意让更多人受益，因此，在本书的最后我与你分享我的成长经历以及我创办的"知行生活道"陪伴体系，希望能对你有所帮助，感恩遇见！

## 第 1 节　回归生命的大道，创立知行生活道

2017 年 6 月我准备开启新疆之旅，结果接到了一个陌生人高飞的电话，他说他愿意出钱，并用七八天的时间，陪我这个从来没有见过面的陌生人游历新疆，这件事带给我特别大的触动，也让我做了一个决定，从新疆回来后，我停止做个案，也不再做收费的课程。

另一个特别重要的因素是我发现自己过去讲的很多东西都是知识性的，并不是我自己践行出来的。于是我决定让自己沉淀下来，花时间一门精进，专注于生命的探索与成长。

2019 年 6 月的一天，我突然意识到："这个世界上没有大师，我可以停止向外去寻求大师的这段旅程了。如果真有一个大师，这个大师也只能是我们每个人内在的自己。如果我们没有跟我们内在的这个大师相拥，不能认出他，我们可能很难活出真正的自己。"

2019 年 9 月我决定回到宁波，提出了"扎根生活，落地践行"这八个字，把自己过往所学的东西全部实践出来。

2020 年突然就有了"知行生活道"这五个字，我把它注册了商标。"知行生活道"从此就被正式提出来。大概是五六月份，慢慢形成了"知行生活道"的核心理念："'知行生活道'，有道好生活，做有道之人，过幸福生活。"

我是一个对生命成长特别感兴趣的人，这是我唯一想要做和感兴趣的事情。我把支持每一个有缘也有愿走进我生命的人，协助、支持和引领他回归

自己的生命大道，拿回自己生命的主权，做一个幸福的人，作为我这一生的使命。

"知行生活道"不是一次简单的生意合作，我们在不断地寻找生命合作伙伴，寻找有缘有愿的一群人在一起，一起干一些事情。为什么很多战友，他们会有那么深的情谊？因为他们一起扛过枪，打过仗。所以，我希望"知行生活道"的伙伴，大家在一起共同创造和经历一些东西。后来就有了"知行生活道"的必修课之一——《觉知日记》，大家一起写"一事一觉"，一知一行，当下圆满，从"身心灵事能"五个维度记录自己生命的成长。随后，创办了幸福生活训练营、茶会、早间喜悦曼陀罗以及读书会、电影赏析会等一系列活动。

在最初创建"知行生活道"时，我从来也没有想过让它变成一个培训机构。因为来到"知行生活道"的所有人，不是学生，不是来学习的，而是在生命成长的道路上共同陪伴成长的家人，生命的陪伴比课程更重要。"知行生活道"跟其他培训机构、学习组织最大的一点不同在于扎根生活以及生命和生命之间的一份陪伴、滋养、托起。

我们创办这样的系统就是要让大家能够彼此深度地陪伴和滋养。两年多的时间，有一大批的伙伴真正地活出来了。我知道这一路走来不容易，跌跌撞撞，也有人想要放弃，甚至也有很多家人进进出出，这都非常正常。

"知行生活道"到底在做什么呢？"知行生活道"的伙伴到底是怎样的一群人？

正如一首歌曲所描绘的，他们是这样一群人，他们脸上洋溢着喜悦的笑容，他们闪着光，在爱的浩瀚中前行。"知行生活道"是：

一个系统：一个协助生命有效成长，提供幸福生活的支持系统。

一个加油站：一个扩展意识、提升能量、训练能力的加油站。

一个平台：一个生命、生活、生意三位一体的创业平台。

一个心灵的家园：一个探索生命实相的心灵家园。

这里有静心能量茶会，让你感受心灵的安宁，以茶静心，七碗茶让你旧面换新颜。

这里有线上、线下的读书会，协助你拓宽意识、打开新认知，让你在实现终极自由的道路上不再孤单。

这里有幸福生活训练营，有一群人陪你一起笑、一起哭、一起闹，陪你穿越生命成长的黑暗，迎接幸福快乐的每一天。

这里有电影赏析会，陪你一起观影悟道，在观影的欢声笑语中，探索生命成长之道。

这里有早间喜悦曼陀罗能量练习，助你打通脉轮，提升生命能量。

这里有整体自然医学，带你和家人实现身心健康，揭开人体健康的奥秘。

这里有创业的机会，带你实现财富自由，实现丰盛人生。

这里有一群相亲相爱的家人，真幸福、心连网、新世界，让我们成就我们。每个人都可以做到健康逆龄、幸福家庭、生命成长……

"知行生活道"诚挚邀请你一起前行，让我们同频共振、聚力前行，拿回生命的主动权，活出生命独一无二的精彩。

"知行生活道"的核心理念是什么？

"知行生活道"最核心的理念就是：以生命成长作为核心，以扎根生活作为基础，踏踏实实把日子过好，生命、生活、生意三位一体一起玩转起来。"知行生活道"没有特别高大上的理念，"知行生活道"唯一关心的就是你这个生命。你作为独一无二的生命来到世界，你到底要成为一个什么样的人，到底要过怎么样的一种生活，到底最热爱、最享受的事情是什么？"知行生活道"就是倾尽所有的力量，协助你拿回生命幸福的主权，让你收获真幸福。

"知行生活道"就像一个自助空间，这里提供了很多你可以用的、学的、践行的，并且简单、直达。

你想早上五点钟起来，我们有开启能量练习的喜悦曼陀罗；

你想要身体健康，我们有幸福餐、营养早餐来助力；

你想要幸福家庭，我们有关于家庭、孩子、沟通、生命这些方面的资料帮助你；

你想探索更深的生命实相，我们也有这个方面的理论和践行指导。

来到"知行生活道"能够收获什么？

这取决于来到"知行生活道"的你，协助你活出独一无二的自己是"知行生活道"最想做也一直在做的事。

这里有一群相亲相爱的人，没有是非、评判、比较、计较，没有情感关系的纠葛，不发生金钱的来往。

"知行生活道"期待着你的加入，让它变得更加纯净、纯粹、友好、友善，就是这样一群人，在一起就是人间天堂。

天堂不在别处，天堂就在你所在的地方。

当你决定要把自己给出去时，这个起心动念的瞬间，宇宙中一股无形的能量已经开始运作了，它会给每个人加持。眼前的就是最好的，当下就是最棒的！让自己为自己的人生去做一次真正投入的选择，去享受这段独特的旅程。

在"知行生活道"，有十句非常特别的箴言，送给你：

第一句，你是对的（我守住自己的中心）。

第二句，等一等，看一看，别急着下结论。

第三句，这是真的吗？不一定哦。

第四句，我真的什么都不知道。

第五句，每一个当下都是全新的。

第六句，你相信什么，你将体验什么。

第七句，一切都刚刚好。

第八句，我看到的一切都是美好。

第九句，每一个发生的背后都是恩典和祝福，都有礼物。

第十句，这个世界只有创造者和体验者，没有受害者和救世主。

最后把我的祝福送给你，祝福你的人生越来越好，祝福你活成你想活成的样子，祝福你从此再无纠结、再无痛苦、再无烦恼、再无恐惧、再无怨恨，有的全是真丰盛、真富裕、真幸福，有的就是这样一群相亲相爱的家人，可以彼此信任，彼此交托，彼此托起。

祝福你！我爱我们！

········ **开启功课，收回力量，一事一觉，当下圆满** ········

▶读完这章节文字，你最大的收获是什么？

▶它对你的思想、意识有哪些触动？

▶接下来你打算采取哪些行动，实现你的生命愿景？

▶如果你需要，你想我怎样帮助和支持到你？

## 第 2 节　知行生活道，幸福中国人

知行生活道，幸福中国人。

它不是一个口号。只要你愿意脚踏实地，踏踏实实去践行，就一定可以拿到结果，让自己幸福起来，然后把幸福洒满人间。

生活就是最好的道场，工作就是最好的课堂。生活和工作就是我们成长、蜕变最好的地方，也是我们安住真相最佳的环境和土壤。回到生活中来，在生活中践行，这才是真正回归自己的生命大道，这才是知行合一，于是就有了知行生活道。

知行生活道的使命：支持每一个有缘、有愿走进生命的人，回归自己的生命大道，拿回生命的主权，做一个幸福的人。

知行生活道的价值观：

最早期提出：成为有道之人，过上幸福生活。"有道之人"是指做真人、做大人、做顶天立地的人、做有情有义的人、做真正成就我们的人。"幸福生活"是指从身心灵事能五个维度扎根生活，做到"一事一觉"、一知一行、当下圆满。

有道之人的核心和关键：

第一，做真人。对自己真实，主要是对自己内在足够真实，甚至诚实到残忍的地步。很多人都做不到，他不知道怎么真，他活在道德、标准、世俗眼光中，看不到自己的内心。

第二，做大人。这个"大"是逐步变大的。我们过去生活在一个非常狭

隘、狭小、自我的圈子里，内心只能看到我，没有我们。做大人，就是让自己开始变大，心中不仅有我，还有我们。

第三，做一个顶天立地，可以承担、真正靠谱的人。靠谱太重要了，顶天立地才能靠谱。不逃避，不躲避，不做生活的逃兵，做生命的勇士。

第四，做一个有情有义的人。在人间，我们有自己的情感，我们不是简单的利益。如果没有了这份情分，我觉得大家待在一起也没有任何意义。有一些人真的是很有情义，他们懂得感恩、珍惜，还有敬畏之心，这样的人值得我们一辈子一起走下去，跟这样的人在一起，是放心的、安全的、靠谱的。

第五，做真正有益于我们的人。滴水之恩，当涌泉相报。每一个人都是一个独立的个体，我们允许大家去做自己想做的事情，一定是在做的时候才有我们，不去要求、强迫别人按照你的方式来做，这就是有道之人。

幸福生活就是从身、心、灵、事、能这五个维度来训练自己、扎根生活。做到"一事一觉"、一知一行、当下圆满。

## 一、一定要有自己的事业、自己的工作

我希望所有人都能拥有自己最好的事业，这个事业就是经营自己、打造自己，让自己成为最有价值的人，这世界上还有比这个更伟大的事业吗？没有，也找不到。我们虽然很需要挣钱，但不要为了钱牺牲了最宝贵的自己。

## 二、一事一觉

过去说每日三省吾身，现在我们做不到三省，至少要有一省。每天我们要反思一下，到底今天哪些地方可以做得更好，这一点需要反复去强调。有的人持续在写"一事一觉"，他开始有了很好的观察、觉察、成长。不是为了写而写，最关键的是知道之后要行动，立刻在行为上发生转变。知道没做到还不如不知道，知道会形成一种牵制和负担，把所有你知道的做不到的统统放到一边去，根本不用再管它了，把能做到的做到。

后来通俗表达为以下几点：

第一，诚实。诚实面对自己，诚实面对他人，诚实到残忍的地步。

第二，尊重。尊重人性，不背后议论，不做判官，不谈论八卦是非。

第三，独立。全然为自己负责，独立而不孤立，不委屈自己，成全别人。

第四，陪伴。充满爱心，不把爱转换成要求，做一个重情、重义，相互信任的陪伴者。

第五，托起。任何时候都以走向更相爱的关系为核心，滋养、托起对方，让我们成就我们，让大家成为"大家"。

"知行生活道"的文化：

早期提出：生命唤醒生命、生命陪伴生命、生命支持生命、生命滋养生命、生命托起生命。

我们把知道的能够做到，做到之后开始分享，把爱和幸福洒满人间，这是一种特别骄傲、自豪、更大责任的感觉。有时候人需要有一些大愿。没有大愿，他是很难有大行的，他每天只盯着自己的身体健康、情感关系、金钱，这一辈子都不可能幸福。当我们心里能装下更多的人，当我们愿意去支持更多人的时候，我们的生命就会变得完全不同。

后来简化为：

有道：简单、直达、高效、有结果。

有爱：有血、有肉，有情有义，爱满自溢。

有品：有品质、有品位，创造放松、安心、开心、舒心、有能量的环境。

有料：活出独一无二的精彩，做个有故事的人。

有趣：有活力，有张力，鲜活、灵动，不正经。

知行生活道的愿景：让幸福的人一起幸福下去。

我们正在跨入一个新的时代，一个新的世界，地球的能量正发生着急剧的变化。历史的车轮滚滚向前，不会以任何人的意志为转移，有很多人可能会被历史的车轮淘汰掉，如何紧跟时代步伐，不掉队，只有志同道合的人互相帮助和支持才可以做到。

　　无论道场是怎样的，它一定是需要有一群人在一起，这一群人有共同的语言、语境、理论基础、经历，在一起干过事，才能够真正交融，彼此支持彼此，能够懂彼此的需要。最近在我们的核心成员之间发生了无数心联网，我这里动一念，他那边瞬间收到，他那边动一念，其他的人马上能收到。人和人没法交流，心和心才能沟通。我们要打造最终能够心联网，不花时间、成本去解释的团体，真正携手进入新的世界里面去。这就是知行生活道，幸福中国人基本的理念。

　　知行生活道有几个核心的理念：

　　第一，释放情绪，收回力量，活出自己。释放情绪有三种方式：剧烈的、碎碎念、深入再深入。

　　第二，无论发生了什么，无论你看到什么、听到什么、闻到什么、想到什么、感受到什么，都不好奇、不害怕、不抗拒、不追逐、不放大、不下结论、不贴标签、不绑定故事、不做出判断、不展开想象，斩断所有的东西，不被带走。让自己回到此刻当下，安住于当下，只是如实如是地去观察。

　　第三，"一事一觉"，持续练习，直至觉知自动升起。

　　第四，百日筑基。持续一百天以上听课、学习，做功课收回力量。

　　第五，在完成上面基础功课之后，学会从万事万物中吸收智慧和能量，真正做到万事万物皆为我师。

　　第六，身体做不到，生命就做不到。如果你没有吃幸福餐、营养早餐，没有改变你的生活习惯，你想获得健康，还有很长一段路要走。

　　第七，构建能量场。过去用的是"观光电梯"，我带大家坐"观光电梯"来观察一下真相和内在的灵魂，但是这条路还得你自己一步步走下去。这个能量场不是每个人都可以构建的，这需要心力和起心动念。如果心力不能到，只能照猫画虎，像我们平时说的画龙画虎难画骨，你可以做到形似但神不对。我们带大家在事中练心，当你的心完全到达之后，你突然就发现那个东西完全不一样了。

遇见自己 遇见幸福

　　无论是我们的读书会、茶会、电影赏析会，还是线上、线下，实际上都是在构建一个场，这个场给大家极大的加持和支持，能够把大家带到一个新高度。你安了，你的世界就安了；你定了，你的世界就定了；你好了，你的世界就好了。如果这样的一群人，大家聚在一起做事，肯定会势如破竹，幸福感爆棚。

　　第八，玩转能量。能量是被激活的，流动的，在生活中随时随地玩转能量，做一个能量丰盈、饱满的人。

　　这一切都是你创造的，这一切都是为了完成你的生命体验而来，做自己世界的王，回归自己的生命大道。

　　我们一直都在。这里是我们共同的家，我们要维护好、呵护好、打造好。通过这个家，我们能够成为最具幸福感的人。

---

**………开启功课，收回力量，一事一觉，当下圆满………**

▶读完这章节文字，你最大的收获是什么？

▶它对你的思想、意识有哪些触动？

▶接下来你打算采取哪些行动，实现你的生命愿景？

▶如果你需要，你想我怎样帮助和支持到你？

# 知行生活道丰富多彩活动剪映

户外沙龙，畅聊人生

一起外出游学车上

襄阳古隆中游学

附录一　知行生活道丰富多彩活动剪映

奉化溪口游学

厦门游学

海边放飞自我

遇见自己 遇见幸福

嵩山少林寺游学

武当山游学

参加《心香人生》工作坊

知行生活道幸福读书会

国际友人参加幸福读书会

知行生活道电影赏析会

附录一　知行生活道丰富多彩活动剪映

颂钵静心能量茶会

知行生活道三周年能量茶会（一）

遇见自己 遇见幸福

知行生活道三周年能量茶会（二）

知行生活道三周年能量茶会（三）

幸福生活训练营活动对比照片（舟山站）

遇见自己 遇见幸福

第三十二期幸福生活训练营（河南嵩山站）

第三十三期幸福生活训练营现场（金华站）

第三十三期幸福生活训练营金华山双龙洞

第三十四期幸福生活训练营美食大餐（知行生活道本部）

第三十五期幸福生活训练营（襄阳站）

遇见自己 遇见幸福

第 37 期幸福生活训练营（慈城站）

第一期"点燃生命，梦想启航"亲子体验营

第六期"点燃生命，梦想启航"亲子体验营

第六期"点燃生命，梦想启航"亲子体验营飒爽英姿的学子

遇见自己 遇见幸福

知行生活道 2021 年年会

知行生活道两周岁户外音乐会

附录一　知行生活道丰富多彩活动剪映

舞台上的男人最帅

奶奶外婆妈妈们旗袍秀

知行生活道突出贡献者接受表彰

知行生活道三周岁幸福晚宴活动现场

让幸福的人一起幸福下去

相亲相爱一家人

# 讲述老百姓自己的幸福故事
## ——知行生活道　幸福故事荟

　　这里选取了部分"知行生活道"家人在生活中踏实践行的成长故事，故事长短不一，但都是真实生活的呈现，希望给每一个在幸福路上践行的人一份力量、希望和信心。故事排序不分先后，是根据大家提供的先后顺序编排而成的。

　　把自己活成一束光，因为你不知道，谁借着你的光，走出了黑暗。

　　请保持内心的善良，因为你不知道，谁借着你的善良，走出了绝望。

　　请保持心中的信仰，因为你不知道，谁借着你的信仰，走出了迷茫。

　　请相信自己的力量，因为你不知道，谁会因为相信你，而选择开始相信自己。

　　愿我们每个人都能活成一束光，绽放着所有的美好！

——选自泰戈尔《用生命影响生命》

# 迷茫的人生需要导师引领

我是 Christina，我先生是法国人，我们一起经营一家法式西餐厅，我们过着简单而知足的生活，也实现了我曾经的梦想——拥有自己的一家小店，和自己心爱的人一起建立自己的小家庭，但是在 2018 年自从有了我们的孩子之后，我总感觉先生天天在餐厅忙而没有足够的时间关注到我，再加上天天喂奶，没有足够的睡眠和休息，有轻度的产后抑郁。紧接着 2019 年我的父亲被查出淋巴癌晚期，当时得到这个消息后，我痛苦不堪，一方面责备自己没有好好陪伴父亲，一方面又害怕失去父亲，再一方面我不知道如何把这个情况告诉父亲，那个时候天天睡不好觉，父亲病情不稳定的时候半夜接到护工给我打电话，然后就冲向医院，那种提心吊胆的感觉真的苦不堪言！

从此之后我就医院家里两头跑，要照顾父亲还有他的情绪，要喂奶，要调整自己的情绪，还有餐厅的事，让我陷入人生的低谷，当自己能量低的时候，看到什么都是不好的，我对我先生也越来越多的抱怨、指责和不理解，又由于他是外国人，很多东西他无法理解，总觉得他对我不够好，我们之间也产生了很多矛盾，所有这一切我不知道如何去面对……

老天爷总是在我最艰难的时候给我指引一条路，那一年得知行云老师回到宁波（我在几年前就听过他的营养课程，又参加过他的奇迹分享会，之后一直在关注他），直觉告诉我他可以帮到我，于是我就去找他，通过整体自然疗法配合医院的治疗，我爸爸每一次化疗之后都得到及时的营养的供应，恢复得也越来越好，在这期间行云老师还给我爸爸做了心理辅导，爸爸也越来越开朗，偶尔还会去老师家喝七碗茶，经过几个月的治疗，检查医生说我爸爸已经完全好了，这简直是个奇迹。但是随之而来在刚好过年的时候我父亲回老家，因为疫情一直没有来宁波，受原来的环境影响，父亲情绪上有很大的波动，后面又因复发在 2021 年 6 月安详地离开了我们，虽然父亲离开了我，但是那个时候我已经非常坦然地去接受、去面对这所有一切，是因为行雲老师带领我去了解这生命的真相，让我知道一切发生的背后都有礼物，一切都是真正的我创造的，父亲的离开只是肉体的消亡，他的精神，真正的他是永生不灭的，父亲一直活在我心中，也因为行雲老师能够让我有机会也让我父亲对生命的真相有了更深的了解和体验，在他人生的最后阶段可以坦然去面对！此刻想起我的父亲，我感受到他对我满满的爱，内在升起对父亲的敬佩，多么勇敢的父亲，虽然他年轻的时候就双目失明了，但是依然顽强地面对生活，有时候还会拉拉二胡享受当下！

感恩我的父亲让我走上生命成长之路，而行雲老师就是我的第二个父亲，给了我第二次生命，他引领我慢慢找回我自己，拿回自己的力量，做自己人生的主人，让我以全新的目光来体验和经历我的人生，是他给我打开一个全新的世界，是他教会我怎么做一个女人，做一个妻子，做一个母亲，怎么去经营事业，经营自己的人生。在老师的引领下，我接触了沙因老师的教导，创办了沙因读书会宁波分会，每周一次，至今已经办了三年多了，我也会一直办下去，我也希望能够成为老师那样的人，活成一束光，点亮自己，照亮他人，希望我能够陪伴和我有同样经历的人走出人生的低谷，活出全新的自己！

在这几年，我也紧紧跟随老师，通过一次次茶会、读书会、幸福生活训练营、沙因老师的终极自由体验营以及晋齐老师的课程，我也成为了这个团队的导师，很多限制我的模式被慢慢打破，我的人生中发生了很多的变化。

首先，圆满和父母亲的关系。因为从小就跟着爷爷奶奶长大，父母在外地工作，后面父母分开了，我内心深处对他们有极大的不满和对抗，除了逢年过节给他们买东西给钱外，就没有更多更深的交流，特别是对我妈妈小时候有个心结没有打开，我以为这辈子也不会打开了，但是经过这几年的学习，我感受到父母完全不一样了，感受到他们的不易，虽然他们做的有些事情是我曾经不能接受的，但是我现在知道并深深地感受到是他们用他们的方式在竭尽全力地爱我，一想起他们，内在能量是通畅的、感动的，再也不是之前的身体发紧的感觉。特别感恩老师创办的幸福营和"知行生活道"，让我妈妈也有机会来参加，有机会听您的课。在一次幸福营上，在这么有爱的能量场里，我们彼此表达了心里的想法，打开了心结，我们深深地拥抱在一起，哇，从来没有想过人生还有这一刻，妈妈回家后说通过情绪释放，背部疼痛都好了，天天听老师课心情特别好，睡眠也好了，也不胡思乱想，不操心我们了，每次和妈妈通话就像两姐妹一样还会开玩笑，一见面就会相互拥抱在一起。老师说的幸福七件事其中一件就是孝顺父母，从孝身到孝心到能够做到孝慧。我想，学身心灵的地方很多，但能够让父母甚至像我妈妈那样一个没有读过书的农村妇女也能够上这样的课程，并且还能听得懂，真的只有老师做得到，我们"知行生活道"家人们打造的这个场域做得到！

其次，圆满夫妻关系。两个国度的人在一起，由于文化、思想等差异，我们的婚姻极具挑战，尤其是在有了孩子之后。我先生是一个非常有规则要求非常高的人，所以在生活上有很多的摩擦，有时候脾气上来，我就会对抗，这样的模式持续了很久，甚至有一段时间想过要分开，在不断地听老师的课，运用老师的从事退到人退到心，以及运用"知行生活道"的成长理念以收回力量，一次次打破自己的框框，看到自己的受害者模式。印象特别深的一次，在幸福训练营，老师给我们放海峰老师的魂道法器术的视频，一下子把我点醒了，你信什么就体验什么，原来是我一直活在受害者模式里，总觉得我先生对我不够好，好的地方我就看不见了，再后来我就慢慢看到我先生对我的好，我深信不疑。无论我怎么样，他都会对我好，就这样我先生不知不觉地就变了，脾气越来越好，对我也有了更多的关心，接送孩子都是他，还会帮忙做家务，家里氛围也越来越融洽，有时候还相互开玩笑。曾经的我把自己活成了钢铁侠，觉得自己为这个家付出很多还没有回报，觉得委屈，现在的我开始越来越柔了，越来越敢于去表达感受、表达爱了，我的目标是让我的先生拜倒在我的石榴裙下，嘿嘿，我觉得这个目标很快就会实现啦！

　　再次，亲子关系。因为小时候爷爷对我非常的严厉，做错事情会被骂，所以我曾经告诉自己以后我有小孩一定要无条件爱他（她），所以我之前对我女儿几乎百依百顺，不敢凶她，哪怕是我特别累的时候，但是她对我的态度经常不好，不满足她的时候甚至会打我。经过这几年的学习，我意识到真正的无条件之爱是建立在一定的规则之上，是我内在有一份担心害怕在，她就呈现给我看，我也慢慢地有力量，相信她是她人生的主人。我敢于立规则，敢于去表达我的感受和想法，现在我们之间相处得也越来越融洽，有时候会聊聊心里话，她经常会说妈妈我好爱你啊，那一刻心都融化啦！

　　最后，事业方面。从开第一家店到第二家店到第三家店，由于父亲的生病，我没有精力去照顾到每一家店，又因为现实环境，餐厅经营也面临极大的挑战，那个时候也是陷入两难，关掉又觉得可惜，不关又觉得精力、财力不够继续支撑，但是正是因为跟随学习成长，我学会聆听自己内在的声音，确定自己想要的是什么，确定什么才是最最重要的，于是我就只留下了第一家餐厅，虽然在疫情期间有受一些影响，但是我们店是在整个广场里甚至在整个宁波的西餐厅里生意最稳定的，也是比较有名气的。这一切都因为老师教我们的要守住中心，用意识做事，牢记初心。起心动念决定了结果，不要给员工输入恐惧的能量，要给人信心、给人希望、给人能量，不知不觉我们餐厅到现在已经有第九个年头了，但是生意一直很稳定，也要特别感恩我们餐厅的小伙伴，在我最困难的时候对餐厅不离不弃，坚守岗位，跟着我们一起经历餐厅的起起落落，其中有好几个伙伴跟我们一起工作已经有7—8年了，我们的关系已经超越了同事关系，更像是兄弟姐妹。

　　跟着老师，让我找到我人生最大的一份事业，那就是经营我自己，做我自己，自己才是世界上最珍贵的宝贝。老师说外在没有大师，真正的大师是自己，那个内在智慧无比重要。老师说也不要崇拜他而忘了自己就是自己世界的王，他是我们的拐杖，伴我们走出迷茫，一旦我们找回自己，爱上自己，爱满自溢，再把爱分享出去，我们一群人一起，使我们成就我们，从爱自己到爱自己的小家，再到我们大家。这个事业已经在了，不需要牺牲自己的时间、精力而去成就一番事业，深深地扎根到生活里，再把爱分享出去，这就是我理想的生活，而"知行生活道"成就了我想要的一切！

此刻满满的感恩，感恩老师的引领，如父如师亦如友，感恩珈宁小姐姐慈母般的爱深深感染着我，你们对我无限接纳和允许，让我有一个心灵的家园，感恩"知行生活道"所有的家人的一路陪伴，就如手足彼此陪伴和照见，感恩我的父母给了我生命，感恩我的先生、我的孩子、我餐厅的小伙伴，你们都是我生命中最珍贵的礼物！最终要感恩我自己，是我创造了所有这一切，我爱我们！（作者：Christina）

# 爱，就大声说出来

亲爱的家人们现在好！我是香梅，接下来我分享一下这两天参加幸福生活训练营活动的一些收获。

第一个收获是我学会了要真实表达自己的感受。在之前的生活中，我很少大声笑和放开哭，我一直都很压抑自己的情绪，有时候和先生发生一些小矛盾时，我们俩都不会好好沟通，最后结果就是他不说话，我一个人默默地流泪。其实，我知道那个矛盾只是一个触发点，更多的情绪是我内心经常积压的一些怨气。我喜欢想太多，就是内心戏很多的那种，但是想了又不愿意说，所以和先生之间的沟通有很多卡点，总希望他可以猜到我内心的一些想法，但他是一个理工男，真的一点也不知道我内心在想什么。课上老师的一些视频给了我很大启发，以后想让他做什么，比如家务，我直接表达就好了，男人很多时候是看不到，不是不愿意做。

第二个收获是我看到了我先生对我的爱。之前我一直活在自己的模式里，我觉得我先生爱我没有我爱他多。当初他家里反对，我觉得是因为我一直坚持不放弃，最后我们才在一起的。课上他分享到他当初为了和我在一起差点和他爸爸断绝父子关系，那一刻我才真正意识到他其实也很爱我，只是他不善于表达，自己一个人承担了很多压力。我忽然意识到为什么每天我那么爱看各种偶像剧，羡慕里面的女主角，是因为我之前老觉得先生不够爱我。这次上完课我知道他那么爱我，也许一点也不比我爱他少。之前我就一直活在自己的世界里，很没有安全感，现在我觉得自己就是偶像剧里的女主角。我为啥还要羡慕别人呢？我们那么相爱，明明可以很幸福地生活，之前却被我过得那么不幸，所以以后我们要抓紧时间过得更幸福。

第三个收获是关于亲子关系这方面。因为从小我就是乖孩子，所以从小对孩子要求就特别多。我们家大宝就属于特别乖的那种，有时候乖得让人心疼，是因为我的严格要求，才有了他今天这样的呈现。老师说，在亲子关系中，父母对孩子就是陪伴、呵护和支持。以后我就努力朝着这个目标努力，不再给孩子太多的条条框框。（作者：香梅）

# 重生

大家好，我是丹丹。我是一位既普通但又不平凡的妈妈。我有一个女儿和一个儿子。我原本的职业是一名服装设计师，因为结婚后有了第一个孩子，我放弃了自己的事业（但内心是不太甘心的，那个时候刚好创业有点起色），后面在家做了十多年的家庭主妇。

我把所有的精力、时间、金钱都放在孩子和家庭上面。最后感觉自己越来越不幸福。在别人眼里我有儿有女，也有一位让人羡慕的好丈夫，一家四口，是一个幸福美满让人羡慕的家庭。但是只有我自己清楚，我是多么的委屈和不甘心，越来越没人理解我的感受。老公不断在升职，身边人只看见老公的成就，我为这个家付出了那么多，放弃了自己的事业没人看见，辛苦操劳这个家也没人看见，我觉得委屈了，同时我好像感受到自己有危机感，他越来越好，我还是原地踏步的感觉，就更觉得委屈和不甘心。情绪越发暴躁，那个时候不知道释放情绪收回力量，实在是忍不住，把所有的情绪发泄在他和孩子们身上，经常和他吵架，抱怨，一直在索取他的爱，就是他对我再好，我好像也感受不到了，填补不了我内心的那个空洞。

慢慢地，自己重度焦虑了，我自己都不喜欢这样的自己。2018年小宝上幼儿园后，觉得人好像在等死的感觉了，没有希望、没有目标、没有梦想，整天浑浑噩噩，每天周而复始的生活让我莫名地厌烦。我想去工作又不敢去面对一个陌生而恐惧的社会，我在那消耗殆尽，最后各种焦虑不安的情绪导致我重度抑郁。我感觉在这个家庭里面没办法继续生活下去，2020年想到离开这个家庭，去一个没有人认识我的地方，但是又不舍得这个家，纠结痛苦直到21年夫妻感情彻底崩溃，我十多年所有的付出最后换来了这样的结局。我感觉天都塌下来了！那感觉生不如死，结果我吃不下饭，睡不着，经常呕吐、胸闷、喘不过气，肚子疼得打滚，痛到想放弃生命，但是医院里怎么也查不出来原因，那个时候真的无数次想放弃生命，但又舍不得孩子们，那是我人生最低谷、最痛苦的时候。

老天眷顾，给我关上一道门，又给我开了一扇窗！正好因为一个巧合，认识了易安姐，易安姐把程教授介绍给我。易安姐说："现在只有程教授能救你。"程教授就是我现在的恩师！当天我二话不说就去找我的恩师，当时我就像抓住了一根救命稻草一样。真的，如易安姐所说的一样，从此以后我的生命发生了逆转。恩师救了我一命！恩师真的是无比的伟大和大爱！我何其有幸和恩师相遇！老天真的是善待我！

记得第一次去老师家里喝七碗能量静心茶，哇啊……那叫一个神奇，我在喝茶的时候没有烦恼，没有身体不舒服，甚至还觉得身体特别特别温暖，在呼吸的时候还觉得好好玩，有笑。判若两人啊！这是什么神奇的茶有这样的功效！茶会结束，我又想到了我的所有问题。后面老师给了我两个音频（收回力量和空间冥想的音频），回家我关注了喜马拉雅的"行云之声"。老师叫我回家写一篇感恩丈夫的文章，我感恩不出来。当天回家睡不着的时候就听老师音频，听着听着就能安稳地睡觉了。好棒，神奇的事持续发生，第一天能那么安稳地睡觉，后面又可以好好吃饭了。从那以后我只要不舒服或不开心我就听那两个音频，就不断有奇迹发生，听完身体就舒服，放松，肚子疼的症状也慢慢有所减轻，这个真的是太神奇了。后面听说可以听老师很多很多的音频，哇啊……那个时候毫不犹豫地加入了"知行生活道"，成为了核心成员。加入"知行生活道"是我有生以来做得最值得的一件大事！

加入后，我每天都非常非常珍惜老师的音频，听完了分享自己身体的感受和感悟。每次听完老师的课程，我身体就非常的舒服和温暖，甚至非常热。听得意犹未尽，感觉人生立马有希望，人生有目标了，听完还会在生活中去用出来。我是一个简单、相信、照做的人，所以我很快就拿到体验。记得刚刚加入的时候老师是讲第六课《女人要好好夸自己》，我每天起来就照着老师说的对着镜子夸自己，对着镜子笑，直到有一天我发现自己笑起来真好看，身体越来越舒服和轻松。后面我又开始对身边的人笑，发现有的人回我，对我笑了，好棒，那种感觉可享受了，直接可以穿透身体的感觉，直接入心的舒服和享受，让我爱上了对人微笑，真的太享受了！原来还有这么幸福的事。

我从讨厌自己到爱上自己，从整天苦瓜脸到每天笑容满面，好像小时候的我回来了！每天精神也越来越好，在家笑容越来越多，和丈夫的吵架从那以后就越来越少了，家里的氛围发生了变化，和孩子之间也是，会和她们小时候一样的陪她们玩了。妈妈一个星期没见我，妈妈说我越来越漂亮了。好棒，相貌是从那个时候开始变化的，妈妈看见我从人生低谷到我越来越好，心生欢喜，对我放心了。我告诉她我为什么变化这么大，原因是遇见了很多有爱的人和非常厉害的老师！有易安姐和老师，还有春春，还有很多很美好的家人。妈妈那个时候是彻底对我放心了，妈妈非常智慧，感受到我的变化，告诉我要好好学习，遇到问题请教老师和易安姐他们。同时也特别感恩和感谢老师和各位家人，让我有那么大变化。这是我加入不久的变化。

我的身体因为前面的情绪导致我闭经三个月，后面参加老师的一个轻生活训练营，在这个活动中有情绪的释放，有健康的课程，让我知道想要健康要从源头解决问题，停止对身体的伤害，给到身体充足的营养，才能根治。活动结束回家第八天我又意外地收获了惊喜，三个月没来的生理期来了，以前我去看中医和西医都没有效果的。肚子疼在医院也检查不出什么原因，通过情绪的释放，我肚子越来越舒服，原来是情绪导致我身体出现那么多问题。后来我停止对身体的攻击，给到身体所需营养，营养早餐吃起来，身体就获得了那么好的体验和变化。

后来我给爸妈分享我身体越来越好了，又介绍给我爸爸用营养素来调理，他因为放疗后，几个月来肠胃一直不好，天天拉肚子。没想到爸爸用一个月的时间调理，再次发生了神奇的事情，我爸爸大便正常了，不错，这个可是天大的喜事。因为爸爸是肿瘤患者，他的身体在我一家人的心里也是一件非常大的事。我们整个家庭看见希望，后面我持续给爸爸吃营养早餐和营养素，他的身体越来越好，甚至把他多年的皮肤病治好了，后面也停了一段时间的药物，爸爸的体质越来越好。从那以后我妈妈开始说我是家里的福星，我真的是家里和家族的福星了。

我参加老师第二次的幸福生活训练营后开始了解生命了，原来还有一个无形的世界调控着我们眼睛看见的世界。美妙，太赞叹了，原来我不只是我，我还有一个无限的存有，原来这一切都是为让我发现那个伟大的我而来。我怎么也没想到，从那以后第一次对老公开始感恩，慢慢地，我和他之间的感情升温，在生活中发生变化。举个例子：大概是加入"知行生活道"半年时间，那时候是冬天，我老公每天会给我捂被窝，等我上床睡觉，他把捂暖的那边给我睡，他又睡另一边没有捂暖的。从那以后我体验到了，原来我只要改变我自己，我想要的就会来到身边。内心无比的感恩我当初的决定，选择跟随老师学习！我以前认为不幸福的家庭，现在可以感受幸福的味道了，无比感恩老师！我持续地跟随老师学习，家人和亲戚朋友看见我和以前判若两人，说我发生了180°变化。现在我和孩子之间也是，尊重孩子们做自己，发生事情，先等一等，老师教我们要从事退到人，再从人退到心，让我们去觉察对方当下的需求，我们才能真正给到对方所需。以前我对孩子好，总会有一些条件，总认为我是对孩子好，殊不知，我是要求孩子按照我想要的做，而让他失去了自己的内心需求。后来我会无条件地给他们爱，做孩子的引领者和陪伴者，这样让我们的亲子关系也越来越顺遂，我们成了无话不谈的朋友和哥们！能有今天，真的无比感恩老师的用心陪伴，他用他的生命托起我这个生命！

2023年体检，我的左边腋下4厘米肿大的淋巴结居然无形中消失了，到现在，我知道原因，是通过释放情绪，给到身体所需要的营养，才有今天的健康。

再来说说我哥哥和家人们的收获。我哥哥看见爸爸的身体变得越来越好，也非常庆幸和相信。哥哥在 2023 年上半年因为工作陷入低谷，有缘结识了老师的"七碗能量静心茶"，第一次参加茶会，打破了他很多的认知，原来还有这么舒服的静心茶会。后来他也加入"知行生活道"，听老师的课程，在老师和师母的引领、陪伴和托起下，他也走出了人生低谷，工作越来越顺。特别是我爸妈担心的他的身体也越来越好，通过一次血管 SPA，遗传的手抖好了，鼻炎好了，脂肪肝好了，打呼噜好了，体重减轻 24 斤，让他身心舒服和愉悦。嫂子也是，睡眠改善了，脸上的斑都淡了很多。看着他们的夫妻关系，还有亲子关系越来越好，本来脾气暴躁的哥哥，现在也没脾气了，与父母的关系越来越好，可以和他们用心交流了。

　　妈妈看见儿子和媳妇一家人越来越好，越来越幸福，妈妈整天笑得合不拢嘴！老师说孝顺父母要孝身、孝心、孝慧。我和哥哥、嫂子一起陪伴爸爸妈妈参加幸福生活训练营，让爸爸妈妈对生命有了深入了解。特别是妈妈她在生命层面提升了一层，改变了她的命运，妈妈说老师同样也给了她第二次生命，在幸福生活训练营中释放了四十多年来的委屈。妈妈每去参加一次幸福生活训练营，心就打开一度，而且她因为我出嫁时候伤心落下的头疼病在第三十一期幸福生活训练营中彻彻底底地好了。这是多么伟大的场域，疗愈了很多很多人，真的是无比幸运和幸福。家里的每一个成员都越来越好，这样的家庭关系，是我们一直梦寐以求的，一家人其乐融融地在一起太美好太美啦！

　　我们一大家的变化，我三姨看在眼里，开心在心里。我三姨也特别智慧和勇敢，她在今年 10 月，因为没办法正常睡眠，有时候只能用安眠药了，我们听说后，陪伴三姨吃健康营养的早餐来调理，当她吃到 28 天的时候，她睡眠有了非常明显的好转和改善，吃到三个月的时候睡眠很好，而且大腿上二十多年的包变软了，变小了。哇啊，三姨也不断地收获惊喜。还有一次她是因为身体积压了情绪，后面毒素出来了，出现一身所谓过敏一样的包包（身体的毒素排出）。三姨知道，这个是身体多年积压的毒素排出了，所以非常锚定，清理十天后，身上的大部分毒素排出，大部分的包包都消失了，她全身的皮肤好了很多。往年到冬天皮肤会有很多死皮脱落，这次居然没有了，身体收获了非常大的转变，身体也轻快了。看见三姨收获满满，真心感恩老师和师母！

看着我身边的家人、亲朋好友都受益了，我满心欢喜。我身边还好几位朋友跟我一样一起受益，一起成为自己和家庭健康的守护者，生命的守护者。

财富的收获，以前没有收入的我，现在在老师的带领下每个月都有非常可观的固定收入。老师带领我们建立生命、生意、生活三位一体的体系，还实现了我20岁的一个梦想，我想一家人一起做一份事业，在这里也收获到了，而且还是和我们喜欢的人一起做着一份喜欢又伟大的事业。

一个想放弃生命的我，在老师的陪伴和托起下，能有今天，我是怎么也想不到的。我一人成长全家受益，家族受益，这是多么伟大的事情呢！还让我收获了很多很多没有血缘关系的家人们，可以一起哭、一起笑、一起获得巅峰体验。这是多么大爱的老师和师母给予我们这么美好的场域，他们用生命陪伴生命，生命托起生命，帮助无数人从人生低谷走向巅峰！未来会有更多更多的人因我们"知行生活道"而受益！

无比无比感恩老师和师母的大爱！我们是修了多少辈子的福气才有这份相遇！再次感恩！

这是我人生故事中的一小部分体验，分享给大家，谢谢！（作者：丹丹）

# 信的力量

从"分享奇迹分享爱"的生命体验记录里结识老师，喜欢老师的声音和老师真实的表达，在听老师一年多的音频后想认识老师，与老师结缘，开启我不一样的人生旅程，在老师身边有了很多很多的第一次。

2021年第一次独自一人开高速去参加线下活动，我不知道自己内在哪里来的力量，懵懂的我就一个信念，那就是想见到老师，就是那个"信"的指引让我如愿，虽然不知道当时老师讲了啥，但我的心已经接收到，这里就是我要找的心靠岸的地方。

把第一次的体验分享给了月月姐与玉峰，第二次5月四明山活动从1人增加到3人去体验老师的课程，强大的头脑依然在旧有的模式中打转。但还是一个"信"让我在老师身边扎了根，我相信老师能给我想要的。

那年我50岁，50岁的年龄想要把自己固化这么多年思维的墙打穿打透是需要勇气和耐心的，我不知道自己能走多久，只知道目前自己的状况再这样下去，我将作茧自缚、越束越紧，与先生儿子的思维共性会越来越远，无法沟通与交流，所以我选择跟着老师学习。

在"知行生活道"的这三年里非常感恩老师您，您有一双慧眼知道我要啥，不停地给我松绑，给我力量，老师全然地允许我做我自己，包容我，让我慢慢地变大变大。

在不知不觉中与婆婆的关系圆融了，这也源于沙因教导，老师让我在舟山开读书会，我想我连说话都说着说着会哭的人能当领读人？但还是源自"信"，我信老师，老师让我办我就办，简单、相信、照做，让我勇敢地迈出了第一步，担当引领起舟山的另外二位小伙伴（杰宝、丹丹），开启了我们三人的沙因之旅并在2023年同时报了沙因老师的导师班课程。

我看到当下的自己所处的环境就是终极自由的地方，是我限制了让自己做自己，让别人做别人。当第一次打开自己的第一层框时，与婆婆之间的关系自动化解，这家庭关系层层破防。现在跟婆婆比娘俩还亲，无话不谈。

与妈妈之间的关系一直处于受害者模式，这种受害者模式也让我非常幸运地认识了我家先生，也让我看到先生的善良，他想拉我走出这个模式，但殊不知拉完后对于当时的我来说又跳入了另一个更痛苦的模式中，两种截然不同的生活环境让我进入了另一个死局，所以认识老师才是我的唯一希望。在老师这里不断地听音频做功课，让我提升认知，过好当下的每分每秒，老师说没有过去和未来，只有当下，那我就简单听话不断把自己一次次地从过往中拉回来，这个过程虽然有点难但一次次在穿越与突破中获得了非常丰富的体验，从过往与妈妈的对抗到现在全然的接纳，在接纳同时，不知不觉妈妈变了，哦！是我变了！

经历三年时间的成长，从一个人变成十几个人的，每一次活动大家在一起都是那么尽心尽力，干好自己擅长想干的活，拼凑在一起就是那么的完美、无可挑剔，每一位在活动中都是不可或缺的一部分，就像一根绳越搓越紧，越来越谁也离不开谁，我们的心越靠越近，如同2024年的主题"让我们成就我们"。

在这里感恩亲爱的行雲老师不断为我松绑，全然地允许、接纳，不断地滋养我，给到我无穷的爱，让我不断地打开自己、交托自己，接纳与臣服当下的自己。

感恩珈宁小姐姐！您用博大的胸怀与爱包容着我，谢谢您，您是我的榜样。

感恩椿椿！没有你来舟山找我，引领我，我不会那么快进入"知行生活道"。

感恩舟山的小伙伴们！是你们给了我不断突破的勇气，你们是我的天使，让我不断向未来突飞猛进，我们在一起就会了不起！

感恩我的家人！你们是我坚强的后盾与前进的动力。

2024，让我们成就我们！感恩遇见！（作者：易安）

# 前进一小步　跨越一大步

之前我对我老公有很多要求，挑剔他，现在看见我的老公很多优点，他也真不容易，我会欣赏他，自己也开心，慢慢让我学会爱自己、爱身边的人，这也是我的成长吧，真幸福。

通过事的发生，帮助自己看见自己、看见身边人，从而照见、清理，有更多对生命的好奇、多种可能性的呈现去感受由事带来的不同面相的展现！

喜怒哀乐的各种滋味都体验、品尝，这些生活的点滴事，尤其在与孩子的共振、互动中让自己更变成真人、真性情的人，拥抱经常不被自己待见、不被自己欢迎的情绪，与它们相处、共舞，学习其语言的艺术，去看见其所谓的不好之美，为我内心更丰富多彩的艺术创作提供了很多素材。

感恩生活的点滴，用心感受、感知、释放并正确表达情绪，看见背后的需求，让我学会更懂得爱，去流动、去温暖彼此，更能让彼此接受、舒服的爱的循环。去年97岁老妈生病，我从香港赶到宁波已经晚上了，下了飞机，直奔医院看望我的老妈。入住113医院的妈妈看到我热泪盈眶，感受到孩子对她的爱与重视，我见到我的妈妈内心感到无比幸福。我每天看望老母亲，带着爱每天用心，用营养素全方位支持我妈妈的身体和心理，妈妈奇迹般得救了。我们无比感恩所有医护人员和家人们关爱的能量护持！

庆祝自己分享路上前进的一小步，对自己而言，今天这个时刻却是跨越里程碑的一大步！恭喜穿越的自己、不一样的自己、比昨天进步的自己！"知行生活道"，幸福中国人。（作者：幸运女神平平）

# 感恩生命的恩师，有您真好

与老师结缘，虽然有十多年，但是曾经的我只生活在自己的轨道里，忙着工作，忙着赚钱，忙着处理各种事情，未曾想过我的生命从哪里来，要到哪里去，生命的价值和意义是什么，好像跟芸芸众生一样，日复一日，年复一年，也从来没有思考过我的人生怎么样算精彩，也从来不曾用心的感受过幸福到底是什么，给不了爱，也接收不到爱，生命的灵气就更谈不上了。

2019年老师游学回来创立"知行生活道"，我跟随老师学习后，慢慢开始懂得情绪是怎么回事，能量又是怎么玩的。虽然很早以前老师就跟我说过，提升能量，训练能力，扩展意识，成就我们。当时真的是没有听懂，这几年紧紧跟随"知行生活道"，跟随老师，才有点点明白老师的智慧，从具体的几个层面也想谈谈这两年多我的收获：

**一是慢慢懂得感恩的美好。**

丰子恺说："你若感恩，处处可感恩。"心怀感恩的人，世界皆是美好。文字每一个我都认识，但是真的有入心的那份感恩了吗？我对照自己是没有的，只知道索取，只知道利益交换，每次参加线下，听老师音频，老师都说"知行生活道"的四大"法宝"，一是表达赞赏和感谢，二是"倚天剑"，三是"屠龙刀"，四是"一指禅"，真正用好，无论关系，无论健康，无论财富，我们都能得心应手。就第一个表达赞赏和感谢，不是停留在嘴巴表层的"谢谢"两个字，那是一份心与心的连接，心知晓是不是真的。跟随老师一路走来，最近才真正体验到当我们发自内心的赞赏和感恩的时候，是不需要"谢谢"两个字的，语言的表达总是苍白无力，对方的心早已收到了，真的是关系，业务，财富就能事半功倍的效果，特别美好，这种成功我体验过，往内去感知到，真是多亏老师不停地告诉我们用心感受，去进行体验，去往内走，去深入、深入再深入，只有无限美好的自己呈现，外面的世界才能精彩纷呈。

**二是允许一切存在的心胸和格局。**

说起来惭愧，这么多年每次看到家人的突飞猛进，成长迅速，分享惊人，我总是评判自己，否定自己，只要跟老师一开口，就露馅，老师瞬间能抓住我当下的问题所在，总是跟我说"持续泡着，持续听课，真相病毒会种下的，不要着急，允许自己，接纳自己，世界上最厉害的东西是'时间＋复利'，每天进步1%，一年之后的结果便是起初的37.78倍，一点点改变，一天天坚持，迟早会带来质的飞跃"。同时只要有机会跟随身边，老师总是以身示范，每次都把自己的时间用得淋漓尽致，利用每个时间碎片，集中精力去帮助到更多的家人，真的感受玩能量的高手是怎么做都不累而且越给越多的惊喜。所以让我也真正学会如何在每个当下去做好当下的事情，不要瞻前顾后，把当下专注养成习惯，去内化为一种强大力量。同时看到老师身边的形形色色的人，来来去去，有时候真的不理解，感觉老师付注很多的心血来培养，可一晃就不见了，老师一直告诫我们，虽然我们"知行生活道"的家人越学越懂人性，但是我们不玩弄人性，而且始终保持广结善缘，随缘自在的初心，特别特别伟大的老师，让我们也扩大了心胸和格局，就像一句话说的，我们只管精彩，老天自有安排。

**三是随时带着觉知和觉察进行生活。**

对于大脑强大的我来说，那真的是太难。做事说话总是不经大脑过滤，老师总跟我说，你每次说的话有没有给人希望、给人信心、给人力量，有没有支持到对方，无论是跟父母、跟先生、跟孩子、跟同事、跟客户，始终都带着以给希望、给信心、给力量的信念，何愁处理不好关系，何愁没有业务，何愁没有财富……以前一直都是不知不觉的，讲了伤人的话，做了不讨好的事，跟随老师学习，慢慢有点后知后觉了，训练自己后，有时候能够有点当知当觉了，总有一天，我可以做到先知先觉，其实带着觉知进行生活真的挺难的，老师的这份大爱，跟随时间越长越能感觉到。

**四是相信了"信"的力量无限大。**

老师很多时候都会说，你相信什么将会体验什么，虽然讲出来的时候，只是一个频率波段，但是老师不断带领我们去感受和体验到相信的力量，告诉我们信，只要百分之百的坚定，真的可以创造无限美妙。相信的力量，可以让我们很好地接受生活中遇到的任何事情，他可以很明确地以自己的相信做出判断而不至于迷茫和混乱。当我们具有坚定而明确的目标和信念，始终坚信自己一定能够获得最终胜利，因此前进路上的小困难和小挫折永远无法击倒我们，尽管偶尔也会跌倒或迷茫，但能够做到"不忘初心"，直到最终会实现目标。

跟随老师学习，生命成长带来的收获道不完，昨天晚上跟姐姐通电话，还在说起老师教我们如何懂人心，知人性，教我们如何好好生活，如何好好说话，如何把健康掌握在自己手中，如何扎根生活中，真正活出那份幸福和绽放。有多少人每天就跟陀螺一样，始终原地转，按照自以为的认知、自以为的模式在生活，包括曾经的我自己。一辈子说长不长，说短不短，但是如果不扩展意识，不提升认知，不改变自己，还是活在原来的模式中，幸福从何而来……庆幸自己认识老师，庆幸自己走进"知行生活道"，庆幸自己有意识有觉知，才能有现在生活的每份美好呈现，才能有现在处理各种关系的得心应手，才能让自己比十年前更年轻更绽放，我相信未来我还会更好，更美，更柔，更亮丽，更自信，更灿烂……

感恩生命的恩师，有您真好！（作者：杨娇红）

# 闭嘴做事　王者归来

大家好，我是沐真。原来的我寻寻觅觅、东学西学、去过寺庙里拜师傅，感觉生活太苦，那时的我想要逃避家庭和所有，但是最后发现逃无可逃。直到 2021 年 3 月经由二师兄引荐来到了程少锋教授创立的"知行生活道"平台，在这里我经历了三年多许多常人看来不可思议的生命磨难与考验，最终自己翻山越岭穿越所有痛苦的经历……

原来的我就是鲁迅先生笔下的那个"祥林嫂"，自己认为自己是世界上最苦的人。是我的老师和"知行生活道"改变了我的生命，我分享一下我在这里的改变：

**一、心灵思维上从原来的麻木无感到现在的感恩**

这是灵魂动力的突破。原来的我挺麻木的，连自己有情绪时，也咬牙忍着痛苦，也不肯松动，一旦跟身边的人说话，语言里面就带刺同时觉知力也没有，伤了别人自己根本不知道。说出来的语言全是破坏氛围和大家心情，大家看见我都会远离我，我完全麻木，不知道为什么。在那些日子里，我也讨厌那样的自己，不信任也不想和任何人用心沟通和交流，把自己包裹得很牢。

在我感觉人生到达最低谷时，老公生病住院家里经济到了底谷，自己都不知该怎么办时，是程老师和"知行生活道"的小伙伴对我伸出了援助之手，送温暖，送爱心。我想我此生都无法忘记，唯有感恩！程老师在我老公生命走到终末前，亲自带着现金和大家给的爱来到我家里，跟我老公耐心柔软地交流，用智慧和慈悲以及爱来陪伴我老公，跟他做最后的生命关怀，让我老公对于死亡有了新的了悟，以及颠覆意识思想底层的打破！这深深震撼我，让我永生感恩不尽！

**二、夫妻关系从原来的抱怨到慢慢缓和、顺畅**

原来因为老公生病，家里的所有重担都压在我的身上，对于作为家庭主妇的我来说，感觉天都塌了，压得我每天都喘不过来气来。每天从我嘴里说出的话都是抱怨，抱怨命运的不公，认为自己是全天下命运最苦的人，每天需要面对病床上的丈夫，自己都不知道这样的日子该怎么办。

在跟随"知行生活道"的这两年中，通过程老师的七碗静心能量茶，我慢慢地开始改变松动，学会让自己放松安静下来。对我先生和孩子说话开始温和，关注我先生的身体状态和情绪，有空也会陪他讲讲故事，也陪他去户外爬山呼吸大自然纯净空气，带着老公陪着他一起去喝七碗茶，在喝茶的时候释放心里不舒服的情绪，慢慢地，老公的情绪放松下来……我跟老公关系更加紧密了，他开始依赖我，并愿意信任跟随我到老师家喝七碗静心能量茶，我们就这样融入这个大家庭，来感受这个高能量氛围，和大家一起哭、一起笑、一起打闹玩耍起来。

**三、坚持锚定在这里**

从 2022 年正月初六后，开始随老师一起进行早间练习呼吸。每天坚持，从不会呼吸到呼吸顺畅有力，从赖床不起到一路跌跌撞撞持续有力的自律自觉，可以来准点准时参加早间五点的呼吸练习。在思维上突破自我习性懒惰。

**四、勇敢突破**

老师经常鼓励我，说我的身上有很多人没有的独特光芒特质。如果我自己能够勇敢穿越现在的一切，我就会无比优秀并找回幸福。通过这两年在"知行生活道"中不断浸泡，现在的我能够勇敢面对生活中加注到我身上的一切。坚定闭嘴，少说多听，慢慢感知周围美好的东西，减少对周围的评判，有不舒服就做自己的功课，写"一事一觉"，让自己做事清晰起来，说话柔下来、慢下来，用行动来提升改变自己的旧有模式，慢慢感觉有了光明透亮，我开始有了在生长的感觉。

　　2024 年的我，已经从叨叨叨的"祥林嫂"走到了喜欢、革命、精进、积极、乐观的"阿庆嫂"。此刻我的心情宁静而安住，同时热爱、喜欢、分享。我把在"知行生活道"收获的这份开心，喜悦活着鲜活自信的力量，分享给我身边的有缘人。我相信在这个温暖的大家庭里，我会不断改变自己，要把自己学到的东西运用到日常生活中，同时我每天带着自己已经拟订的生命愿景蓝图跟随我亲爱的老师和小伙伴们，在事中不断训练自己，改变自己，我每天开心着，感受到心里面透出的这份富足，我的生命和孩子以及未来会越来越好，越来越幸福美好。（作者：沐真）

# 美妙的遇心之旅

我是心遇，在这趟心灵成长的旅程中有 N 多个发生带我看到"所有一切都为我而来，我一直都被老天照顾得很好"。今天我来分享其中的两个：

**上高架，心灵之旅驶入"快车道"：**

某一天我开车上高架，突然感到身体很不舒服，恐惧感像巨浪一样袭来，让我几乎无法呼吸。那之后，每次想到开车上高架，那种恐惧感就会无端涌现，我尝试过多种方法来克服这个问题，包括心理咨询、药物治疗，报名参加各种心理课程，但无论我做多少努力，那种恐惧感似乎都根深蒂固，无法消除。

五六年的时间里，我宁愿绕路也不愿再次尝试开上高架，这种恐惧不仅影响了我的出行方式，还在无形之中限制了我的生活。直到我遇到了行雲老师，我的这种状态才开始有了转机，他没有给我提出具体的建议或解决方案，而是通过带我参加各种活动，帮助我释放情绪，找回自己内心的力量。通过一次次的情绪释放和真相"病毒"植入，我开始感觉到内心的平静和力量，那种被恐惧束缚的感觉逐渐减弱，终于有一天，当我面临再次开上高架的机会时，我鼓起了勇气，尽管心里有些紧张，但我还是坚持开了上去。那次经历虽然艰难，但它却成了我克服恐惧的转折点，从那以后，我逐渐恢复了对驾驶的信心，现在恐惧已经不再是我的负担，我终于能够自由地在高架上驰骋，心灵之旅也驶入了"快车道"。

**突破沉默的墙，我的育儿觉醒之旅：**

我的孩子一直是学校里的尖子生，但突然有一天他决定不再去学校。这不仅令我们震惊，还让我感到迷茫和无助。孩子把自己锁在房间里，不愿意和我或他的父亲交流。我尝试了所有的方法，但都无法打破这沉默的墙。在这种前所未有的挑战面前，我意识到我以往的育儿方法和所谓的智慧完全失效，我陷入了深深的无力感，不知道如何是好。但就在那个时刻，行云老师的"知行生活道"深度陪伴体系出现在了我的生活中，我参加静心能量茶会和幸福生活训练营后，开始逐渐找回了我内心的平静，这些活动帮助我放慢了生活的节奏，让我有机会去真正地反思和理解自己以及我的孩子。其间，我还收到老师为我量身定制的卡片，上面写着："亲爱的，你是你世界的王，孩子是孩子世界的王，拿回自己的力量，不再陷入故事。"这句话深深触动了我，让我意识到，我好好成长自己，爱好自己，我安了，我的世界就安了。

随着时间的推移，我们和孩子之间的关系出现了翻天覆地的变化。孩子也像变了一个人似的，开始重新开放，愿意和我们分享他的想法和感受，最终，我的孩子重新找到了学习的动力，并成功适应了高中生活。育儿实则育己，我们家庭共同经历了"这场风暴"觉醒，最终达到了和谐与幸福。

我特别幸运也特别幸福，能够遇见老师和"知行生活道"所有的家人们，在这里，我们一起同频共振，一起创造各种美好。（作者：心遇）

# 心开了，你就真的"开心"了

2021 年，我跟行雲老师有过一次短暂接触，那个时候我专注在财富方面的深入学习，对于"幸福"这两个字并没有特别深的理解。然而缘分很奇妙，因为自己遇到了事业的瓶颈，家庭的气压也很低，我一直在找解决的办法，正好我的好朋友玉峰给我推荐了行雲老师的音频《这是个频率的世界》，听完我就马上用里面的方法调频，和老婆去公园里散步聊天了一次，确实快乐了不少。

当然我希望有持续的改变，于是我来到了幸福生活训练营，老师没有讲很多理论的东西，更多的是让我们体验，最后的结果是我的心打开了很多，灿烂的笑容又回到了我的脸上。于是，我立马决定加入"知行生活道"这个高能量的大家庭。这样的改变让我老婆也很惊奇，于是我就带上我老婆一起来参与幸福生活训练营，具体会发生什么，我也不知道。但我知道，老师对了，圈子对了，结果自然而然就对了。

第二次的收获比第一次还要大，因为夫妻同修，能量翻倍。

## 1. 内在小孩释放

对于竹林里打的那一架记忆深刻，在被摔倒在地的那一刻，我号啕大哭，释放得特别舒服。好像之前扛在身上的那些压力都放下了，内心的小男孩又出来了，其实我也可以示弱，也可以有委屈的时候，不一定非得装成大男子，扛下所有，我重新又找到了男孩的一面。

## 2. 学会孝的表达

另外一个收获在于老师对于孝的解读，我自己之前头脑上懂得要去孝顺父母，但是内心其实并没有那么大触动，上次在幸福生活训练营看完视频，马上就去看了父母，不知道怎么表达。在我分享之后，蓝精灵分享的她的经历对我很触动，父母不会，我们可以去创造。最简单的方式就是直接表达，真诚是最能打动人的，内心升起了孝的心，最简单的话都有力量。

### 3. 夫妻内心同频

这次最大的收获是夫妻关系的改善，这里要谢谢小伙伴抓拍到很多照片，可以作为我们经常回顾的美好回忆。我和我老婆都是属于比较内向的人，不善于表达，老婆做了很多事，经常委屈自己要哭，我经常猜不到她到底要什么。在竹林里她答应以后会直接表达需求，而我会付出更多的行动表达爱。另外一个重大的收获是从根本上解决了我们夫妻不平衡的关系，原来老婆总觉得她付出多一些，在关系里就弱势，其实在当初要在一起的时候，顶住父亲压力的时候，我其实也付出了很多，我表达了，老婆也收到了，内在的平衡之后我们一起达成一致，要好好珍惜这一份来之不易的感情，要好好地经营这个家庭。

总结来说，"知行生活道"，谁来谁知道！幸福生活训练营值得每个月都来参与。

今后会持续扎根生活，踏实践行，打开心门，真正"开心"快乐过好每一天。（作者：宜航）

# 发生了什么，短短11天就有如此变化

今天我听了第42课"我爱我家，我建我家"，老师说他是何其的智慧创立了"知行生活道"，我想说我是何其的幸运遇到了行雲老师，在我的生命里遇到了能够滋养我，引领我成长的恩师，这是我今生的福报。我何其智慧，在行雲老师不断引领、鼓励下，最终跟随心的指引，选择加入"知行生活道"这个大家庭。

从我进入群的那一刻，我就感受到了家人们的温暖与友好，大家纷纷热烈欢迎我回家，从此刻起，我也是一个有人爱、有人暖，有人陪我一起笑、陪我一起哭的幸运儿了。

在加入"知行生活道"之前，我就经常听老师的音频，行雲老师也把百日听课群的分享课程赠送给了我。林燃姐和林老师曾经都分享过通过学习如何支持到自己的孩子一起成长，我特别羡慕，特别希望自己也能成为这样的一位能够帮助孩子、协助孩子学习，乃至在工作中也可以给予他能量的母亲。最初就是因为听了这些音频，触动了我，我才选择加入"知行生活道"，加入的初心也是想协助孩子，虽然孩子已经很不错了，但是还想让他能再更好一点。

自从10月1日加入到今天，才11天的时间，我沉浸式地听课，听家人们的分享，参与早间喜悦曼陀罗练习。每天早上喜悦曼陀罗做完后，老师都会带领我们使用流程工具收回力量，我最大的收获是昨天早上练习完之后，突然对流程工具有了突破性的领悟，我能够真切地感受到每句话背后的真相了，再也不是傻傻地照读流程话术了，顿时就感觉到身心都非常喜悦。当时我正在做饭，那时才真正地体验到了老师所说的，加入"知行生活道"之后就感觉非常开心，连做饭都能扭着屁股，唱着歌，轻松、喜悦地做好一桌菜，还不觉得累。

与此同时，不知不觉之中我感觉先生变化也很大，之前对我是百般挑剔，从来就看不到我一点点的优点，不但看不到我的，在他眼里别人就没有优点，嘴里说出来的话 99% 都是负能量，但是最近这段时间，他的负能量语言少了，还会体贴人，也会主动帮忙做饭。有一天，在我下班之前，他竟然主动把包饺子的面和好了，这是结婚 20 多年来的他第一次和面。

老师创办"知行生活道"的初心就是帮助更多的人活出自我，绽放光芒，过上幸福的生活。如果你现在感觉到自己过得还不是那么舒心，孩子还不是那么如你所愿地成长，那么我邀请你加入"知行生活道"，跟大家一起成长吧，到时你会幸福得不要不要的。（作者：佳欣）

# 一个人的成长，一家人的幸福

我来自农村，是一个普通的家庭主妇，上的学也不多，到了结婚年龄就嫁人了。先生家的经济条件在我们当地还算不错，但一家人的观念都认为生个男孩继承家业、续香火比较好，而我却生了女儿，一家人都不太喜欢，从此我和全家人的关系都很紧张。

我从来也没学习过怎么做儿媳妇，怎么做妈妈，如何处理夫妻感情，所以不会处理婆媳关系，夫妻关系也受到影响，小孩也因此受到牵连。哎！太痛苦了！简直了，太难受了！于是我四处寻找答案，找路径，找方法，想早日脱离困境。苍天不负有心人，我找到了我人生的贵人梧桐老师，她介绍我认识了程教授，我加入了"知行生活道"，有幸成为"知行生活道"的核心成员。从此，我和"知行生活道"的家人们在一起不断地学习程教授的音频、课程，和家人们冥想、做喜悦呼吸、参加活动，听家人们的成长蜕变故事，收获良多。这一路走下来我知道了自己是谁，拿回了内在力量，活出了真正的自己，绽放了真正的自己，我把这些关系都圆满了。婆婆每天都会问我想吃啥饭，给我做好吃的；先生也越来越多地爱我了，我们也收获了乖巧的女儿。受我影响，我的两个妹妹也带着她们的家人学习、成长。另外，我的好朋友看到我的变化也一起加入进来。大家都很开心！

接下来，我会跟程教授以及"知行生活道"的家人们一起创造幸福。我们要带动更多人过上关系和谐、身体健康、财富丰盛的幸福圆满生活。我要做一个有用的人，做一个有使命感的人，支持、陪伴、唤醒、有缘有愿，来到我生命中的每一个人，帮助他们拿回生命主权、做自己生命的主人，让他们在健康、情感、财富方面获得全方位的圆满幸福。如果您也有和我同样的困惑或其他方面的问题、卡点，我发出诚挚的邀请，欢迎您走入我们"知行生活道"大家庭，我们一起创造幸福、引领幸福。（作者：赵欣）

# 有什么魔法吗？不到一周时间就找回了自己

今天早上我不到五点就醒了，心里有个声音对我说，该起床了，喜悦曼陀罗马上就要开始了，可头脑又告诉我说，六点就要准备早餐，还要送儿子上学，反正又不能全程跟着，就再睡会，不做了吧。可这时候，我根本睡不着，心里总是忐忑不安，心里又有一个声音对我说，起来吧，能做多少是多少。在这时，我就听从内心的指引，起来去跟着做了喜悦曼陀罗到六点，做完后整个人都很放松。

直到今天我才明白焦虑是怎么来的。当我们身体内有两个声音同时出现的时候，就会产生焦虑。我想表达的是，在没有跟着老师之前，我是分不清哪个是头脑想的，哪个是心里想的，每天都是糊里糊涂地过着，可今天我能很清晰地就分辨出来了，所以觉知就升起来了。

儿子一个星期没去学校了，今天去上学，我整个人也由阴转晴。回想起前几天儿子说不去学校的时候，我就开始打电话求人帮助劝说儿子，结果是靠山山会倒，靠人人会跑，只有自己最可靠。我不想活在束缚里，下定决心要成长自己，于是就加入了"知行生活道"，成为核心成员。

不到一个星期的时间，我的生活就发生了改变，儿子的事情也解决了。在这几天里，我深深地体验到，在我的全息图里，一切都是我创造的。就像老师所说的，每一个发生的背后都有恩典。的确也是，我也从这次的发生中找到了真正的自己，我感受到了自己的无限自由和丰盛。感谢丹丹的帮助，在这短短的几天里，我就收获了这么好的体验，也要感谢程老师创建了"知行生活道"，我才有机会成长自己。（作者：富悦）

# 百年寻宝——寻找真正的自己

大家好，我是艺丹，今天来聊聊自己的成长故事。特别感谢我的发小——优琴，她介绍我认识了行雲老师，从此，开启了不一样的人生体验。

之前的我价值感特别低，自我内耗特别大，现在感觉每天内心特别喜悦自在。

**健康方面：**原生家庭的情绪氛围和生活方式等使我从小体质比较弱，容易感冒，初中、高中到刚工作那几年有荨麻疹，不能太累，不能太激动，有时候还不能吃最喜欢的虾蟹，所以我一直不敢让自己太累。我只能进入节能模式，工作就只能选择轻松简单的，也没有想过去创业，因为太辛苦，身体支持不了我这么做的。后来慢慢地我做了瑜伽老师，身体有一些缓和，但是真正大的改善和改变是遇到老师、遇到"知行生活道"之后，跟着一起学习整体自然医学，每天践行营养早餐，阶段性参加轻体活动、做秋季养生等，体质升了好几个级别。现在的我，基本每天能量饱满，精力充沛。

在孩子还小的时候，我不知道怎么护理，导致她体弱，容易感冒，这让我内心崩溃。现在每天都是全营养支持，体质体格越来越好，身高也不用发愁。我把健康带给家里人，也带着爸爸、妈妈做轻体。妈妈患子宫腺样癌，接着爸爸被查出患肺癌，好在我跟着老师进行生命成长，还有整体自然医学这个厉害武器，心里没有过度的伤心焦虑、难以应对，而是更好地支持、协助、陪伴他们。目前妈妈子宫被切除，没什么问题。爸爸肺癌没有做手术，让他调整心态、脾气、饮食习惯等。现在，我对自己未来的健康也非常有信心，有这么牛的自然医学和非常好的健康生态圈，再加上瑜伽，我的财富就是长寿，给自己定个目标——健康活到120岁。

**亲密关系：**亲子关系是我最值得骄傲的一个关系，互动太幸福，有爱心，被孩子融化，和宝贝感觉可以亲密无间，备受滋养。可是亲密关系就是一半感觉挺好，一半让我抓狂，他简直颠覆我的认知和三观，生活方式难以接受。通过学习，我知道他也是另一个面相的我，没有好坏对错，一人一世界，他是来让我看见自己和成长的。当我的心扩大，一切也变得不再是问题。以前一直被心智机器带着走，负债、体重、乱花钱、不靠谱、没有安全感、内心被恐惧担心所充斥着，曾经一度怀疑先生不适合我，感觉选择错了，但现在他好的一面滋养我，不好的一面成长我、照见我，一切为我赋能，更多的是感恩他。哪有无缘无故的遇见，成为一家人，在真相上除了赞赏和感谢，就只有赞赏和感谢，没有别的了。现在我用心感受、体验生活，多去感受美好的一面，幸福的体验感越来越多，感受到人间值得。我可以做受宠小公主，也可以做自己，独立生活，而且我也有能力收礼物。站在更高的楼层俯看全局，感受到这一切都了了分明，这种感觉真实不虚。

**财富关系：** 在人性游戏剧本里面，我是比较受限的，是一个无力匮乏，自我否定，社交恐惧，喜欢依赖的角色，我也是因为财富的卡点才进入学习成长。接触老师之前，我也出去学习了几次课程，也看了不少书，但是效果一般，感觉头脑知道，很难做到。后来在优琴餐厅里请朋友吃饭时认识了恩师——行云老师，我感觉宇宙太爱我了，我太有福气了，花最少的钱得到了无法用金钱去衡量的价值。一群家人的陪伴，老师无私的爱和引领，而且落地实修，让我对财富的认知有了天翻地覆的改变。是我把自己弄丢了，迷失了，把力量交给了外在，反而想通过依赖、通过寻找外在的车子、房子、奢侈品来填补自己的安全感和满足感，可往往事与愿违，于是我踏上一条百年寻宝之旅，把丢失的自己找回来。

目前我做私教、颂钵等课程，虽然还没达到理想的状态，但是这是一个过程，给自己多一点的耐心，提升自己能力价值和为别人解决问题的能力。以前一直在抗拒做事，有内耗，我不想辛苦劳累，我付出了没有得到想要的，而现在我享受做事的过程，来滋养自己的生命。稻盛和夫说过，事业是最好的修行，什么时候开始都不晚，我从之前排斥玩赚钱游戏到现在享受玩赚钱游戏，累积自己的经验值，慢慢打磨自己，未来实现生活、生意、生命三位一体。

我是如此幸运能遇见老师、遇见"知行生活道"！目前我有两个"法宝"快速成长自己。

**第一个"法宝"**：老师引领我们使用沙因教导，简单、直达、好用，让我们快速穿越成长，让我知道我就是世界上最珍贵的宝贝，了悟我是谁，我为什么在这里，我将要去哪里。我不只是这个身份，不被限制不被定义，不被心智机器带走。明白一花一世界，每一个人都有自己的世界，每一个人都是对的，我就做我自己，不需要为了谁也不需要让所有人满意。对于亲人、朋友，他做到了他所能做的，也尽力了，别人没有办法来完全满足我，一切就释然了，放下所有的执着，万般自在。情绪没有好坏，不被情绪左右，做情绪的主人。目前周日早上我带领线上读书会，自己也非常受益。每周参与七碗茶颂钵的活动，做自己热爱的事，享受其中。

**第二个"法宝"**：老师带领我们用整体自然医学守护健康。身体做不到，生命怎么能做到呢？现在绝大多数人都是亚健康状态，非常有幸能学到精华，通过学习让自己更懂营养知识，从魂道法器术上了解健康、学习、实践。在这个大量"割韭菜"和到处都是商家噱头的时代，自己有了清晰的分辨能力，价值无限。

"知行生活道"还有很多的"法宝"和幸福理念等着有缘的人来了解、来加入。（作者：艺丹）

# 深入学习，一门精进

我是 GUY，2007 年大学毕业之后，就没有停止学习的脚步，我一直利用业余时间在学习，先是为了解决在公众面前讲话困难的问题去学习了演讲，后来为了解决工作压力的问题去学了教练技术，再后来为了解决混混沌沌、一地鸡毛的状态去学了时间管理。2018 年，在孩子教育方面不知所措时，我又去学了心理学、家庭教育。2019 年我又误打误撞地走上了生命成长的探索之路。一路走来的这些学习，帮我解决了很多问题，但是我发现似乎有永远解决不了的问题，这也让我感到困惑与无力，到底什么时候是个头啊？

到 2020 年底的时候，我对一本书产生浓厚兴趣，我在想如果把这本书搞懂并活出书中所描绘的状态——彻底解脱、自由自在、无拘无束地玩耍，就不用东学西学了，也就在那一刻，我心中萌生一个想法，要一门深入了解这本书。当我准备好了，老师就出现了。在一位家人的推荐之下，2021 年 4 月一个阳光明媚的周四下午，我推开了巴丽新地一家法国餐厅的门，来到当时宁波线下读书会的地方，进门那一刻我有一种久违的感觉，哇，我终于找到组织了，回家的感觉。那天在读书会现场，我听老师的分享，听着特别入心，一颗躁动的心慢慢安定下来，并且很放松、很愉悦，有种被疗愈的感觉。6 月 6 日我果断申请加入"知行生活道"，希望可以跟着老师一门深入，把所学真正落地下来，活出自己想要的样子与状态。

回看一下，在走进"知行生活道"之前，我就是一个非常爱学习、忙于不停解决问题陷入无限循环的人。现在看来，那时很多的学习，只是为了学习而学习，并没有很好地落到生活当中，有时候甚至是逃避现实生活而去学习，所以呈现的结果就是平台换了一个又一个。我并不是说之前的学习不好，有些学习还是非常有用的，也帮我解决了那个阶段的一些问题，但看到我因为不停忙于解决问题而去学习，陷入死循环中，这让我感觉非常迷茫。

**家庭方面：** 因为处在这种盲目学习、逃避生活的状态中，可想而知，虽然家庭方面的问题看似解决了一些，但家庭的矛盾却越来越多。特别是当孩子出生以后，我三天两头在外参加各种课程学习，妻子又要工作，回家后又一个人照顾两个孩子，带他们写作业，她心力憔悴，对我有很多的抱怨，家庭冷战随时爆发，好几次妻子提出去民政局办离婚手续，我也差一点酿成大错。

**工作方面：** 因为自己所学的东西，并没有运用到实际的工作当中，只是为了学而学，所以在工作方面带来更大的焦虑和压力。对未来的不确定性常常让自己焦虑、担心，经常一个人的时候，我会莫名有喘不过气来的感觉。为什么我的人生是这样的，为什么都快到四十岁了，我还不能有所成就？我陷入深深地自责之中。

**健康方面：** 我是"80后"，年纪不大，但身上毛病却是一大堆，鼻炎、中度脂肪肝、尿酸高、血脂高、肥胖超重40斤以上、颈椎不好、足底筋膜炎、腰椎间盘突出等，这也不好那也不好。让我更为烦恼的是在日常生活当中，当身体方面有不舒服症状出来时，我就会各种胡思乱想，那些念头如洪水一般涌来，我是不是得了什么坏毛病？我身体不行了吗？我生病了家里人怎么办，我的父母怎么办，我的孩子怎么办……各种念头停不住地冒出来，我越想越感觉窒息，我的整个世界是灰暗的。

2021年6月来到"知行生活道"后，我开始精简学习，并沉浸在"知行生活道"里一门深入，参加了一次轻生活体验营，两次幸福生活训练营，特别是第二次幸福生活训练营结束的那天，内心有一个强烈的声音——我要打碎重建，我要打碎重建，我要打碎重建！这个声音是如此清晰，所以在活动最后一天，在现场我就当众说出了这个想法，我感觉对于目前我的这种状态，唯有彻底地打碎重建，才能够换来一个全新的自己，才有可能过上我想要的生活。所以，就从那时候开始，只要"知行生活道"有活动，我就积极参与，持续地浸泡沙因读书会、茶会，持续听老师分享的课程，持续做功课释放情绪收回力量，学习沙因老师的课程。老师说，一个人到底有没有真正成长起来，很简单，就拿事来检验。因此，我就积极做事，主动承担线下线上活动的筹备，希望通过做事来历练自己，把所学落地。

到目前为止，跟大家汇报一下我在各个方面的变化。

**一、健康方面，对我而言，有比较明显的改变**

第一个就是鼻炎，我患鼻炎至少有 10 年左右的时间，每到冬天，鼻子就会肿胀，头晕，非常难受，去医院看，每次配点药回来，吃了没几天后症状是消失了，但过段时间又会发作，一直不好，这让我很是苦恼。轻生活体验营中的一句话我记住了，那就是——伤害一旦停止，疗愈自动发生。只要给足营养材料，身体很智慧，它是可以自动修复的。所以自这次轻生活体验营以后，我就简单相信照做，开始吃起了营养早餐。吃的过程，也并没有非常严格地执行，偶尔也有几天偷懒没吃，其间也会产生很多质疑的想法，难道吃这个东西真的管用？他们不就是为了赚钱吗？但是当每次有这样的念头来的时候，我想到了"打碎重建"。提醒自己：按照我过往的生活方式，一直没有解决我的问题，那么我就必须换一种方式来生活，所以继续简单相信去执行，给自己足够的耐心。通过践行一年左右的营养早餐，到 2022 年冬天的时候，我的鼻炎就没有再犯了，2023 年春天也没有出现过往鼻炎的症状，我确定我的鼻炎是好了。在健康方面拿到的第二个体验是我的体型与血脂指标。今年 5 月份左右，我们发起了一个血管 SPA 活动，原本没有抱太大希望，只是想减一点重量，但是没想到 18 天做完之后，我去做一个体检，不仅体重减了 14 斤，整个人瘦了一圈，而且长达 10 年以上血脂不正常的四个指标中有三个指标恢复到了正常范围：总胆固醇从 8.02 降到 5.27；低密度脂蛋白胆固醇从 5.34 降到 3.18；甘油三酯从 1.97 降到 0.95；高密度脂蛋白也快接近正常，从 1.79 降到 1.59。看着拿在手上的体检报告单，短短就 18 天时间，指标的改善令我非常吃惊，这意味着原本患心血管疾病的高风险状态，变成了低风险，一块担心的"石头"放下了。当拿到了这两个体验报告之后，对于身体其他方面一些病症的全面恢复健康，我越来越有信心！

**二、个人成长方面，松弛下勇猛精进，勇敢直面困难，自由分享**

1.从紧绷的勇猛精进到松弛的勇猛精进。原先我就是一个勇猛精进的人，但那时候经常处在身体紧绷当中，消耗很大，所以很容易累，特别是一到晚上，整个人就会瘫倒，什么事情都不想做。在这样神经紧绷情况下，勇猛精进所学的东西很难内化到生活当中，更多的时候只是停留在头脑的概念层面。我知道，但做不到。我们的老师有特别的能力，他非常清楚地知道我们每一个人需要成长的点，需要突破的点在哪里。比如，那段时间，在三个月内我把沙因老师的书看了18遍。我在家里看书，孩子需要我陪的时候，我就很不耐烦，觉得陪伴孩子还不如多看几页书。老师了解到我的情况，建议我少看书，只要一周跟着读书会读一章就可以了，在家里把书放下，多陪伴孩子，老师说孩子比书厉害多了。当时我并没有领会，只是去践行了，刚开始也有些质疑，为什么要少看书，不是要勇猛精进吗？当我再次想到我要打碎重建时，认为老师这么说肯定是有道理的，他可是走过来、拿到过体验的人，于是我就继续简单相信照做。践行一段时间以后，我发现之前那么精进地读书，看似读了18遍，实际上很多内容我都没有深入进去。在老师的建议下，改成一周一次跟着读书会慢慢读，我发现自己不着急了，在家里也有了更多时间陪伴孩子，心也更加安了。突然有一天，我发现调整后的读书方式反而是效率、效能更高的。在读书会现场，如果来了20个人，针对这一章每个人都分享自己的角度，分享自己在生活当中拿到的体验，那这一章相当于我读了20遍，那比我自己一个人读20遍效果要好多了，而且所花的时间更少，所以我一下子就体会到了放松下来看书的好处。所以我再次按下"确认键"，必须要打碎重建，不能按照过往自己的认知来。同样是精进，一种是紧绷的精进，一种是放松下的勇猛精进，是完全不一样的。另外我也发现，老师给其他人的建议是要多看书，而给我的建议是要少看书，这就是因材施教，他在用心陪伴着我们每个人。

2. 逃无可逃，勇敢前行。这两年一路走下来的过程中，无数次会出现过往的那种模式——我想逃，不敢去深入。当一件事情让我感到困难的时候，本能反应要逃的时候，但是总有一个声音跳出来说——我要打碎重建，我要过上自己想要的那种生活，达到理想状态。这个声音每次都把我拉回来，让我回到轨道上面，继续勇敢前行，去面对让自己不舒服的人、事、物，然后用上流程工具这个"法宝"，收回力量。到目前为止两年多了，我没有换过地方，持续在这里一门深入，并扎根生活，而且越来越尝到了扎根生活带给我的好处。面对困难我内心有了庆幸，这是我收回力量的最佳机会，面对生活当中的不如意，收回力量的同时，更加积极转变心态去面对。

3. 突破瓶颈，自由分享。我喜欢分享，但是去群里或在人多的场合下分享的时候，总感觉非常受限，分享不出来。这个点的突破，源自 2022 年举办的亲子营，那时候老师让我担任线下活动的总监，第二天就要开营了，老师让我到群里分享一下，我感觉自己身体处在一种低能量状态当中，分享不出来，但老师推了我一把，让我只管分享，说错了都没关系。有了老师的鼓励，于是我鼓起勇气，到好几个群做了分享，分享完内心对自己是有评判的，觉得总有地方没有分享到位，但在老师那里都是肯定，都是好的。这次的经历让我体验到了，我只要去做就是了，内心的限制和束缚开始松动，在这点上有很大突破，并且我能感受到随着不断地分享，想表达的东西自然地会冒出来。我体验到了，一旦突破之后，就可以自由地分享，我相信越来越多的人可以验证到。个人成长其他还有很多，以后再慢慢分享。

**三、家庭关系方面，爱慢慢流动起来，有了温暖与幸福**

老师带着我们扎根生活，把自己的日子过好，先把自己的小家照顾好，让家里人感受到我们的学习带给他们的好处。随着我的践行，不知道从什么时候开始，大概是从 2023 年初开始，我的家庭关系开始有了微妙的变化，妻子对我外出学习有了 180° 的转变，她不再那么反对我外出学习，而且自己也开始看家庭教育方面的书，并会把看过并觉得好的书分享给自己的朋友、同事。2023 年初她主动去社区报名学习《非暴力沟通》的线下读书会，每次回来还跟我主动分享学习的收获，我感受到家里的氛围越来越好。特别感谢有机会参与到亲子营的组织，我也带孩子参加亲子营，我看到了一个个家庭关系的奇妙转变。在亲子营的氛围带动下，我现在更加愿意也更有耐心地去陪伴孩子、陪伴家人。现在的我会抽出时间来平衡家庭，晚上时间尽可能断网陪伴他们，周末创造时间陪伴他们去想去的地方走走。我利用早上原本用来学习打卡的一个多小时时间，沉下心来制作营养早餐，用实际行动去照顾到他们。这些变化都肉眼可见，也越来越能感受到家庭里爱的能量流动起来了。

来到"知行生活道"，真的是买一送八的效果。当初我只是为了想一门深入学习沙因老师的书，但是没想到，走进来后，我的健康问题一个个得到解决，亲密关系得到逆转，亲子关系越来越好，个人成长方面的一个个卡点得到突破，而且我发现在这里还有一份令人向往的事业可以去经营，在这里还有一群有爱的伙伴们，我们可以大口呼吸，大胆做自己，时刻感受着家人般的温暖与幸福。从此，我不用再东学西学，只需要一门深入。只要给自己足够的耐心，一定可以活出自己想要的样子，拿到自己想要的结果，让我们一起来相互见证吧！（作者：Guy）

# 土豆开花

机缘巧合认识了盼盼，从来不会跟别人说家事的我，居然跟盼盼第三次见面就跟闺蜜一样——竹筒倒豆子，把家里所有的事情、情绪垃圾在一次约饭中都倒给了她。一顿饭吃完，我的情绪垃圾也倒完了，其间盼盼基本没说话。突然之间，我意识到了，为什么会这样？家丑不可外扬，我为什么会把这么不光彩的事透露给一个外人？明明我已经释怀，为什么还是会向她倾诉？懊恼也没用，说都说了，随便吧。天要下雨，娘要嫁人，该来的逃不掉，该怎样就怎样。分开的时候，盼盼说："10月，老师那里有幸福生活训练营，你去吧，我也是这么过来的"。没有多余的交流，就这样，2022年10月的一个星期六早上，再次因为孩子不肯去上课发生冲突，我无能为力，也无可奈何。一狠心，随他吧，就来到了"知行生活道"——一个陌生的地方，懵懵懂懂接受了两天的学习、释放。不知道学了什么，接收到什么，听的时候似懂非懂，反正两天时间挺开心。

唯一学到了三句话：

你定了，你的世界就定了；

你安了，你的世界就安了；

你好了，你的世界就好了。

课程结束后，有人跟我说："你要加入'知行生活道'，泡在里面，持续不断吸收能量，才会真正有收获。"心里想，啥能量，不知道，我都不知道你们是干啥的，再说吧。两天没见，星期天晚上回家，女儿居然变得懂事了，还有点体贴了，先生好像也没那么对抗了。难道真的应了老师的三句话，先搞定自己，好吧，心里有点窃喜。第二天一大早上班，下午休息，躺在床上辗转反侧就是睡不着。既然没有更好的办法，那为什么不加入他们呢？既然决定加入，为什么不早点决定呢？问题就可以早点解决了。于是我就给老师打电话，说："我要加入'知行生活道'。"付钱成交，老师发了课程给我。拿到就迫不及待地开始听，走路听、睡觉听、工作听，有点儿打扰没关系，能听多少算多少。那段时间特别精进，一直听音频，生活不知不觉中发生了变化，亲子关系、夫妻关系都融洽很多。在此，我要给自己贴个标签——做事不够仔细，当时居然不知道橙子办公是用来做"一事一觉"的，也不知道收回力量这回事。直到后来二师兄在小组会里问我，我才知道了"一事一觉"，知道了收回力量，于是赶紧去做。随着不断地参加"幸福生活训练营"、老师的内训，不断地觉知，不断地觉察，收回力量，人也越来越洋溢，越来越绽放。以至于每次见到老师、珈宁小姐姐、还有那些大爱的家人们，都特别开心，由内心发出孩子般开心的笑，无拘无束地笑，还有无拘无束地哭。于是家人们说："土豆开花了！"现在我在这个大家庭里面泡了快一年了，学习了整体自然医学，打破了我对健康营养的认知，让我重新认识了营养，认识了自己的身体。以前有点不舒服立刻吃药，现在家里很难找到一粒药，有不舒服赶紧营养素调理，加上营养早餐和幸福餐，身体基本不会有问题。通过持续不断听课，听家人们的分享，"一事一觉"的锻炼，现在我基本能遇事先觉察，事情发生了也很定，不焦虑，事后也立刻会有更深的觉察。我的内在没有别人，只有我自己，于是向内观。我在别人、亲人那里都没有力量，所以我只有狠狠地搞我自己，遇到不舒心，不舒服马上做功课，收回力量。

一句话，这辈子我跟定老师了，只要老师不放弃我，我要做我自己世界的王，让这颗土豆花永开不败。感恩老师，感恩所有的家人，我们一起幸福，一起嗨！（作者：土豆）

# 学习改变人生

曾经的我，是很会操心、多思多虑、特别敏感的人。因为工作压力大，我经常把工作中碰到的不开心的事和坏情绪带到家里。可能是受我长时间坏情绪的影响，我儿子的情绪也越来越暴躁，越来越不开心，我和儿子的关系也很紧张，那段时间基本上每天一小吵、三天一大吵。更严重时儿子还会爬到窗户边说，想从那里跳下去……那时的我看到这种情形，心里那个苦，儿子才读二年级，情绪就这么暴躁，以后再长大了不是更难管了吗？这可怎么办呢？那时候我心里面也萌生出了想要学习的念头，可我去哪里学呢？该学些什么可以解决目前我们家的状况呢？后来我无意中看到我同学优琴的朋友圈，我发现她活得好开心啊，看她朋友圈发的一些内容都非常正能量，当时我很是羡慕。于是在某一天晚上我就电话联系了她，那晚我清晰地记得跟她聊了一个多小时，她大概跟我讲了一些关于心智机器、心智噪音等沙因老师教导里面的一些内容，我听着似懂非懂。再后来优琴和艺丹也邀请我去程老师家喝茶，那个时候我看到这一群人都感觉好开心呀，这是我非常向往的一种生活状态。就这样，我在去年的9月底加入了"知行生活道"，跟着老师学习，听老师的分享将近100多堂课，参加幸福生活训练营，还参加线上读书会。加入后不久我也了解了整体自然医学，跟着老师、跟着"知行生活道"的大部队一起吃上了营养早餐。

接下来，我谈谈加入"知行生活道"发生的一些变化。

**一、曾经积压在我胃部的一股所谓不舒服的能量消失了**

以前每天大概是在18:00至20:00，我莫名不自觉地会感觉恐慌、紧张。那段时间就感觉不知道为什么好像总有一种无形的东西在影响着我，堵在我的胃部，更煎熬的是我会跟着这种恐慌和紧张，马上胡思乱想起来，想着一些让自己不开心的人和事，这种模式每天上演，折磨了我很多年。后来跟着老师学习，知道了当我们在碰到任何不舒服的时候，就是流程工具派上用场的时候。那时候我每天坚持听老师的音频，每天做流程，做了三四个月的时候，就在某一天，奇迹发生了。那天我同样在做着流程，在深入情绪这个环节我突然看见它了，我看见了一条黑色毛毛虫在蠕动，平时我就很怕这种软绵绵的虫子，那时感觉很恶心，慢慢地它化成一股浓浓的黑烟飘走了。从此以后我好像在每天傍晚的时候不再感到恐慌和紧张了，这种模式就被瓦解了。我觉得好神奇，就是这样，从此我就相信了流程工具这个"法宝"。

**二、同事之间的关系也发生了微妙的变化**

以前的我是非常敏感、胆小的，经常会因为同事的一个眼神或者是偶尔听到他们背后的一些议论而影响到我的心情。那个时候我明明感觉自己很不舒服了，但是我又怕跟别人起冲突，不敢跟他们去对质，我怕，所以我忍了。久而久之，这种情绪一直压制在自己的心里面，这让我很痛苦。更糟糕的是我经常会把这种坏情绪带回家里，回家时基本上是一身疲惫，心情又是一团糟，家里也是被我搞得一地鸡毛。现在通过学习老师的课程，学习沙因教导，慢慢地，我知道了这一切都是我创造的，外在的工作、外在的同事都是按照我创造的剧本在表演，外在没有力量，所有的东西与外在没有关系。别人议论我引起我不舒服，我就要好好做功课，好好去做流程，借此机会去收回力量。老师说了，我自己是一个投影源，如果我这个投影源没有改变的话，外在出现的一个事情就会重复发生，不断敲打我、提醒我，直到这个模式被瓦解。于是我就不断地通过这件事情去深入自己内在的情绪，然后不断去做流程，收回力量。现在，我发现同事们再讲起我，我已经不再害怕了，我会直接跑过去跟他们开玩笑一样地聊，其实想想他们也没说我什么，是我自己想多了。

**三、家里关系更加和谐了**

慢慢地，我发现我跟儿子之间的关系也越来越好了，儿子以前非常的暴躁，动不动坏脾气就上来，现在基本上我也不会跟儿子发生激烈的争吵。现在通过不断地听老师的音频，好像老师带给我们的能量，无形之中也在影响着我们整个家庭的氛围。

## 四、身体健康了

2023年7月参加单位的体检，检查结果出来，发现我的甲状腺囊肿消失了，乳腺也比之前更健康了。那时候在我心里升起了一股感恩之心，感恩我们的程老师，是您手把手教会了我如何释放情绪，守住中心，收回力量。在这一年，我就是很好地控制了自己的情绪，加上营养早餐、幸福餐，慢慢地让自己的身体状态也越来越好了。

在这将近一年的时间里，我通过反复地听老师的课程，坚持运用流程工具，不断地瓦解原有的模式，不再把力量交给外在的人和事，不被剧情和故事带走。非常感恩程老师、优琴、艺丹，还有大师兄等，感恩我们群里其他的家人们出现在我的身边，真的感恩有你们！（作者：柠檬）

# 从自以为是到自信快乐

一直以来，我觉得自己是一个很能干也很优秀的人，一切都按照自己所谓的想法活得如鱼得水，甚至会高高把自己抬起来，会觉得身边很多人不如自己，看不起他人。非常自以为是，对待夫妻关系也是如此，自己这辈子倒了十八辈子的霉气，遇到了这样的人家、这样的先生，很少看见先生，忽视他，不参与他的圈子和生活。对待孩子，觉得他就是我的附属品，想打就打，想骂就骂。孩子敏感脆弱，不太自信，怀疑否定爸爸的一切。先生很少参与孩子的生活，在初中之前，这一切在我看来没什么问题，都还好，没感觉。我以为一切都会安然地发展下去，我不知道这一切痛苦将会出现在我面前。初中以后，孩子厌学、社交逃避、叛逆，不服管，情绪波动大……所有都超出了我能力范围及预期范围。我学习了很久的家庭教育，一切并没有如期地好转。夫妻关系还是僵硬，这个时候我认识了蓝精灵老师，如沐春风地一点点支持我的生命，带我来到了"知行生活道"。当我来到这个场域，发现这个世界真有世外桃源，这里的人只有爱，用爱拥抱爱，没有条件，只有无条件。我毛骨悚然，以前好像都活反了，在我之内的就是好，不在我之内的就是糟糕。我否定不在我之内的一切，制造了无数的矛盾和情绪，阻碍了自己给出去的爱，彼此变成了刺猬，用指责、愤怒、冷暴力武装自己，隔离自己，隔离了那些交流的通道，活得很辛苦。

加入"知行生活道"后，我都会耐心地听老师的课，遇到事情就会回到自己，收回力量，能量越来越稳定了，再也不害怕外面的发生。一切都在我之内，我感知到这个世界其实很简单，一切都只是体验，体验很美好，没有评判，没有对错，一切都是那么好。比如这几天，我工作上遭遇了一次比较大的调整，突然我的中层权力被削弱，直接架空。要是以往，我会很强烈地难过。先生说那就不要去上班了，其余的再说他就回避。面对这次工作大调整事件，我直接回到自己内在，去释放自己内心的不安与压抑。一次一次不断释放，一次不成功就释放第二次，第二次没成功就第三次……终于，某一刻，我突然感受到了一切都是体验的滋味，有一种游戏闯关的感觉。我突然明白，什么是没有评判，没有要求；什么是无条件的接纳，接纳自己的当下，也接纳他人，看见彼此背后相互珍惜的那颗心，看到那些爱。外在的发生真的都只是体验，真的没有好和坏，能量加满的感觉。内心有一股小宇宙要爆发的声音，实在太赞了！以前我觉得自己无法承担很多事情，现在觉得很多事情根本都不是事。来什么体验什么，生命的大道在于创造，在于爱，唯有爱！我收获了一个更加自信快乐的自己，收获了一个会爱别人的自己，收获了一个情绪更加稳定的自己，拥有了情绪更加稳定的先生和儿子。

一切还在变化之中，越来越美好。（作者：铃铛）

# 有想法就要积极行动

我在群里看见组长说明晚聊聊，见见面。老师重新分组后我还没有和大家见过面，只是刚开始加入时和组长聊了很长时间。现在是 9 月 10 日的凌晨 1 点 15 分，我想给自己的人生来个复盘，毕竟从 2019 年 7 月左右，在娘家的躺椅上就听到了老师的音频。记得那天上午很想去山顶的寺庙走走，可是山很高，没有人陪我去，不知道为什么，心就是想去那个地方安静安静。就在那个下午，我打开了"喜马拉雅"，连续听了老师二三十个生命体验记录，越听越觉得这位老师讲得通俗易懂，而且讲的都是现实生活，很接地气，平易近人。当时我就觉得这位老师肯定很好沟通，在我的想象当中，这位老师应该不会很骄傲，不会太遥远，很容易亲近，心里就有些想法去接近这位老师，最主要的是声音很好听。当时我就加了老师的微信，果然是我想的那样，老师不是那种摆架子的老师。我是做餐饮的，那个时候店里有足够的员工，我很快就去到了老师家里。虽然我喜欢到陌生的环境，但是我很胆怯。老师和珈宁小姐姐很热情，亲自来接我，我很感动，但当时我有不配得感，非要等从云南过来的家人一起出来，是因为我害怕见到老师，不知道该说什么。自从跟老师学习之后，我看见了自己的不值得感和自己的不够敞开。其实我很想成为那种很绽放、很阳光的自己，这是我一直梦寐以求的。认识老师就是想学习让自己在生活中碰到所有的困难都不再是困难，而是能从容地去面对、处理所有的人事物，这就是我想要的。然而在生活当中，我会因为别人的一句话而生气，会因为别人没有做到我想要的结果而不舒服。跟着老师学习之后，我放下了很多。每当自己不开心、不快乐的时候，我会缓一缓，平稳一下自己的情绪，会去看向自己。因为先生喜欢打牌，很多次他不回家我就会睡不好觉，现在他不回我也可以睡到大天亮。那个时候的我们还经常吵架，有的时候还会动手。学习之后也改变不了他，我就开始提升自己，觉得做好我自己是应该更容易的，不要消耗能量，这样会使自己的精力比较充沛。不消耗能量，就有更多的时间做自己想做的事情。以前心里不安，我就喜欢到处去学习，现在加入了"知行生活道"，听老师的音频就可以学到很多东西。首先是意识的改变，再到良好的关系，健康的身体，还有价值的传递，还可以实现财富自由，真的是物超所值！（作者：程程）

# 从怨气冲天到欢声笑语

## ——恩师助推，迈出低谷，改变人生

　　人的一生一定会经历低谷，然而低谷并不可怕，可怕的是不具备走出低谷的能力。我之前就是那个不具备走出低谷能力的人。事情发生在2023年初，我的事业遇到了前所未有的阻碍。一向对工作兢兢业业的我，不知道为什么感觉没有往前冲的动力了，就像汽车突然没了油似的。更让我无法面对的是，在这个关键的时刻，竟然收到了公司的调令，调我到外省任厂长一职。人不顺利的时候，什么事都来了。这个时候，我父亲因为前列腺肿瘤的手术，PSA值升高正住院。而我自己的身体检查出有脂肪肝、血脂高，而且自己有好多年的鼻炎，还伴随有遗传的手抖。那一刻我特别低迷，看任何事情都是消极的，在公司也一样，回到家里也一样，看什么都不顺眼，不如意。回到家把自己工作的不顺心发泄在家人身上，特别是小孩子身上，把整个家里搞得乌烟瘴气。当自己清醒的那一刻，我觉得特别懊悔。不应该对家人用那样的态度，所以导致下班回来后我一直留在车里安静一下或发呆，刷手机、看电视剧等等，不想把工作中的情绪带到家里，又或者不想回到家里，看见不如意又火冒三丈。3月的每一天都是在这样的煎熬中度过的。那段时间我也跟我妹妹丹丹沟通，但无法听得进去。如果自己再继续这样下去，我都感觉自己无法呼吸，甚至都觉得人生毫无价值，无法面对自己的生活，这样的生活还有什么意义呢？公司的副总多次找我谈话，紧逼不放。也正因如此，人被压迫到了一定的时候，一定会爆发的。就在那一刻，是我爆发的时候，在3月31日我作出了决定，就是不去，大不了我不干就是。于是我直接联系公司总经理，表明我的态度，决定立刻辞职。

　　人生中有很多时候需要作出抉择。在这一刻，一方面是自己的事业，另一方面是自己的家庭，我深深地知道，以目前的情况，我无法两者兼得，我毅然放弃了自己的事业。当时，我想着只有先断掉一头，才有精力顾及另外一头，才有可能把自己家里及个人的事情处理好。但是如何处理，仍是一头雾水。好在我父亲通过治疗，各项指标检查还算稳定，医生建议继续内分泌治疗，把指标降下来，每三个月做一次检查，观察病情。我父亲出院之后，4月2日就跟着我母亲去了江西老家，而我妻子在3月中旬回了娘家探亲。此时只有我和女儿在宁波。在送我父母去火车站的那天，我就带着女儿去市场钓娃娃，坐摩天轮，逛超市，在月湖公园里打羽毛球，想让自己真正得到放松，调节自己，但是依然做不到。在逛的时候，遇到一些不如意，莫名其妙地我就对女儿发起火来。巧的是，就在这个时候，丹丹又打电话过来，说："今天有茶会，此刻你刚好有空，不如今天就过来感受一下。"她多次叫我去，每次我都找借口推脱了，这次感觉有些不一样了，但还是犹豫了一会儿，后来回复她说："我去没问题，但是我不表达。"我答应了她，就当散散心。她说："没问题，很高兴你能来。"就这样，首次去老师别墅喝茶，也正因为这次喝茶彻底改变了我。下午两点半如约而至，到了老师的别墅。第一次走进茶会现场，感觉还挺奇怪的，不像平时在外面喝茶的场景。因为我到得比较晚，有近二十个人已经一排一排坐好了。但是当我走进别墅的那一刻，看到他们每一个人都是特别热情地跟我打招呼，而且脸上的笑容都特别自然、灿烂。那一刻，让原本情绪紧绷的我略微有点放松，勉强地笑着作出了回应。很快，茶会开始了，我也跟他们一样盘坐在沙发垫上。随着茶歌的响起，我便跟随着老师的话语，一杯一杯地喝着滚烫的茶，这一刻我跟随音乐的节奏，闭上眼睛，细细品味，确实很快就有了放松的感觉。当喝到第四杯的时候，就开始冒汗了。一杯接着一杯，一共喝了七杯，感觉我身体里有些不舒服的气息随着汗液排出到了体外，瞬间我觉得坐在那里很舒服，感觉人没有了重量似的，这是我原来没有体验过的，我特别放松，进入了表达的环节。前面来喝茶的茶友们说出了当下的感受，很快轮到我来的时候，本来没有想着要上去说什么，但是经过七杯滚烫的茶下肚，再加上现场的氛围，给了我上台的勇气，既然上来了，我就把自己这段时间的不愉快，压抑了很久的话全部说了出来，还有第一次喝茶特别美好的感受。现在已经过去五个月了，记忆犹新。没想到第一次喝茶，我就有了如此大的收获。也许压抑了太久的情绪得以释放，也许是我找到了一个与自己独处的空间，也许是我把自己的烦恼倾诉出来，也许是别墅里能量特别高，瞬间把我也带到了一定的高度，也许……总之，从别墅回来之后，我就变了，感受到老师是我改变现状的唯一途径。我不知道是什么促使我如此快地信任这里，这也许就是所谓能量的吸引，也许是因为一颗坚定想要改变现状的心。

我开始每天早上跟上老师的节奏，五点起床做喜悦曼陀罗，同时参加了体验营、读书会等线下活动，每天专注听老师的课程，边听边做笔记，怕漏了什么。那时，玉峰老师多次与我视频沟通，帮我完善生命蓝图、生命愿景。也就是从那一刻起，让我知道了身体、关系、成长、财富、社会责任。然后我默默地在内心种了一颗种子，我要一个个地攻破它，改变它，专注地完成了生命愿景，把它做成了PPT及小视频，每天不断地拿出来观看，强调自己时刻关注，这就是我坚决改变的方向。就这样，我一直专注老师课程的学习，锻炼身体，处理家人的关系。"五一"从老家回来后，我跟父亲同时去参加了"知行生活道"的幸福生活训练营，跟着老师更加系统、详细学习了如何更好地"守住中心"，如何"我的世界我做主"，"把自己当作这世间最珍贵的宝贝"，同时知道了"知行生活道"的经典名言：

你好了，你的世界就好了；

你安了，你的世界就安了；

你定了，你的世界就定了；

你幸福了，你的世界就幸福了。

老师还耐心地教导我们如何从事退到人，再退到心，如何守住中心，释放情绪，收回力量，活出自己，利益他人。两天一夜的活动，第一次我觉得时间不够用，时间过得太快了，我从没有如此专注、专心地做过一件事。大家在课程结束时都相互拥抱，彼此支持，共同加油，一起活出来。也就在那一次，我的情绪真正得到了释放，我看清了很多事情，在自己的家庭关系上，要不断地向内看，不要向外求。回到生活中，我经常还是一样会碰到很多不如意的事，但是只要自己感觉情绪不对，就使用流程工具，这让我不断地从中收回力量，就是老师所说的所学的知识，要回到生活中，不断地加强练习。只有在生活中练，不断地收回力量，才得以彻底地改变。因为有了在训练营的重大收获，后来只要"知行生活道"有活动我就会参加，跟得特别紧密，湖州之行两周年庆，第二十二期幸福生活训练营等等，我从中收获得越来越多。同时，在5月底我确定"六一"儿童节那天正式加入"知行生活道"，成为核心会员。加入的那一天，我眼睛所看到的就像戴了3D眼镜一样，世界完全变了，十分神奇，无法忘怀。也就在此同时，我参加了血管SPA的清体活动，这让我的身体飞速地改变，短短十天，体重从80公斤降到了72公斤。更神奇的是，所谓的遗传手抖恢复了正常，血管血脂也从超标转为标准值。不敢相信，在医院治疗多年，还有在民间抓了不少草药都不见效的鼻炎也康复了，这都在医院检查得以证实。还有我不知道的，原本呼噜声如雷，隔壁房我父母都听得到，现在也没有了，不会影响家人的休息了。上面一切的改变，就在短短的十天之内发生了，难以置信。那段时间我想着就笑，高兴得睡觉都会笑醒。这证实了一点，只要你发自内心地想要改变，就连老天都会帮你。后来，我父母参加了清体活动，妻子也做了清体，各自的身体都有了很大的收获。现在每天早上营养早餐代替了父母吃了大半辈子的稀饭。科学养生，一家人受益，身体更加健康。一家五口的晚餐，从原来的四勺米煮饭到现在晚上一家一勺米煮饭都吃不完，改变的不止一点点。赞叹，全家身体都有了很大的改善。这半年我们没有吃一粒药，归功于老师推荐的营养早餐及幸福餐，我们收获了身体的健康。同时，在老师多次对全家成员一对一的教导下，我解决了家庭关系。现在，全家都在听老师的生命体验记录，生命在不断成长。

在几个月时间里，发生了什么，让一家人从怨气冲天到现在每天欢声笑语，个个都开开心心，其乐融融？这样的生活场景，还有何求？全家不管在身体上，身心上，都有着飞跃的变化。一切美好就在当下，一家人享受生活的每一天。感恩程老师，感恩遇见。这份恩情，我无法用语言表达，我永远会记在心里。同时在此发愿，只要老师不嫌弃，我将永远跟随老师，做"知行生活道"的一分子，用实际行动回报社会！（作者：高江）

# 从抱怨到感恩的旅程
## ——改变自己，重塑自己

我是蕾蕾，"知行生活道"的核心成员。从 2021 年 9 月底加入"知行生活道"到现在将近两年的时间，我做一个总结分享。

**一、从原来的向外到向内，从想着改变别人到改变自己**

原来自己总是感觉自己不够好，不断地出去学习，出去学习时认为老师讲得很好，回到日常生活中就想着教自己最亲近的人，让他们改变他们自己。当时的自己还会对周围亲近的人抱很大的期待，想着如果他们都按照老师说的那样做了，我的生活是不是会发生很大的改变？最后发现自己错了，自己都不想改变还期望着别人去改变？真的很难。我们日常生活的很多习惯都是原来几十年的惯性思维决定的，想要改变谈何容易。就像很简单的早睡早起这件事情一样，原来的自己，8 点上班，如果住在单位，7 点 20 分都不想起床，更不要说吃早饭了。自己的面容，别人说是黑黄的。我是走路时被人看着都很没有力气，看着都害怕走不稳会摔倒的那种人。从 2022 年春节开始，程老师和许多"知行生活道"的家人们早上 5 点开始练习喜悦曼陀罗。2022年，我为了能够早上 5 点之前起床，就会强迫自己 10 点开始睡觉，这样一天的休息时间才能够达到 7 个小时。2022 年早上 5 点起床做喜悦曼陀罗，锻炼身体坚持了 4 个月。今年自己的起床时间大部分在 6 点之前，早餐每天自己都在吃，幸福餐平均会吃 3—4 次，在给自己身体补充充足的营养之后，现在自己的面部已经开始变得白里透红了，身体比原来好了很多，精力也比原来充沛。当我自己发生改变了之后，我发现周围的很多东西都开始慢慢地发生改变。改变别人真的很难，只有不断改变自己，让自己变得越来越优秀。

**二、从原来的抱怨到现在的感恩**

这两年自己身上发生了很多事情，在别人看来，有许多是非常不好的事情。当时自己也会处在痛苦和纠结中，不明白为什么自己周围有些原来很好的朋友，表面笑着说很珍惜和自己之间的关系，但是因为害怕你的努力和优秀会超过他们，他们自己做不到时就开始嫉妒你。后来才知道我们每个人都有着嫉妒心理，我们可以允许别人过得比较好，但是看见周围最亲近的人开始变得比较好时，自己刚开始是不接受和不接纳的。有些甚至会开始在背后拉拢别人，孤立、诽谤、挑拨离间、处处打压你。自己在很长时间都是孤独和无助的，刚开始自己也崩溃过，一个人偷偷哭泣过，很长时间心里都是感觉很不舒服的。当时很大的信念是天无绝人之路；车到山前必有路，船到桥头自然直；水到绝境是风景，人到绝境是重生。不经历涅槃之痛，哪得重生之美？当自己慢慢走过来这条路之后，慢慢从原来的抱怨转到现在的感恩。原来自己真正感恩的是那些在低谷期帮助过我的人，对于那些伤害自己的人，还是怨恨和抱怨的。当时的自己认为是他们给我自己带来了很大的伤痛。走到最后才发现，正是他们的原因，我才开始真正地让我看到我自己，看到自己也有这些缺点，通过他们让自己原来不被自己接纳的那部分放大，让我能看清自己，这些都跟别人无关，是我自己这个投影源没有发生改变，外界的事物始终还是会出现的。原来我告诉自己感恩那些伤害自己的人时也只是头脑说的，心里实际上不知道把别人骂了多少遍，现在开始已经悄无声息地发生改变。感恩老师和群里家人们这一年多的陪伴，真的非常感激。当你处在人生低谷时，不是每一个人都愿意伸手去帮你一把，更多的是落井下石。我们的人生就像心电图一样，有高峰就有低谷，高峰又怎样，低谷又怎样？我们既然已经跟着程老师站在高峰看到过高峰下面的风景，那回到日常生活中，就要看着高峰那个目标，自己一步一步往上爬。跌倒了又怎么样，甩一甩衣袖，拍一拍自己身上的灰尘，继续向前走。我们的人生不是百米冲刺，是一个马拉松，不在乎你刚开始跑步的速度，在乎的是你是不是一直能够坚持。有时候越到最后，看的是你自己能不能咬牙再坚持一下，坚持下去总会迎来雨过天晴。当你经历过暴风雨，你早已经不是原来的那个你。

### 三、从怀疑到信任，最后到慢慢交托

当经历过原来所谓好朋友的背叛之后，自己有一段时间是怀疑的，对周围任何人都不敢轻易相信，觉得在真正的利益面前是没有什么感情和交情所言的，有的只是落井下石和背后捅刀。实际上，当我们最后想起来时才发现，这把刀，是当时最信任时自己给他们的。那时感觉自己整个心都是在滴血的，自己用了很长时间来处理这部分不舒服的能量，有很长时间都是泡在老师建的能量场中，让这部分能量慢慢流经自己。老师建的这个场，里面许多人自己都没有见过，但是我对这个场是信任的，我认为在里面我是安全的，在里面没有比较、没有计较、没有评判。经过老师在线上举办的活动，我发现里面的家人是相互信任和交托的，慢慢地家人们经过不断磨合，是可以把整个后背交托出去的那种。我相信虽然我们现在不在同一个空间，但是通过共同的做事情后，我们会慢慢配合默契，将来一个动作一个眼神都知道对方想表达的是什么。

### 四、从原来的索取者，慢慢成为给予者

原来自己是因为关系的问题进入老师这个场中的。刚开始自己是痛苦的、纠结的，那时听的课，几乎大部分是老师，其余同学的分享很少，总感觉老师那边能量高，讲的东西应该是最好的，忽略了一块学习同学的分享，自己听别人的多，分享的相对来说比较少。用一句话来形容就是，像一只貔貅，只进不出。原来一直听不懂老师说的爱满自溢到底是什么，也不懂那时孔融那么小为什么会让梨。有时候我会在想，如果我有一颗糖，我知道吃着这颗糖很甜，让我把我自己的那颗糖分享给别人，即使我会把这颗糖分享给别人，虽然嘴上什么都不说，但心里肯定会感觉自己委屈、难受、压抑。头脑会想为什么我要委屈自己把自己的那颗糖分享给别人？但是我如果有一百颗糖呢？即使把我的糖分享出去一半甚至是90颗糖，我自己还有10颗，自己吃的时候也会感觉很甜，不会有委屈的情绪。现在才开始慢慢懂得真正的爱满自溢是什么，慢慢开始给别人分享自己学到的东西。

### 五、慢慢地放下我执，从我走向我们

原来感觉自己外出学习，学到的东西都是自己的，别人问的时候不太想跟别人说和讲。实际上当我们开始分享自己的学习感受时，最大的收益是我们自己，因为我们通过分享，把原来学习别人的东西结合自己的经历慢慢内化成我们自己的东西。这些经过内化的部分是任何人都拿不走的。我们的那个我执真的很强大，很难被消融。就拿昱霖建的"知行生活道"的河南中心来说，我是今年才慢慢开始把那个场当成是我们的场，开始想着如果去到昱霖那里，怎样开始去保护那个场，怎样给昱霖那个场贡献自己的力量，开始慢慢地把原来我自己执着的东西放下。我们学习东西时很容易，但是学着放下和保持空杯的状态真的很难，我们会在心里开始比较、计算，甚至权衡利弊。这都属于正常的过程。因为当你举着一个装满水的杯子时，胳膊总会感觉酸痛的，痛到一定程度自己都会开始倒出来一部分，然后重新去学习充电。我们只有放下原来自己背着的许多知识、认知，才能够轻松前行去学习新的东西。我发自内心地感恩在我非常抑郁的时候，我碰见了我的贵人程老师，是他带着我、陪着我，一路从最低谷走来。我会一辈子去感激程老师。当我成长后，我也愿意像程老师一样，把自己学到的东西分享给更多的人，让那些现在还在低谷的人能够看到那道光，自己慢慢也能够走出来。

生命成长改变自己这条路走着不容易，但是我想着我们大家在"知行生活道"这个大家庭中，有老师的指引，小伙伴的鼓励，大家携手一起向前走，一定不会觉得孤单。（作者：蕾蕾）

# 从以泪洗面到现在傻乐呵

我和"知行生活道"的故事，要从 2022 年 8 月开始。2023 年 6 月中旬，高一的孩子突然不去学校了，把自己关在家里说要不转学，要不休学。好好的孩子怎么会有这想法呢？我们不问原由直接断了他的念头，这不可能，你开什么国际玩笑？我们家没关系，这两个要求门都没有。想着这样说，孩子只能回学校，没想到无知的我直接把孩子逼到房间里连门也不开了。

这下咋整？马上要期末考试了，又要学考了，我着急哭闹都没用，我姐姐去跟孩子讲学考的重要性，又说你妈连饭也不吃等等，孩子终于答应去学考，反正期末考试不会参加。我到处找人来劝说孩子，可没一点用，反而把他逼得更紧，连饭都不跟我们一起吃，只要我们在，他就在房间里，我们上楼他才会出来吃饭。

这样持续到 8 月，我姐姐在朋友圈看到宋老师在发"知行生活道"亲子营活动，还说这老师很厉害，是个心理咨询师。这下我看到了希望，问孩子，可他拒绝回答。着急的我联系宋老师，宋老师一步一步引领我怎么与孩子沟通，不管他是否去，你自己心定了没？

直到开营那天他还没理我，我就说孩子，我们可以出发了，过了一会儿他起床了，我们匆匆赶到会场终于见到了程老师，我想着这下好了，有救了，老师可以好好劝劝孩子去学校好好学习。可在参加活动的时候，我的关注点一直在孩子身上，看他没投入，有点着急就找老师去跟他聊聊，可老师说孩子是否愿意？我懵了，我心想他要是能愿意我就不会来找你了。我垂头丧气回家了，反正孩子明天就去学校了，那就让学校老师教吧。

后来宋老师会发程老师的音频给我，我听听也没感觉，反正这老师说得再好也帮不了我，又有什么用？想着孩子已经去学校就好了，就这样自欺欺人过了一个月，到 9 月中旬的时候，孩子又不去学校了，这次就彻底完了。

每天我以泪洗面，幸好我姐姐经常会陪伴我，她会想各种办法来安慰我，宋老师和玉峰时不时会来问我现么怎样，在他们的面前，我好像特别能敞开心扉，什么都可以说。在宋老师和玉峰的关爱与一步一步引领下，慢慢冰冷的心被他们捂热了。

非常感谢两位大爱老师对我的不离不弃，如此，才有我 11 月 29 日走进沙因读书会的机缘，老师的一句话让我泪流满面。我说，老师，我想加入"知行生活道"。

刚开始加入时，跟群里的家人们格格不入，他们有说有笑，我想这有什么好笑的，但是第十五期幸福生活训练营颠覆了我的三观，打开了我很多认知。

2023 年春节也是我这几十年来过得最开心的一个新年，知道了怎样与先生相处，怎么与孩子相处，怎样与长辈相处。按照老师在幸福生活训练营讲的，我在生活中运用，家里的气氛完全变了。关在房间的孩子也开始跟我们一起吃饭了，现在我们亲子关系比以前还要好，特别是和他爸关系就跟朋友一样。夫妻关系方面，吵架也越来越少了。婆媳关系本来还好，现在就更好了，用我婆婆的话说，她是世界上最幸福的人了。

我原来指责他人和家人，把家搞得很沉闷，我先生说以前下班早也不愿意回家，宁愿坐车上，能多晚回家就多晚回家，不到一年时间他一下班马上回家，还给我们烧饭。我参加读书会和茶会，回家会比较晚，他都会烧好饭等我一起吃。今天晚上他还说把我要交会员的钱先留着给我。

我自己从以泪洗面到现在每天都傻乐呵，从觉得老师对我没用、帮不了我解决孩子的问题，到参加二十期幸福生活训练营时，老师从我前面起身还没开口讲话就感动流泪。

不到十个月时间会有如此大的变化，感恩程老师，还有我姐姐、宋老师、玉峰，以及所有身边家人们的陪伴和引领，除了感恩还是感恩！（作者：阳光雨露）

# 仙女下凡来到人世间

我是一个从小对这个世界充满好奇的人，对生活中所发生的，尤其是对那些无形的东西，一直有着特别强烈的好奇心。

工作多年，也结束了一段感情，在这期间，我跟随自己的感觉学习了一些自己感兴趣的。现在回想起来，都是和女人的美相关的，比如化妆、美甲、瑜伽，学习瑜伽之路为我开启了生命成长的大门。我一直跟随内心的指引，连接了几位老师。每当对一些东西有追问的时候，就会有一个契机连接上相应的老师，包括沙因老师的教导。这一走，走了差不多十年。这十年里，特别痴迷也很精进，各种的学习和实践……也收获了很多的体验。

直到一个新生命的到来。

孩子降生之后，记不清是一个声音还是一种感觉告诉我：要好好生活了。在那些日子里，突然发现我有要如何去支持孩子健康成长的问题，还有和父母一起在一个屋檐下生活出现各种摩擦的问题，各种问题慢慢呈现出来，我很不解，怎么会有这么多的摩擦呢？总感觉生活并不是我们所看到、听到、认为的那样，这个过程大概经历了三四年，我没有放弃自己的成长，同时也学习怎么支持孩子健康成长。

就在一年多之前，在一次课程学习中，遇见了行雲老师。在学习的过程中，大家的分享让我产生一个疑问——既然真正的创造本质创造了所有的一切，那我是来干嘛的？我们就"躺平甩锅"吗？就这个问题我向老师请教，老师的回答和我的内心感觉相应了。在这里特别感谢优琴，和我同住一个房间的伙伴。在我向行雲老师请教之前，她跟我提到老师在带领一些伙伴们一起扎根生活。"扎根生活"这四个字结合我想向老师请教的问题，让我有要一探究竟的感觉。

就这样，优琴邀请我进了老师的公益群，在公益群大概两个多月后，我加入了"知行生活道"。在加入之前老师和我作了交流，后来我才知道不是所有人想进就能进的，老师是需要筛选的，能加入进来我太庆幸了，其实我也不知道是一个怎样的体系，但就是感觉有我需要的。

加入"知行生活道"没几天，我怀上了二宝。因身体的原因，从"分享奇迹分享爱"的公众号里，我看到营养对身体健康的支持，才知道"知行生活道"还有"整体自然医学"可以支持物质身体获得健康。慢慢地我又发现，还有关系方面的，还有人与人如何沟通的，还有线下幸福生活训练营，让我们如何过上家庭幸福美满的生活……关键是老师手把手地教，甚至一句话一句话地教怎么做，经常被老师感动到哭，这些在我们日常生活中经常遇到的困扰，在"知行生活道"都可以解决。

最重要的是老师的发心，他支持每一位有缘有愿的人，回归自己的生命大道，拿回自己生命的主权，做一个幸福的人。

加入"知行生活道"这个大家庭一年多来，我发现自己作为一个人，以前就没有真正地活过——都不知道生活该怎么过。内心始终感觉美好的生活和这个世界绝大多数人的生活方式是不一样的。和人相处怎么这么复杂呢？活了三十几年，对我来说好陌生啊！身边没有一个人能懂我，包括自己的父母，还有先生。真的就感觉到每个人看到的世界都不同，但又有相同之处。内心的疑问与那些智者们所传递的那种生命状态和境界是完全不同的，那要如何才能活出来？

加入这个大家庭之后，我仿佛进入了一个新的世界，有种拼拼图的感觉，拼真相的拼图，拼幸福生活的拼图，这是在拼出圆满人生的过程。在意识层面不断扩展，在事中练习如何能做到真正地包容一切的发生，而不带任何期待，还要非常珍惜并用心地对待身边的人事物……

因我工作需要，母亲在帮我一起照顾孩子。以前母亲对孩子或者我、我父亲、先生，只要她看不顺眼的，她都要各种指责，包括吃饭、买菜、洗碗这些小事。她对父亲又有很多的怨恨，我非常痛苦。先生和父亲他们工作早出晚归，经常不发言，一旦发言了就是攻击。先生一般不说话，有时实在听不过去了，会因孩子的事说几句，他说了，母亲又有很大的情绪，母亲又会在我面前表达对他们的不满，我就在这样的一个家庭氛围里来历练自己。

我和先生三观不合，没有共同的语言，他是一个特别大男子主义的人。在我们结婚之前，我意识到先生及他的家庭像我们家的"镜子"，除了先生给我的感觉之外，还有双方父母相处的模式，真的有太多相似之处。最终我还是选择了这段婚姻，但我不知道我们在遇到问题和处理问题，还有看待事物的角度，竟然如此地不同。虽然表面上我和他相处挺好，但我的内心总感觉我们之间被什么遮挡着。

面对家庭中的这些问题，我以前特别希望他们能做些改变，后来发现越有这样的想法越痛苦。虽然我知道改变他人是不可能的，但内心还是时常有改变修正的想法。现在看来，我以前一直专注在自己学习和练习上，在明理方面并不通透。

加入"知行生活道"这一年多下来，不断扩展意识，慢慢地在生活中训练"一事一觉"，以事练心，收回力量，让我从道理上知道"一人一世界"到真正地接纳他们每个人的不同，并尊重他们的选择。当母亲对孩子、父亲、先生以及我有愤怒指责的时候，我的内心很少有波动了，有时还会逗逗她，她的气很快就消了，事后我也会跟她有些表达和沟通。

即使我跟先生三观不合，现在在处理问题、看待事物的角度方面，我没有任何的排斥。我看到他的不同，也会跟他表达我的看法，对他接受不接受我再也没有任何的想法或者期待。自从有两个孩子之后，先生一直想给孩子好的环境，也想能在物质方面给他们留些什么，为此特别焦虑，总感觉心有余而力不足，就在前几个月他突然想明白了，放下了那些担忧，尽自己所能去做，之后家庭的氛围好了很多。

这些都是我进入"知行生活道"进行的刻意训练，慢慢地，我能从事退到人、再退到心去看了，到现在可以经常直接到心去看，感受到他们的爱。

现在整个家庭的那些争论、指责少了很多，也平和了很多。好几年前我从此生特别用心看到的一本书中领悟到外面没有别人，直到现在才体验到。不是他们变了，而是我变了，我的世界就变了。

自从在"知行生活道"学了整体自然疗法，我经历了自己孕期，小宝生下来6天尿道感染，后来两个孩子感冒、发烧、咳嗽，之前两个孩子、家里人"阳"了，以及这次小宝手足口病、肺炎，都是自己在家处理的。当然有时候，我也会根据孩子状态，带他们去医院做检查。虽然前期经历了那些阻力或者不被理解，但是随着不断地深入实践走过来了，现在我特别安心能守护自己和家人的健康。

收获太多太多，还有很多一言两语也讲不清楚。就好像"知行生活道"的使命——回归自己生命大道，拿回生命的主权，做有道之人，做大人，做个有情有义之人，过有道生活，从身、心、灵、事、能五个维度扎根生活，做到"一事一觉"、一知一行、当下圆满。看着这几句话的每一个字，我经历的那些画面似乎历历在目，又仿佛在我身体里如血液般流动，处处都有这些字走过的痕迹。我真正地体会到了什么叫活着，真实地活着，有血有肉有情有义但又不执着这一切地活着！

在此特别感恩我们的大家长行雲老师和珈宁姐姐，感谢他们用心陪伴、支持、托起走进"知行生活道"的每一位家人！感恩"知行生活道"所有的家人们，一群没有血缘关系的伙伴，不是一家人，胜似一家人，大家相互支持、相互陪伴、相互鼓励、彼此照见，感恩有你们，感恩大家，我爱我们！

（作者：倩倩）

# 虎妈重生记

我是一名"80 后"的创业宝妈，育有一儿一女，女儿今年上初一，儿子今年上小学一年级。

2021 年底体检，查出我右边的甲状腺结节有钙化癌变的风险，好几家医生都是要求我动手术割除甲状腺，最后我自己还是选择了保守治疗——消融手术。手术完成后再次用穿刺，确诊了有癌症的风险，主治医生也表示了病情严重的情况，这更让我知道了消融手术肯定不能根治，而我要换一种生活方式，要放下、轻松生活。

2022 年 3 月，我家小宝因为突然发高烧导致惊厥。整个过程，我一个人在现场，第一次感受到那种要失去至亲至爱的感受。其实现在想来，只是当时自己头脑编了很多故事。我们把小宝送到医院住院，医生还吓唬我们，说孩子存在癫痫的风险。后期我和儿子也结缘了其他的营养产品，吃了大半年，孩子的体质，包括我自己的身体确实有所改善，但内心的恐惧和不安还是存在。

直到 2022 年 10 月，有一次在丹丹的邀请下，我参加了"知行生活道"第十三期的"幸福生活训练营"，结缘了程老师。不久也了解了"整体自然疗法"。情绪、饮食全方位结合，再加上跟着老师学习了沙因教导的很多真相，提升了我很多的认知。我们在大师兄松哥的带领下，一起跟着健康小分队学习关于癌症通过整体治疗疗法的治愈原理等，我目前很放松，很庆幸找到了同频的一群小伙伴，真真实实地能够做到保守治疗，也非常感谢自己在 40 岁不到的年龄有这些经历，让自己的生活方式完全不一样。

今年 3 月，小宝又一次高烧，最高到达 39.8℃，没有送医院，基本没吃药，最重要的也没有高烧惊厥。我是通过水果汁 + 蛋白质 + 营养素的摄入，还有大量喝水进行调理的。这次小宝生病过程，让我收回了很多的力量，也确信我们小宝没有医生说的相关疾病。也可能经过这一年多营养素的调理，加上自己的呵护陪伴，孩子完全走向了健康的状态，这一点非常庆幸。

8月初复查，我自己的甲状腺结节小了很多。我感觉自己的睡眠和情绪，还有各个方面，也是非常健康，更重要的是自己没有对这些的恐慌了。

在我的影响下，先生也逐渐爱上了吃水果，也吃幸福餐了。今年7月也和我一起参加了清体活动，获得了很好的体验。

自己这么多年兜兜转转，也了解了很多大健康的品牌、好多的经营群体/团队。我真真切切能感受到唯有"知行生活道"才能让我们从身心灵全方位得到健康，所以自己也非常庆幸能够遇到老师，结缘"知行生活道"，结缘老师。

接下来谈谈通过加入"知行生活道"，我和家里的孩子、先生、身边亲人关系的改善。

以前的我是一个工作狂，也是一个虎妈，很爱操心，对自己很苛刻，特别敏感，压力也很大，很容易生气，把不好的一面留给了至亲至爱的家人。

女儿越来越不自信，越来越不开心，我和女儿的关系也很紧张，三四周就会有一次激烈的矛盾。先生和我相处也特别有压力，不知道哪个观点就会踩雷。对父母、公婆，表面看来或许自认为很孝顺，其实我内在有很大的怨气。

自从加入"知行生活道"之后，跟着老师学习，听了老师近100堂课，参加了"知行生活道"很多的活动，比如说幸福生活训练营、亲子体验营、茶会、跟着老师去游学、和小伙伴一起践行快乐的生活方式，打开了自己很多的认知，情绪自然而然地稳定了。从过去的虎妈到信任大宝，孩子更自信了，更会合理安排时间，小家庭也其乐融融；工作中对员工也有更多的支持；对父母、公婆会更加理解，知道怎样用他们喜欢的方式相处。

目前我在普陀东港也开了读书会，支持到了朋友，还有学生家长，我能给予别人以及自己无限的力量与自信，支持身边的家人及朋友，也真正给俩孩子做了榜样。虽然看似在帮助别人，其实最受益的还是自己。

关于事业方面，我自己从事的是教培行业，创业十多年了，也非常感谢这份事业，既创造了我的第一桶金，又给到我很多的丰盛和一些认可。

随着这几年自我认知的提升，整个社会状况也好，确实知道家长的成长比孩子成长更重要（教培行业只是对孩子知识的灌输），也希望自己更精进地成长，才能够给予培训班的孩子们更多，比如爱的陪伴，健康理念的输出给予……

随着越来越深入"知行生活道"，更觉得老师带领我们在做一件非常有意义的事情。我们好好地经营家庭，把小家庭经营好，影响大家族，慢慢地影响身边的人，从而一起聚力可以帮助更多、影响更多的人走向幸福。好像不知道什么时候开始，会有这样的大爱升起，也许从小骨子里就有吧！

我也很喜欢有这样的一个家，有这样一份爱的注入，可以影响身边的人。这些家人们在自己成长的同时，能够让自己整个家族以及身边人受益，甚至升起了更大的社会责任。大家一起聚力，支持帮助更多的家庭健康幸福，财富自然而来！

祝福所有人都越来越好！（作者：英子）

# 跟着心走，走进了一个"秘密花园"

2023 年 7 月，身为"知行生活道"核心家族成员的我正好满 2 岁了。在这个家园里，我有个可爱的昵称叫"蓝精灵"，生活中的我有了蓝精灵般的灵动和自在，回顾这一切的发生，好微妙。

这段缘起于我的一个阶段学习，当时的我只想着如何让自己更加专业，更有能力展现自我，只是在一个自己认为的小圈圈里勇猛精进。没想到程教授就是其中的一位导师，他的课程听起来有点不一样的感觉，我记得在生命的话题上带入一些，当时我好像听明白了，好像又不是很理解，可是莫名地被吸引，头脑也没有什么质疑的声音，就这样跟着老师一路走来到现在。

人有时候很奇妙，跟着感觉走总没有错，我想这就是心的指引。

初次加入"知行生活道"的感觉还历历在目，犹如一脚踏进了"秘密花园"，那一扇门被推开，一道亮光过后，映入眼帘的是一片无比美好，宁静安心的地带，满是鲜花绿叶，蓝天白云，还有蝴蝶飞舞，没错，是喜悦的感觉，是回家的感觉。第一次感觉到花一笔钱在自己身上是那么有值得感和配得感，还有那种喜悦感，这个选择对极了！走进一片新天地，我发生了很多的变化。

**夫妻关系：**

怀孕生孩子之后，和先生的关系不如以前，关注点都在宝宝身上，自己休息不好，很容易陷入受害者的角色，总觉得先生不关注我，不帮忙带孩子，我看到的都是缺点，觉得自己被不公平对待，付出太多，期待先生更多的回应。在关系上修修补补，感觉到都是自己在退让，所以委屈抱怨。

遇见老师，听话照做，持续听老师分享生命真相，每日"一事一觉"，生活中时刻保持觉察。在这过程中，老师总会看见我，在我成长的过程中点拨一下，给我留言，每当我看见老师的关注，我很开心，很感动，因为老师很真诚地在陪伴着我们，用他的实际行动来传递这份爱。

感谢每日的觉察训练，我越来越懂得什么才是无条件地爱，首先回归到自己身上，先把自己爱个够，做到无条件地爱着自己是需要力量的，有了这份心力，就能爱，爱自己不是自私，爱自己是可以把这份爱传递给周围的人，是被滋养的。

比如给自己采购鲜花，插花，接触美的事物；吃饭细嚼慢咽，感受美味的食物；累了就及时休息，停下手头的事，给自己调个频，对身边的人表达赞赏和感谢。

越来越感受到对自己的爱，自己满足了就能够去爱身边的人，这份爱让我松动，让我不再从先生的身上去寻找关爱，不再过多纠缠，陷入事情中。我突然发现原来我以为的、看到的不是真的，都是我自己头脑里想象的。我有执念，想要索取，我越是这样去索取，就越是匮乏，那种无力感油然而生。现在回想起来就觉得这段经历好有意思。

就是这样的我又重新吸引了先生，突然有一天，他主动靠近我，关心我，帮忙带宝宝，比如半夜醒来，他第一时间去抱孩子。我越来越看到他的好，我发现原来先生一直都很爱我，只是我看不到。现在，我们夫妻俩重新回到了恋爱的关系，我们感受到彼此的爱很深，比之前谈恋爱的都深。一个不太会表白的人居然也会说我爱你，我想你了，也想到给我买礼物。再忙也有专属我们俩的约会日，我们还一起走出来学习成长。

我发现其实婚姻到头来还是自己和自己谈恋爱的过程，就这么简单。就这样在婚姻当中，我会撒娇，卖萌，也会撒泼，贫嘴，多面的我，好像随时可以切换。

老师说女人本该如此，我们大多数人都活反了。

**亲情关系：**

我想说说我和父亲的关系。我父亲是一位活得很正经的人，又不善于表达自己，更不会说认可鼓励的话。从我小时候读书记忆开始，就没有得到过他一句认可。记得那年考上重点高中，我把好消息告诉我爸，我爸看着报纸说："哦，知道了。"我看到的和我想象期待的完全不一样，从那一刻起，我记忆中就是我爸不认可我。后来我一直努力证明我自己，努力学习，努力工作来证明自己是有能力的。我爸还是没有和我表达过，恰恰相反，我做得不好的时候，他一个劲地指责我，否定我。

我一次次在这种声音中崩溃和质疑自己，和我爸的关系比较僵硬，心很难相通。吵架，哭，摔门，把自己关在房间里都发生过，心里总是怨我爸：为什么不理解我，为什么不肯定我。我不是这样的人，除了证明还是证明。这成了我这么多年来的一个心结。

我很感谢老师和"知行生活道"家人们的陪伴，给了我自己一次又一次去面对、去突破的力量。我从来没有想过，从来没有期待过，我可以突破这层关系。可是踏上生命成长的这条道路必须要对自己诚实，这层关系就是助我成长的，我逃无可逃，后来我才明白这点。

这个过程是一点一点穿越的，我就是在生活中践行，用心感受，勇敢表达，我对父亲的爱一直都在，只要是我爸想体验的，我一定全力支持，足够的耐心陪伴，他身体不舒服我都是全程带在身边出行，我能感受到我爸跟我出门上医院很有安全感，很安心。我也从原来不敢对视我爸的眼睛，到可以很自然地看着对方；从没有过拥抱到主动提出要抱抱，说自己是个孩子；从不敢对爸爸说为什么你不表扬我，到会勇敢地去呐喊"爸，我也是个孩子，为什么你不认可我，表扬我？"随后去楼顶号啕大哭，哭得像个孩子一样。更夸张的是收回力量后就要去和老爸拥抱，心给我的剧情台词都想好了——"爸，抱抱你这个没用的女儿。"但是我抱着老爸，却在耳边说："爸，我错了。"眼泪哗哗流下来。

因为通过这个发生瞬间瓦解了我那么多年的模式——证明自己是厉害的，这个执念彻底放下了。在父亲的双臂拥抱中，我感受到父亲浓浓的爱，他一直很爱我，他爱我的方式就是指责、批评、抱怨，就是对"我的好"沉默寡言。我看懂了父亲的爱，打心底接纳和理解，神奇的事发生了，从那以后我爸会主动跟我说："女儿，还是你厉害。"我的内心笑开了花，原来不是不会表达，是爱把我父亲融化了，他感受到我对他真挚的关爱和支持。也让我更深入地明白什么才是真正意义的"孝顺"。

如今我们一家真的是其乐融融，是我想要的家庭氛围，感觉好幸福。最深的感悟——爱是一切的答案，爱是解开所有问题的核心关键。

**健康观：**

在此之前，自己没有一点健康意识，工作狂，把自己累倒了，进医院才知道自己需要关爱，灵魂拷问自己这么努力到头来白忙乎一场，到底为了什么？刚成为母亲的我又问了自己一个问题：我能给孩子什么？很快找到答案：健康。最起码不会因为自己的无知而恐慌，比如感冒，发烧，拉肚子，积食等常见问题，我能为我的孩子做些什么？目标一明确，我马上展开疯狂学习模式，趁孩子睡着就看书学习中医育儿知识和小儿推拿，干劲十足，遇到实际问题，我真的做到了。

母亲就是这样，把好的先给孩子，自己排最后。我发现自己身体不对劲，自从生完孩子，咽喉炎更加厉害，动不动咳嗽，身体很无力，感觉都快咳虚了。产后身子大不如以前，有一天"知行生活道"的公众号"分享奇迹分享爱"的一个链接吸引了我，是关于营养早餐。我看完后感觉自己需要，又是跟着心走，和老师交流了一番，之后很快践行起来。

我的优点是喜欢跟着心走，简单照做，相信自己的选择，但又不期待，神奇的事发生了。我的咽喉炎彻底根治了，才几个月的时间，身体精力越来越旺盛。当时我还邀请了先生和妈妈一起体验，但不勉强他们一定要参与，先生那会感冒快半个月了就是不见好，药也吃了，恢复好慢。营养早餐3—4天就彻底恢复，这过程一天比一天好，显而易见。先生拿到了体验，坚定了他继续吃。然后突然有一天妈妈在浴室里叫一声"天哪！我的富贵包怎么不见了？！"我赶紧冲进去看，真的是，我们都惊呆了。妈妈之前到处看颈椎病，尝试各种不同的治疗方式，这个富贵包始终没有小过。

还有一次，孩子断母乳后，细菌性感冒发烧反反复复，推拿了一次又一次，可以退烧，可是反复下来孩子身体消耗很大，又不肯更多的进食。退烧效果不理想，每次推拿完，我很累，更多的是担心和害怕，这个时候求助了劲松老师，他建议用上儿童营养支持，口感好喝的哈密瓜汁可以成为孩子此刻必需的支持。哈密瓜汁再加上儿童必需的营养素，孩子喜欢喝，神奇的事又来了，孩子的身体可以主动退热，精神起来了，自己要玩。亲眼所见的我惊叹不已，此刻好轻松，悬着的心下来了。原来我们的身体本身有疗愈的功能，前提是给足身体足够的营养支持，让它有足够的能量去打"怪兽"。

这些发生让我们一家人结缘了整体自然医学，用营养去支持身体，随后我有了更深入的学习和了解，颠覆了我以往所有的健康认知。这么多年，我才懂自己的身体，原来身体一直很爱我们，可是我们却一直在伤害他，害怕有疾病，疾病的背后是身体在和我们交流，实在扛不住了，需要支持。

有句话深入我心：伤害一旦停止，疗愈自动发生。这份伤害就是我们回观源头——我一直在做着什么伤害自己的事？原来这才是真正意义上的恢复健康。其次才是术的层面去解决问题。所以，每年我会跟着大家一起各种健康体验，定期给身体做清理。我给孩子打小灌输健康意识，健康的饮食，跟孩子分享发烧、咳嗽、呕吐、拉肚子都是身体智慧的表现，是在保护我们，相信我们的身体，给他支持，孩子也越来越淡定，免疫力很好，一次比一次强大。

我是真的在健康这方面淡定很多，去医院也没有那么担心了，再遇到身体挑战的时候，我会聚焦在怎么支持更好。从来没有想到踏上生命成长的道路还可以把自己的身体照顾好，原来健康也是回归到生命成长的大道上，身心灵是相通的，身体做不到，生命就做不到，就没有那么多人生体验。爱上自己，才会在健康的道路一路前行，因为值得和配得，还有那发自内心觉得自己无比珍贵的信念。

**工作观：**

以前是标准的上班族，认为自己只有固定在某个地方，努力进取，做管理，拿高的收入和奖金才是好的，所以要找好的工作去处。因为怀孕生孩子，我辞去了原本的工作，想争取更多的时间陪伴孩子，可是又担忧起工作，害怕自己错过好的面试机会，认为女人经济就得独立，可是孩子又没有断奶，心里一百个不愿意。就是这样消耗着自己，挺难受。

在"知行生活道"里扩展意识可不是随便说说的，真的是在生活琐事中实战练兵，扩展了自己的意识，感觉现在看到的世界比以前大了很多，能容纳更多的不可能，渐渐趋向了无限的可能。

随着自己觉知力的提升，不断收回力量，在这两年多的时间里不断聚焦清晰自己的生命愿景，和自己的事业也不谋而合。老师经常提醒我们要清晰自己的生命愿景，减少不必要的消耗，聚焦在和自己生命愿景有关的事情上。一路践行下来，我发现原来自己的工作观好狭隘，现在我可以做我自己喜欢的事，并且成为事业。我喜欢走出去广结善缘，随心自在地去分享，有工作的时候认真做，没有安排就全心全意地陪伴孩子。现在感觉工作就是生活，工作让我结识不同的人，体验不同的环境。

老师说得很对，这一辈子你都是要和人打交道的，为什么不去结缘一些同频共振的人？放眼望去都是喜欢的人，这感觉太棒了！这样工作起来一点都不累，工作是生活中的体验，只是角色不同。

还有一点很重要就是自我价值的认定，当我越来越有价值，很多机遇会自动送上门，这份价值就是我相信自己是本自具足的存在。我去创造更多成就我们的，这份价值感根深蒂固，不会因为别人对我的评判而产生质疑，就算没有人认可我，我觉得自己都是满满的值得感和配得感。骨子里的自信油然而生，我的工作方式更灵活了，自己的能力也多样化体现出来，找到自己喜欢的、感兴趣的去做，持续训练能力。多多参与老师组织的线下活动，也是很好的锻炼方式，我从一个参与者变成了志愿者，做一名义工也很好。

在"知行生活道"有五句话：扩展意识，提升能量，训练能力，做好自己，成就我们。每个环节我们都有体验，都在体验。这不是一句口号，是可以在生活中扎根践行的。

这个"秘密花园"，我就是这样一路跟着走进来，又有点"稀里糊涂的"，因为不期待，不知道会怎样，所以这一路走过来的变化每个都是惊喜。跟着心走，继续向前走，放下过去，拥抱未来，一步一个脚印，感受每一步的踏实感，依心而活，随心自在。感恩这份相遇，感恩这份陪伴，感谢老师对我们不离不弃！（作者：蓝精灵）

# 蜗牛寻医记

我是晓晓，曾经是一名幼儿教师，也因为这样的职业，有很严重的慢性咽喉炎。

我清晰地记得，我曾经住过一个环境不太好的宾馆，房间空气不流通，房间里有异味，因为太晚没有换地方，就这样住了一晚。第二天嗓子就开始发炎了，再加上每天不停讲课，没有彻底好过。我刚发作时只是去药店买点药，但是不见效，就又去诊所吊盐水。期间因为咽喉炎引发严重的咳嗽哮喘，晚上总是咳得睡不着觉，很是烦恼。我至今还记得诊所医生跟我说："你咳的是白痰，很难好，如果是黄痰就好得快了。"我听到这话时有点心灰意冷，意思是我输液治好的希望不大吗？但是也没有更好的办法了，不是吗？先输液看看吧。结果正如诊所医生所说的，没好，只是缓解。后来又喝了不到两个月的中药，效果不明显，放弃了。再后来，我与咽喉炎达成了某种平衡。平时都正常，只要我一吹风就咳嗽，夏天根本不敢待在空调房，但是又很难避免。所以，有时开会开得好好的我就会不停咳嗽，陪孩子们午睡突然就不停咳嗽，唱歌唱得好好的突然就不停咳嗽，外出玩得好好的突然就不停咳嗽，聚餐吃得好好的就不停咳嗽。它实在不是什么要命的大问题，但也确实让我时不时的感觉不太好，我对一句话真的印象深刻："世界上最不能伪装的就是贫穷与咳嗽。"我真的好想伪装啊！因为某些场合，不停咳嗽真的对别人是种打扰。我不敢想象我老了以后，我的身体状况会是什么样。

在 2021 年 3 月，学校的一次体检，我额外增加了妇科 HPV 的检查项目。我从来没检查过这个项目，刚好排队时站我旁边的两位老师说要检查 HPV，我并不认识她们，但我立马也自掏腰包增加了这一项。现在想想，真的好像都是安排好的，检查完之后，我并不认为会有什么问题，可能只有 0.1% 的可能性吧，但我恰恰就是这 0.1%，中奖了，阳性合并炎症。除了震惊外，我不知道怎么去形容当时的感觉，也没人去诉说，家人不懂这个病，也不知道它的危害性，即使知道，也无法感同身受，毕竟还不是癌症那么严重。我立马调整心态：发生什么不重要，重要的是怎么应对它。治吧！于是，我找医生开了药，先开始用，然后再看发展情况。几个疗程下来，病毒量疯涨，医生让我手术，我借口要生二胎，拒绝了。我相信，有些病不是治不好，只是没有找对医生。于是查阅各种这方面的信息，我每天在这种焦虑担心中，因为网上讯息真的有好有坏，有说得很简单的，有说得很严重的，心情就像坐过山车一样。

2022 年 1 月，我找到了杭州的一个中医，找她看的人挺多的，我配了几个疗程的中药。熬药备药用药的过程要花费不少时间和精力，搞得家里都是中药味，楼上邻居家也反映味太大，有点累，但坚持下来了。2022 年 5 月复查，结果已经发展成低度病变。在这期间，我在工作上也出现了力不从心的感觉。3 月不小心扭到了脚，拄着拐杖去上班，每天还要蹦啊跳啊，上下楼。学校也对我特殊照顾，减少活动量。但我还是萌生了辞职的念头，4 月提出了辞职，想在接下来的日子里好好爱自己。

就在我为我的身体担心烦恼的时候，丹丹告诉我，整体自然医学一定可以解决我的健康问题。那个时候我和丹丹认识有小半年了，第一次见她的时候，我就被她的热情真诚所打动。从此以后，我经常和她一起参加读书会，认识了我们的易安姐、周杰……一批舟山的家人。虽然我不太读得懂沙因教导，但我很认可和接受沙因教导。生活中我遇到问题，丹丹也很愿意帮我从沙因教导的角度去看待一切的发生，她是真的学以致用。所以，在相处的过程中，她也成为我很亲近的朋友。她与我分享整体自然医学，分享她父亲调理身体的过程和收获。现在想起来，我并不知道那天我的决定意味着什么，只是简单相信，做了个决定：我愿意用整体自然医学去调理我的身体疾病，我也愿意为自己的身体负责。

在个人成长方面，丹丹有很多体验和收获。我也被她的精进所打动，在

2022年7月，加入了"知行生活道"这个大家庭，认识了很多"知行生活道"的家人。那里的人都很友善、热情、相互支持和力挺。丹丹经常带着我去宁波老师家喝七碗茶，不知道当时为什么那么乐此不疲，一群人坐车去老师家喝茶，只是开心喜欢，享受和喜欢的人一起做喜欢的事的感觉。8月，我第一次参加了线下活动——幸福生活训练营。有意思的是，因为活动发布比较晚，那次只有我和葛姐姐两个人参加。当我们知道的时候，立马显现出我们的不值得感、不配得感，老师就针对这个点给我们做了一个深入的沟通。至今，我仍清晰地记得老师说的："你们比世界上所有的石油加起来都珍贵。"回想起来，我仍然能感受到那股能量与力量。那几日的线下活动，我和老师有了更深的连接。那个时候，我最关心的是我自己的健康问题、情绪问题。

那次活动回来后，我按照老师的提议，开始整理海峰老师的课程。我一边吃营养早餐，清体，一边整理海峰老师的课程。海峰老师的课给到我很大的鼓励和支持，我经常会被他的话语激励得热泪盈眶，也更加坚定了我调理自己身体的信心。我的健康问题只是个小问题，真的是小问题，我以前太过焦虑了，我百分之百会好，只是时间的问题。我积极地参加各种线上排毒活动，没有线上活动，我就在家按照幸福训练营里做过的方式，自己清体，基本每个月都做一次清体。线上的清体活动还是挺多的，我印象比较深的有去年年底的肠道SPA、春季的肝胆排毒，血管SPA……去年11月左右，我复查过一次HPV的病毒量，结果病毒量从三百万降到了四千多，这大大地增加了我的信心，我更加笃定、更加确定了！继续加油！在今年4月底做完肝胆排毒后，我去医院再次复查HPV，结果显示转阴，只有轻微炎症。拿到结果的时候，我反复看了检测单子几次，不敢相信这是真的。我没想到这个结果这么快就来到了，我拿着单子走下楼梯的时候真的差点哭出来。

就像所有获奖感言一样，此时，我真的想感谢一路陪伴我走过的所有人，谢谢丹丹，谢谢老师，谢谢"知行生活道"，谢谢海峰老师，也谢谢我自己……

当然，我没太关注的咽喉炎，也在不知不觉之中好了。我突然发觉自己好久好久没有咳嗽了，真的像海峰老师说的，整体自然医学是买一送八的。

加入"知行生活道"以后，我从原来的无明到现在的越来越清晰。我原来不知道我的生活究竟出了什么问题，总是有处理不完的问题，总是有很多的烦恼。我知道问题的根源在我，但我不知道如何去修习和做到，没有力量，还对自己有很多的不接纳和评判。老师的一句话让我印象深刻，他说："你没有错，你只是没有力量。"是的，这也是一个很大的收获，就是收回力量。我练习让自己每时每刻在一种放松、定、空、安、妙的频率里面。这有点难度哈！但是，仅仅让自己时时觉察在一种松的状态下去体验和做事就很棒了，而老师和"知行生活道"的伙伴们恰恰提供了这样的一个场域，大家相互陪伴、相互力挺，努力、加油活出自己想要的样子。这跟我刚加入"知行生活道"时的心态是不同的，那个时候我关注的是我自己，这个时候越来越看到我们。我原本只想治好我的病，但是，我的病只是我这棵树众多枝干中的一枝。遇到"知行生活道"，我发觉我触到我的根了，我在进行最深最深的疗愈。

如果用一只动物来代表我的话，我想是蜗牛。"蜗牛寻医记"告一段落，蜗牛的故事还在继续……（作者：晓晓）

# 一家创新梦，开启新生活

**梦中：** 十多年来我一直生活在自己认为的"美梦"中。虽然梦中也有磕磕碰碰的时候，比如孩子生病了；比如和先生因为婆婆的事情吵架了；比如工作过程中出差错了；孩子老师也会有告状的时候；孩子也有跟我顶嘴的时候……但我一直觉得都在我的可控范围内。因为"可控"，所以觉得安全。

我们夫妻俩从小听父母的话，不惹是生非，上学认真，所以在我们的心中，自认为我们的孩子应该也是这样的，我们的孩子就应该听话，不惹事，学习认真踏实……这是基本要求。所以基本上孩子是很少得到我的肯定和表扬的，因为他做对、做好在我的眼里都是应该的，应该的事就没必要表扬了。但如果孩子考试考砸了，在学校被老师批了，和同学闹矛盾了，生病了……我会在第一时间批评孩子，"教育"孩子：如果你啥都学扎实了，考砸的概率是很低的；老师不可能无缘无故地批评你；一个巴掌拍不响，你如果自己做好了，同学不可能与你吵；如果你听话好好吃饭，好好睡觉，不要乱穿脱衣服就不会生病。反正任何因为孩子的事让我有点不舒服，我都会去找孩子身上的问题。就这样，孩子在我的高标准、严要求下，基本上"达到"了别人家的孩子的标准，特别是在学习方面。所以前面的十几年我一直认为我是一个"合格"的妈妈。

**梦醒：** 到孩子高一下学期，我的美梦破了。孩子起床磨磨唧唧，吃饭没胃口，眼中无光，长时间打游戏……看到孩子这种状态，我天天和他吵，没法理解我儿子咋就变成这样了，还一直认为是孩子青春期叛逆，不听话，多管管就好了。弄到最后，孩子不愿去学校了，讨厌学校了，要求转学。咱们不是市长，哪能想转就转。但孩子真的闹起来，家长还是没办法的，因为他已经不是闹了，我们也能深深体会到他的痛、无力和绝望了。这时候根本不知道发生这种情况真正的原因是啥，只感觉天塌了，也不知道自己该做啥。

孩子都是家长的心头肉，碰到这种事谁也不能放弃，总得找原因，找方法。首先想到的是找心理咨询师，但孩子拒绝。那就去医院，孩子还是拒绝。刚开始总想着孩子有事，得想办法让他改，让他进步，但找不到任何有用的办法，所有我能想到的办法孩子都拒绝。弄了一通，孩子没有任何改变，我和他爸（强哥）已经趴下了。

一家创新梦：

**初识"知行生活道"：** 宋老师看见我这绝望的样子，建议我们去看看"知行生活道"，让我先来参加喝茶。喝茶不是很常见的事吗？喝茶能有作用啊？但我也没有更好的办法了，宋老师的变化是摆在那儿的，死马当活马医吧，不就是免费喝一次茶嘛。一进老师的家，我有点蒙，很多人和宋老师打招呼，相互拥抱，相互间说说笑笑的，好热闹，咋跟我想象的喝茶差距有点大？

进入喝茶的场所，我更蒙了，这也叫喝茶？大家盘腿一排排坐地上，前面真的就是一个水杯而已。第一反应就是像个邪教场所，但我信任宋老师，因为我们是20多年的办公室同事，在我心中，她一直是个非常善良的人。我就完全把自己放松，融入其中。茶水很烫，马上就出汗了，一出汗，人就会感觉轻松点。

喝完茶后，老师让我们看一个唱歌的视频，要静静地全身心投入看和听。我第一次这么投入地去看唱歌的视频，视频还没结束，我就流泪了，其中的一个点触发到了我——位导师说："不管你选不选我，我的演唱会你都可以来。"那位导师无条件的爱，无条件的喜欢触动了我。被人无条件地接纳，无条件地喜欢是多么幸福的一件事。可我从来没有为儿子做过这样的事，我突然间意识到，我对孩子的爱都是有条件的，我对他只有期望。

第一次的茶会让我认识到了什么是"爱"。

**深入了解"知行生活道"：** 经过这么一圈试验下来，我也认识到我们不可能有任何办法马上改变孩子情况，那就慢慢来，接受孩子现状。程老师也跟我们说，孩子很好，要改变的是自己，自己定了世界就定了。说说容易，做起来太难了。看见孩子作息时间没规律；看见孩子除了手机就是电脑；看见孩子那个消瘦的身影；看见孩子那个无神的眼睛……只能感觉到一阵阵心痛。特别沮丧的是，面对孩子的痛，自己没有任何办法，那种无力感蔓延到身体的每一个细胞。

第一次茶会也能让我暂时放松，让我体会到了人与人之间的温暖，让我知道了什么是"爱"，也让我看到了那一丝丝的希望。就这样在绝望、无助的状态下，也只能抓住"知行生活道"给我们的那一丝丝希望——"我变了，我的世界就变了；我安了，我的世界就安了"。想到强哥这几天痛苦的样子，也想让他放松一下，就说服强哥参加幸福生活体验营。出发前，强哥也是整夜睡不着觉，我俩是一直面对面流泪。就这样，强哥也是有点蒙地就去了。

两天的幸福生活体验当然不能马上改变孩子的状况，但强哥自己好多了，体验营之后能较好面对孩子，至少晚上能睡着点了，自己能去上班了。幸福生活训练营有 21 天的线上陪伴，在这 21 天中可以听老师分享的课程，更有很多相似经历的家人的陪伴，大家比较容易共情，在难受的时候能找到合适的家人进行倾诉；在情绪低落的时候能得到家人赋能；有一点点进步的时候能得到家人的鼓励……就这样我们在老师的带领下，在家人的陪伴下，慢慢地接纳、臣服和平静。

**加入"知行生活道"**：了解了"知行生活道"后，为了更好地成长，我和强哥就决定加入了"知行生活道"，慢慢地去悟生活。我们积极参加老师组织的活动（如训练营、茶会、读书会），在老师面对面带领下释放情绪、觉察自己、收回能量、突破自己。就这么短短的两三个月，个人能量变了、夫妻关系变了、家庭氛围变了、亲子关系变了。

**1. 个人能量变了，能量高了，工作都积极了**

以前在单位一般只做所谓的本职工作，多余的工作一概不接。最近领导让我做几乎纯奉献的分院督导工作，我莫名爽快地答应了。强哥都喜欢主动跟人打招呼了。在工作中，我们俩也喜欢说请教，谢谢了。

## 2. 夫妻关系变了

我家厨房下水道有点堵了，前一个晚上倒了清理下水道洗涤剂，第二天早上要先用热水冲。早上起来我看见强哥在用热水器的水冲下水道，我马上就说你咋不用热水？强哥说这不是热水吗？我明显感觉到我身体升起一股能量，要开始指责了。不行，咱都是修行的人，不能指责。我的世界我创造，我觉察到指责带来的后果，也觉察到了强哥不是故意的，他也想把下水道弄好，已经发生了，指责有用吗？我平静一下，用正常语气跟强哥说，要用烧开的100℃水冲。最后强哥用开水再冲了一下，下水效果更好了，强哥还夸了我一下。相互指责的局面没发生，相互欣赏的情况发生了。

## 3. 亲子关系变了

爱始于看见。孩子一回家就说饿了，我说15分钟后开饭。我和强哥急匆匆到厨房忙碌，孩子快速打开电脑玩游戏。15分钟后准时开饭，马上跟儿子说可以吃饭了。我和强哥就在餐桌前等他，等啊等，15分钟过去了，我忍不住再去提醒他一下，他说马上。我和他爸继续等，又一个15分钟过去了，我有点不耐烦了，跟强哥发牢骚，说饿了，弄好了不来吃，玩起游戏就忘记饿了……牢骚是发了，情绪上来了，就得想，从事退到人，从人退到心。他不来吃饭原因是游戏很激烈很刺激，舍不得停，他在学校里待了两天，需要彻底放松一下。那就尊重他选择，自己吃饭，他吃不吃是他的事。

慢慢地把孩子的事还给孩子，我们只负责爱他。他想啥时候吃饭就啥时候吃饭，他想玩游戏就玩游戏，他想几点睡就几点睡……就这样慢慢地，我们和孩子之间的关系变了，没有那么敌对情绪了。关系好了，家庭氛围好了，孩子就主动按时吃饭了，睡觉时间也慢慢调到我们的期望值上去了，玩游戏的时间也自己控制得很好了，学习上也有规划了……

当我们只关注孩子的行为，我们并没有看见孩子。

当我们关注孩子行为背后的意图，我们才开始看孩子。

当我们关注孩子意图背后的需要和感受，我们就真的看见了孩子。

透过我们的心，看见孩子的心，这是我们的生命和孩子的生命相遇，爱就发生了，并在亲子间流动，这就是我们真爱我们的孩子。孩子在爱的包围下就能茁壮成长。

相信自己，相信孩子，我们一起创造美好未来。（作者：雅芳）

# 为爱打卡 100 天

第一，听老师的音频，程序化做事。做一件事情之前的心态确实不想做就不要做，这个心态也要区分是心智噪音还是内在能量不匹配。如果是心智噪音，那就要做功课调频，收回力量，挑战自己的旧有模式；如果是能量还没有到达，就可以放下，等能量叠加到位时，一定还有机会机缘去做的。一旦决定要做，就专注去做，享受它，把它当成热爱的事情做到最好，简单的事情重复做，做到一定的阶段就变成了自动化程序。就像洗碗一样，一旦结束抵抗了，吃了饭就会主动顺手洗了，而不会拖着不洗，内心纠结、消耗、拖延，最后还引发家庭矛盾，消耗自己，消耗别人的时间和能量。

如果有一天没有目标，这一天是乱的，没有程序可言，重要的事和次要的事情非常混乱，如果又不懂拒绝，还会增加很多额外的琐事，一天下来忙个不停，总还有做不完的事，而且还做不好，因为重要的事没做，小事又揪着不放，对自己和他人影响很大。

还有一个感触就是在团队复制的过程中，程序化做事就能很好地复制和管理，我们的领导就把我们的工作做成了程序化，从开始到结束，从第一步到第几步，有章法、有打法，有思维、有落地。大家都统一按程序去做，所有人都统一思想，统一标准，统一步伐，一群人做同一件事，大家都聚焦在同样的事，讲同样的话，同样的节奏。大家同心同德，聚力聚焦，这样滚动几轮之后就形成了规模。其实很多时候一件很简单的事情，把它程序化以后就形成了规律，形成了标准。如果它又适合一群人，那大家都去做就很容易管理。以前我会抵触这种程序化做事的方式，觉得太死板了，觉得随心所欲多好，这都是头脑的判断。每个人的时间是有限的，精力也是，要合理分配，虽然说要依心而活，但绝不能随心所欲，欲望也是幻相。

第二，这次百日听课践行，让我真正感受到能听懂了一些，刚开始几天是按照记笔记的形式写读书笔记，后来听到阿米、则前，还有林老师他们的分享，才知道他们是听懂以后，把老师讲的内化运用到生活中，慢慢地自己也越来越有了一些感觉，有的课还会听几遍，听了一些有触动的句子，直接就联想到生活上来。听音频的目的是落地，是给我们的生活实际帮助，这是行雲老师成立"知行生活道"的初心。是的，老师花了那么多时间、金钱、精力学到了很多真相，最终还是要回归生活，回到每个人身上来验证的。今天老师把他的体悟、悟道传授给我们，并不是让我们听听音频而已，而是希望这些能量能够激活每一个不同的生命。

多么美好的生命啊！老师看到本应该鲜活亮丽的花朵，被各种摧残，他很心痛、很惋惜，尤其是在这个外面混乱的特殊时期，太多人需要拯救，需要人间清醒，所以说听懂了老师的音频和话语，就是在救命，在绕过灾难，这不是夸大其词。就像有位名人曾经说过的，有的人活着，他已经死了，有的人死了，他还活着。

此刻突然就共鸣，感恩行雲老师，此刻我觉得自己生命的宽度和厚度又有了延伸。（作者：阿珠）

# 貌似没学什么，貌似又学到了全世界

今天是我加入"知行生活道"两周年的日子。当初懵懵懂懂，为了明确一个目标——更好地教育孩子，去参加了"家庭教育指导师"的培训，然后就认识了您。那时就觉得您跟其他老师一样，都是讲课的，唯一不同的就是我听不懂您的课。其他老师都讲术的层面，或者是心理层面的，也很有用。但是您什么都不讲，要么讲故事，要么讲真相，所以那时我听了很多遍还是没听懂，课程结束了我也就放下了。后来线下见面会，在电梯里面我跟您聊了几句，知道了您的"生命体验记录"，于是每天跑步的时候都会听一听。再后来，是先生为了争一个对错，说要找人咨询一下，机缘巧合就去了您家，当时也不知道为什么会选择您，可能这就是 TCE 安排好的，跟您聊天感觉很放松，想说什么就说什么。再后来就加入了"知行生活道"，参加了"幸福生活训练营"。

以前生活除了工作、养娃、旅游外，没其他的了，进了"知行生活道"才了解到生活还可以是这样子的。经过两年的学习，貌似没学到什么，又貌似学到整个世界。从听不懂、看不懂老师说的、做的，慢慢能听懂了、看懂了。知道了往内走是怎么一回事，知道了这一切都是我创造的，也体验到了自己心安时候的感觉，可以带着觉知看待自己的情绪，看待外在的一些发生。特别感谢老师，也特别感谢 TCE，因为我从来没有接触过身心灵这块，也没想过，但是偏偏让我遇见了您。让我那颗狂躁的心，让我那个内在的恐惧小孩，慢慢安定了，慢慢长大了。现在就感觉生活是美好的，无论发生什么，也不能扑灭那颗善于发现美好的心。

谢谢老师！以上是我对老师，对"知行生活道"的表白。

曾经以为"修行"两字是跟得道高僧有关的，但是经过这两年的学习和实践，才知道，每个人都需要修行，而且是要在生活中每时每刻修行。准确地说，是老师归纳的五句话：扩展意识，提升能量，训练能力，做好自己，成就我们。那具体有哪些变化呢？

**健康的意识：**

曾经以为生病就医，天经地义，医生说吃药就吃药，挂水就挂水，不曾想过有另一种方法。后来渐渐发现有些不对劲了，因为大女儿得了慢性鼻炎，当时也不知道是怎么得的，现在想想是做错了很多事，才导致了鼻炎。鼻炎虽然不是什么大病，但是发作的时候，看着女儿难受的样子，作为老母亲的我比她更难受，尝试了西医、中医、推拿、泡脚等方式，都没有完全根治。后来知道了，人本自健康，健康是我们本来的模样；伤害一旦停止，疗愈自动发生；病和症是不同维度的，我们控制了症状，但是病源却没有找到；你是你吃出来的……这些原来在我的意识里面没有的东西。于是配合营养进行调理，明白了原来营养不是来治愈疾病的，而是提高了自身的免疫力，很多症状就自然而然消失了。

自从接触了整体自然医学，我们全家就几乎跟医院说拜拜了，小朋友偶尔有个发烧啥的，我都可以自己处理了。不是说营养有多厉害，而是当我的意识扩展了以后，我的心定了。当我的心定了，小朋友收到的力量是不一样的。对于我自己而言，一直都觉得自己的身体是很健康的，因为很少感冒发烧。但是会经常头疼，也经常感觉头很沉，有痛经，偶尔还有胃病，脸色发黄发黑。以前一直觉得这都不是事，我又没有生病，我把有没有生病当作一个人是否健康的标准，还固执地以为"我要这么健康的身体干嘛"。虽然经常也说健康最重要，但是却没有任何的实际行动。从另一个角度讲，也是不知道要采取怎样的行动，以为跑步、做瑜伽就可以维持身体的健康，殊不知长期的跑步对自己身体的消耗也是很大的。也一直坚持以瘦为美，控制着自己的体重。后来知道了人的健康不仅仅是没有病，单一的锻炼不能保持身体的健康，也让健康这个词入了心，真正地走上了健康的路，一路参加了各种SPA，各种清体，体验到了身体真正的轻盈是一种什么样的感觉，体验到了没有理由的开心是一种什么样的感觉。

对于家人的帮助，我妈妈在过年的时候阳了，不仅是发烧，而且全身无力，还发冷。没有其他选择，爸爸就带她去了医院挂水，挂了水之后，当时是退烧了，力气也有点了，但是过几天又不行了，反反复复，还导致我妈妈便秘，没有胃口。后来在我的坚持下，我爸妈停止了去医院治疗，开始利用营养素进行调理，先是调理肠胃，因为那个最简单也最关键。我也给我妈妈灌输有关营养的知识，因为我深刻意识到只有意识改变了，行动才能改变。我给我妈妈吃营养早餐、幸福餐，喝果蔬汁，我妈妈的身体渐渐回到了以前的状态，我妈妈也拿到了体验，所以她现在自己每天坚持吃营养早餐，这一坚持，不仅仅是体力恢复了，连她多年的高血压，咽喉炎都开始慢慢变好了，真是太好了。

**工作观：**

我为什么说是工作观，而不是事业观呢？其实仔细想想，我们目前所干的，都仅仅是一份工作。我记得以前有人问我，最怕什么？我的回答是我怕工作没了，然后养不活自己，养不好女儿。那时就对工作特别紧张，特别地在意。对待工作，我的自我要求极高，同时对待同事也很严苛，所以经常会加班加点，为了一点点的事情熬在办公室，也为了一点点的事情跟同事的关系搞得很僵。跟客户相处的时候，也把自己摆在弱势的位置，因为客户丢了，就意味着我的工作表现不好。所以当时就特别纠结，内耗也特别严重，还不敢表达。那时为了工作，身体不好，心情也不好，家庭关系也没处理好，但是当时还觉得那都不是事，我的工作最重要。现在回想起来，都有点后怕，要是一直这么下去，我的生活该是什么样子的？

现在明白了，工作是为了更好地生活，而不是生活的全部，工作只是我们人生的一部分而已。我们需要尽力把工作做好，但不能把它当成是你的唯一。当真正把那份焦虑的心放下的时候，就是该工作的时候工作，该生活的时候生活，反而收入也增加了，关系也处好了，该有的客户还是会有的。

**婚姻观：**

结婚的时候懵懵懂懂，以为该到年纪了，就可以结婚了。那时没有明白婚姻的意义是什么，能带给我什么，我需要付出什么。因为没有人教，随着社会的大流，结了就结了。后来在日常生活中，吵吵闹闹是难免的，还时不时地会冷战，也会要求对方很多，应该怎么做，不应该怎么做。一直看不到对方的好，反而会抓着一点瑕疵不放。

经过学习，渐渐地明白了，是我自己的模式限制我自己。有一次也是跟先生吵架，当他在大声地说话的时候，我瞬间明白了很多。小时候的场景像放电影一样一幕幕地呈现在我面前：被我爸爸骂的场景，被老师骂的场景……我明白了我自己为什么要跟先生对抗，其实是在保护我那个弱小的内在小孩。因为内在的弱小，所以表面一定要装着强大，不让别人、也不让自己去触碰那个小孩。所以我跟全世界抗争，也包括我先生。但是这一切的抗争都是自我的抗争，我跟我自己和解了，也就跟全世界和解。所以我真的特别感恩我的先生，我也跟他表白过，我非常感谢他，并不是因为他给了我什么，而是因为他让我看见了我自己。对方身上所有一切的缺点，那都是我自己讨厌自己的地方，还有什么可较劲的呢！于是在目前的生活中，说说笑笑，打打闹闹，会撒娇，会给他个小惊喜，也会大声说话，但是不会被这些东西带走了，过后，还是依然爱着。

**亲情观：**

小时候爸爸比较凶，妈妈也比较严厉，而且我很小就去外面读书了，可以说跟爸爸妈妈享受亲子时光的时间不多。长大了，我很愿意孝顺他们，给他们好吃的、好穿的，带他们玩好玩的，虽然认为那是我义不容辞的，但是跟他们少了一些心与心的连接。每次回家，身体好像不由自主地有点紧张。爸爸妈妈其实对我要求也不多，可能我从小到大也很乖，我们也很少吵架，话不多。有时候我还挺羡慕那些跟父母吵架的人的，毕竟那也是亲密的一种体现啊！现在明白了，所谓的害怕和紧张，都是我自己定义的，我爸很凶，我妈很严厉也是我定义的，我把这一切的定义取消了，我就可以享受小时候纯粹的父爱和母爱了。现在我还是会时不时地给他们买东西，但是更多的是会表达了，父亲节、母亲节都会有一份爱的表达，平时也会时不时地表达一下。现在回家的气氛也轻松多了，这也要特别感谢我的小女儿，她的状态化解了很多我爸我妈在我脑中的固有印象。

现在真心感觉我爸我妈特别爱我，给的是无条件的爱。

**亲子观：**

一直以来，我都觉得小孩的优秀是家长培养出来的。只要我一心一意地培养她，她肯定可以按着我要求的所谓优秀的样子成长。于是，对于大女儿，很小就让她参加各种试课，后来又让她学画画、学跳舞、学小提琴。她也很乖，我让她学什么她就学什么，各项成绩也都还不错，我还有点沾沾自喜。忽然有一天我发现，女儿每次从培训班出来的状态和神情，好像有点不太对。这么小的小孩，应该是蹦着跳着出来的，但是她却感觉很累，无精打采的。我意识到这种状态是不对的。还有几次，女儿哭着跟我说："妈妈你一直说爱我，可是我感受不到呀！"我也哭了，是不是我的要求太高了，打着爱她的名义控制她？

现在我渐渐放下了很多的期待，接受了女儿们本来的样子，不是说我可以教育她们什么，而是我可以怎么引领她们。越来越觉得女儿们是如此的聪明，如此的善解人意。有一次，我跟女儿说："你要早点睡哦，要不然你第二天起不了床的样子我看了心疼。"女儿不假思索地回了一句："那你呢？你心疼你自己吗？"瞬间，我的眼泪就下来了，小孩其实把一切都看在眼里的，她知道妈妈没有照顾好自己，所以我能做的就是照顾好自己，然后她们自然而然地就会照顾好自己了。一个懂得如何照顾自己的人，肯定是不会差的。很多时候出去工作或者学习，总觉得是小朋友离不开你，其实是我放不下她们。我没有很强的值得感，我也没有信心相信她们能照顾好自己。现在，我对她们都特别放心，无论在何种情况下，她们都很好，而且我们在一起的时候，特别开心，无话不谈。在一起或者没在一起，心都是连着的。

**从黄脸婆到妙龄团长：**

记得小时候奶奶跟我说，不要学着别人打扮得花枝招展的，口红不要涂那么红，脸也不要擦那么白，衣服要穿保守一些，要不然你就不是一个好女孩。于是我就把会打扮跟坏女孩联系在一起了。从小我就是个假小子，一直都是短头发，衣服也穿得比较中性，加上我皮肤又黑，很多次别人都把我当作男孩子。我根本不懂什么是护肤，什么是化妆。

一个偶然的机会，老师当时说那个月要做一件以前都没有做过的事情，于是我找了一个化妆老师开始学习化妆，也开始购入化妆工具，开启了我变美的旅程。估计是我天生丽质吧，老师一眼相中我，问我是否要成为逆龄团的团长，当时就觉得玩玩也挺好的，而且老师有太多的允许在那里，无论我做好做坏都是可以接纳的，于是我欣然答应了。忽然有一天我来了灵感，想到：女子就是好，少女就是妙，要想好与妙，请入"知行生活道"。我就把逆龄团改成了妙龄团，我们的口号是：把岁月留在心中，把青春写在脸上。真心希望所有的女孩子都能关爱自己，不是说外表要有多漂亮，而是由内而外散发的独立自主，为自己而活的底气。其实如果我们愿意，人人都可以成为妙龄少女。外在的改变是可以显而易见的，但是内心的变化不太容易被发现，反正现在的我由衷为自己骄傲，虽然还未尽善尽美，但是人无完人，这已经是当下最好的自己了。其实每个人，真的可以不一样。

真实的你自己，超乎你想象！（作者：盼盼）

# 一颗米炸成爆米花

我是艾米，"知行生活道"的核心成员，一颗米炸成爆米花的过程。

一年前因为感情的事，生命彻底跌入了低谷，觉得人生痛苦、磨难，老天爷怎么对我这样，无力、爱哭、脆弱、委屈、愁眉苦脸，很可怜、很累、特别无助。后来在朋友圈里看到公众号"分享奇迹分享爱"里面的文章，在那个时候看是非常正能量的，是一束很强的光。我那时候想，不敢相信，还能有人活得这么喜悦美好。因为好奇，也是因为当时自己确实需要一股力量把我从泥潭里面拉出来，所以毫不犹豫地加入了"知行生活道"。

开始半年我做了大量的流程，听老师的课程，开始好像听得不是很懂，现在感觉越来越应心了。老师像神一样的存在，居然帮我们重编脑子的程序，太不可思议了！确切地说，老师带领我们找到了自己内在的老师，让一个目光呆滞的人变成了一个活蹦乱跳的、特别有能量的生命，让人成为真正意义上的人。

现在的我，很多事情会站在比以前高很多的维度去看，站得高，看到的问题反而少了，生活自然轻松了很多很多。特别是参加了幸福生活训练营，体验了释放情绪，收回力量，能够让人快速地提升自己。以前我是有一些自卑的，和同学在一起，有时候觉得自己特会装，装着很开心，装着过得很好的样子，心里的苦只有自己知道，装出来的东西也是脆弱的。我那个时候觉得怎么我的同学那么有底气，说话那么有气势，现在才发现，原来家里给的爱多才有这样的孩子。现在，我在老师的场域里接收到了老师、珈宁小姐姐和大家的爱，变得比原来有底气了很多，现在感觉到自己会有些爱可以给出去了。这是外面很难碰到的爱的场域，爱的滋养，这是自己进场身临其境，心慢慢打开，接收到的。我从一个缺爱的我，到能够给出一些爱的我，离不开行雲老师的课程、场域，还有自己的努力。

老师和师母的为人、品格，在这个复杂的世界确实很难找到，无比珍贵！以前我挺玻璃心的，现在玻璃心至少变成了木头，心不那么容易碎了，觉知力加强了很多，看到对孩子的不确定，其实是对自己的不确定，今天家里的一位亲人发火，没被带走，笑着。感觉没什么好发火的，也越来越感觉到发火，也真的是人本身有些情绪被积压着，没有清理干净，一不小心就冲出来了，发火的人其实蛮可怜的，把自己气伤了。

现在想想自己的选择是多么正确，有行雲老师，还遇见了整体自然医学，健康可以掌握在自己手里，和医院说拜拜了。一直困扰我多年的便秘，没想到现在吃营养早餐、幸福餐，基本不是问题了，以前非常痛苦，蹲洗手间要一个小时。我的家人说我速度慢，出不了门，其实问题都在这儿。他们有时候也知道原因，但是也会说我，所以我心理压力是非常大的，带给我的困扰也是有苦说不出。现在感觉吃了幸福餐，皮肤细腻了，精气神好了，便秘的问题也基本解决了。以前每年夏天开始掉很多头发，秋天也是，前两年非常担心会不会成为秃头，今年好惊喜，没掉几根。身体营养跟上了，睡眠好了，体质好了，头发都不怎么掉了，特别开心。

女人照顾好自己，是这辈子最重要的事。（作者：艾米）

# 愈挫愈勇，越磨越真

我过去是一个特别内耗、讨好型性格的人，内在价值感很低，深深地相信"我不够好"，一点也不自信。所以与人沟通过程中会感觉很累，总是委曲求全，关注别人的感受和需求而往往忽略自己的感受。和先生结婚后，尤其是有了孩子后，原生家庭很多问题被暴露出来，我内在很多问题被投射出来，我变得越发狂躁、焦虑，这种焦虑恐惧充斥着每一分每一秒，我像一个火药桶，随时都会引爆。关系也随之出了问题，生活充斥着抱怨指责，感受不到爱。所以，先生受不了的时候，他也会用言语来攻击我，孩子也教育不好，每分每秒都在焦虑中度过，患上了抑郁，开始"躺平"，想着生病我也不去治了，死了算了，从孩子上幼儿园开始我就逐渐走上生命成长的道路，但是能量总是暂时的，回到生活中很快就没能量了，身体也很疲乏。我曾经对自己说，难道我来这个世间就是证明我有多差的吗？我不相信，我觉得这不是真的。冥冥之中的安排，让我遇到行雲老师和"知行生活道"，当时刚好父亲得了脑瘤，几乎一年的时间和妈妈一起，陪爸爸在医院中度过，爸爸经历两次大手术，我们全家人都经历身体精神双重考验。当时老师的两句话给我非常大的触动，一句是"只要你想活，没人活不出来"，还有一句"你安了，你的世界就安了"。我发了很多次愿，都觉得生命没有彻底改变，因为我知道，父亲经历疾病是为了唤醒我的，他宁愿选择经历如此疼痛，我当时发愿，如果我再不彻底改变，就收了我吧！接下来，这给了我很大的决心、信心和毅力。开启了我在"知行生活道"沉浸式体验，坚持 100 多天持续听课输出，坚持写"一事一觉"，提升自己的觉知力，不断刻意练习识别心智机器的噪声，不被情绪带走，不断深挖自己的模式，不断收回力量，将所学在生活中应用出来，打碎重建。跟随老师智慧的指引，也越来越了悟生命的实相。经历这一切，感恩父母、先生、孩子给予我无条件的爱。尤其是我的妈妈，当我识别出所有爱的时候，那种心里歇斯底里的爱，仿佛我感受到妈妈的心——我终于看见了。

我哭了好久好久，人生就如同过电影一样，把我前半生播放了一遍，我明白了。剧本写好，我们体验剧本，如果没有我们经历的所有的所谓原生家庭带来的"伤痛"，当我们有一天识别出来爱的时候，这些所有经历的痛、怨，全部变成爱。曾经痛得有多深，今天爱得就有多深。

所以，行雲老师说，不好的事情不会发生。都是恩典和礼物，但是需要经历，去体验，才能拿到那些彩蛋。我们经历的所有的人、事、物，都是为了唤醒我们，不是让我们经历苦难、疾病、痛苦本身。

前40年自己就是一个机器人，对自己情绪根本无法管控。有太多条条框框，标准束缚着自己。当我从自己内在的囚牢里跳脱出来，回过头来看自己，原来的自己早已不见踪影，我仿佛进入另一个世界，内在充满了力量，我遇见了自己，这个生命就在我身体里鲜活地活着，越来越绽放，深深爱上了我自己。

我的父亲也越来越有力量，面对生死，我们无所畏惧，一次次战胜病魔，走了过来。我和先生、女儿的关系也越来越和谐。人生原来还可以这样活。同时，让我意识到生命成长对于任何人来讲都太重要了。身体出现疾病都是"心"出了问题，人生的生命愿景也越来越清晰。

回首这一路走来，如果没有遇到行雲老师，遇到"知行生活道"，无法活出真正的自己，就整天在痛苦中兜兜转转，加入"知行生活道"，注入了老师的军魂，随着自己的成长和穿越，愿意协助更多有缘有愿的人，拿回自己生命主权，回归自己的生命大道。真的相信，只要想活，没有人活不出自己。家人们之间满满的爱，让我能够爱满自溢，在一起就是幸福喜悦。超乎我的想象，仅用了7个多月的时间，体验到了"真幸福"，无比相信，已经踏上终极自由旅程，和老师，以及"知行生活道"的家人一起共创更多的美好生活。

（作者：阿米）

## 遇见行雲，遇见幸运

早就想写点什么，来说一说与行雲老师的相遇，与"知行生活道"的结缘，但总怕自己笨拙的文字诉不尽其中的深情，道不尽心中的深意，而让看到此文字的同道中人与"知行生活道"结不了善缘，因此迟迟不敢动笔，一拖再拖。今天家中除了我和猫咪外，再无他人，是个难得的清静之时，内心再一次有表达一下的涌动，那就开始动笔吧。

无畏无惧，该来的走不了，该去的来不了。好歹加入"知行生活道"也3个月有余，这点勇气被老师调教得还是有的。读的书当中除了教育、健康外，还有就是这一方面的书，读得也不太懂，但还是喜欢读。最早读的是儒家的《论语》和道家的《道德经》，印象最深的就是有关彼尚老师的东西，做了厚厚的笔记；也细细地读了张德芬老师系列书籍；浏览了冯友兰、星云大师、一行禅师、刘丰、杨定一、克里希那穆提等一些书籍；以及拜伦·凯蒂的《一念之转》，还有《当下的力量》等，当时只是囫囵吞枣地读了，读得糊里糊涂的。心里对这些虽然很有感觉，但我知道，读再多书让我幸福的概率是很小很小的，就好似一个溺水的人抓了一根根的稻草罢了，感觉到我得找一个名师指指路。

后来我参加了一个有关幸福的课程，也正是这个课程，让我和行雲老师有了同在一个微信群的交集。当时虽然没有说过一句话，但看到行雲老师准备退群了，在群里还交代一声，心里想：这个人这么有素质，我就主动加了他的微信。正是有了这个历史性的动作，才有了我后面人生的历史性转折。遇到行雲，遇到幸运了！那是2016年，接下来的日子就听老师喜马拉雅的"行雲之声"，好像是读什么书，忘了，但大概有大半年的时间，我是沉浸其中，闲暇的时光就是听老师喜马拉雅"行雲之声"的音频，看老师公众号

"分享奇迹分享爱"里的文字，如痴如醉。印象中有一次听老师录的音频听不清，我感觉错过了许多，还给老师发微信，老师又重新录了发上去，我这才释然。

也就是在那段时间，我接触了公众号里海峰老师的"整体自然医学"，用上了蛋白粉、营养素，有关健康的理念深入我心，并不知不觉影响着我的生活。所以我虽已是年过半百，但看起来却比同龄的年轻，见到我的人都觉得我和年轻时没多大变化，那大半年我深受滋养。正是老师的音频支持我走过那段十分迷茫的旅程。

行雲老师可以说是我人生的第一位导师。接着我又在手机上听一位自称"白胖子"老师（有点不敬，忘了叫什么了）的指点，也听了几个月，做了笔记。很感恩这位素未谋面的导师陪伴滋养了我又一程。接着我就又接触了"大爱系统"的许多课程——涵德的、家排的——有关能量的课程和老师。我在寻找，寻找终极的东西，就像《西游记》中的孙悟空拜师学艺，他不想学"术"方面的，只想学长生不老。我也不想学"术"方面的，只想学习终极方面的东西。

寻寻觅觅中，我主要一直跟着一位老师学习，就是想挖一口能出水的深井，学习了六年。深深地感恩陪伴我六年的恩师，他给到了我许许多多终极的东西，他使我的生活清明了许多，少了许多焦虑和烦恼。但我总感觉还没有品尝到自己想要的幸福滋味。现在想来是因为我消化不好老师给的知识可能就我当时的那个阶段，我需要的是知识的消化。这期间和行雲老师有一搭没一搭、偶尔也有联系，没怎么关注行雲老师了，但一直想一门心思跟一位老师挖一口出清泉的深井，我发现我对每一位老师都是很用心的。

沙因老师的《快乐终极指南》《你值得过更好的生活1》和《你值得过更好的生活2》也是在行雲老师的推荐下买回来读的。2019年我参加了沙因老师在深圳的《金钱工作坊》的课程中，才见了行雲老师第一面。我先听到老师的声音，寻声望去，看到老师熟悉的面容（微信头像上常见），我赶紧跑过去喊老师，并做了自我介绍，老师当时还不认识我，说："海云这个名字有印象，但你怎么认识我的？"我做了说明，这就算是认识了。后来，在老师的大力支持下我又报了沙因老师的"终极自由体验营"，让我省了不少的费用，铭记在心。

2023年2月底，在大连沙因老师的课堂上，我和行雲老师以及老师创建的"知行生活道"的部分家人们有了一个星期左右的接触。初次见面就感觉老师带来的一拨人他们身上有我想要的东西，有令人眼前一亮的东西，当时只是这个感觉。后来我在郑州参加了晋齐老师兄妹的课，与"知行生活道"的家人们吃住一起，有了第一次深入的接触，我才知道，在他们身上我想要的、吸引我的东西是什么，是那种灵动、鲜活、自由、幸福的味道。那时我就想：我是参加过沙因老师的"终极自由体验营"的，而行雲老师带过来的家人，许多是没有参加过的，但他们已经活出来了。是什么原因呢？是因为老师许多年前花了大笔的费用，踩了许多坑，自己先活出来了，蹚出了一条路，是先行者，是向导，他领着一批又一批人在生命探索的路上走着。他已深谙、已熟知如何带才能让大家更快地品尝到幸福的滋味，也就是说让后来者站在巨人的肩膀上或梯子上，且这一个个巨人自己也在长高，加入"知行生活道"，少费了许多费用和时间，这多好！

从郑州学习回来后没多久，我就迫不及待地加入了"知行生活道"。加入后的这三个多月，我品尝到的幸福，是之前五十年所没有的。我激动！我兴奋！我像一个渴极的旅人见到甘泉，一头扎在里面痛饮，汲取生命的能量。那段日子，我每天都被一些事情感动着、幸福着，"知行生活道"的老师和家人们帮我移除、移开我身上的许多束缚和限制，我脱落掉了许多东西，我拿回了我生命中许许多多的主权，活出我从来没有活出来的自由、自在、幸福。当时我就在想，对于人世间的大多数人而言，此生得一"自由自在"这一宝贝足矣，而我为此寻觅了大半辈子，并且我发现，"知行生活道"的家人们早已安住在此，自由自在是家人们在这里的最低配置。现在回想那段时间，我就是听老师在荔枝微课中的音频和写"一事一觉"，每天进会员群看老师和家人们发的宝贝，别的无他，就能收到这么多，太神奇了，太了不起了！然后，我又参加了为期两天的二十一期的幸福生活训练营，在这里我又被解除了一个魔咒，发现了五十年来一直不让我自在，不被我发现的一个魔咒——我一直在找一个权威，并且按自找的权威标准来说来做，没有真正地活出过自己，把本是主人的自己活成了仆人。那一刻，我有一种脱胎换骨的感觉。

后来，我又体验了健康方面的肝胆排毒。当五天后我看到自己身体里排出的那么多毒素，吓了一大跳，也喜了我一大阵。天哪！多亏进了"知行生活道"，要不然，这么多的毒素都一直待在我身体里，多危险；血管排毒十二天后，皮肤紧致、光滑、通透、亮白，体重减了4公斤，走路甚至呼吸都变得轻松。外在只是副产品，最关键的是我不但有了许多健康的理念，而且有了健康的生活习惯，健康不会困扰我，只会让我比同龄人更年轻更有活力。

我们分了组后，又多了组长和组员的陪伴，一个星期一次的共修，还有平日有个什么事，找个家人谈几句，话到事除，只剩下幸福了。说不完道不尽的幸福……

这里有线上线下的读书会等你加入，有七碗茶等你来品尝，有喜悦曼陀罗等你来体验，还有禅绕画、迷宫……想幸福的就来吧！都说陪伴是最长情的告白，那里有老师和家人在会员群里的陪伴，还有小组群里的族人陪伴，那该又是多长情多深情的告白呀！

没见时，只觉得他的声音不但耐听而且有疗愈作用；

初见之，给我的印象是清瘦、儒雅，让人很舒服；

再见后，才发现老师不但有品，而且那么多面，有才，有味。

随着一步步的交往，特别是听他的会员课，有时候就有这种感觉：老师怎么可以这么厉害呢？困扰我多年的问题，怎么他早早在几年前就有答案，答案怎么那么究竟，对此好像是轻车熟路呢？他是不是在上辈子都知道了？

越听越觉得老师不简单，好像神仙下凡间了呀！越用越觉得老师"仰之弥高，钻之弥坚"。多说一句：进入"知行生活道"大家庭一定得听好老师的课，才能用出老师的教导。

现在我听老师的课听得比较多了，发现老师做的就是在唤醒。今天从这个角度敲敲，明天从那个角度打打，多个角度的敲打，目的就是创造多种契机让大家醒来，活出生命的本自具足，活出生命的万种丰盈，活出真正自己本来的万千风情。越来越发现老师特别慈悲，或笑或闹，或敲或打，或大声疾呼，或小声叮嘱，都是爱，深入骨子里的爱，都是为了让我们深深地爱上自己，爱上这个世界。

我的日子也因此由原来的黑白两色为主变得开始色彩丰富起来，由原来的无滋无味变得开始有滋有味起来，由原来的单调古板变得开始生动有趣起来……总之是瞥见了幸福的滋味。

原以为最美的自己是如夏花绚烂，美在未来。目前的体验是最美的自己不是生如夏花，而是：

在当下的日子里体味生如夏花是幸福，体味秋叶静美也是幸福；

在当下的日子里体味波澜不惊是幸福，体味波澜起伏也是幸福。

总有人的岁月里，因为初见时的惊鸿一瞥而幸福了后半生的眼角。那个人就是"知行生活道"的家人们，那个人也将会是我——海云。书写致此，我泣不成声……

再一次深深地感恩我生命中最重要的恩师——行雲老师，他是我生命中的第一位，也是最后一位导师，将为我生命画上一个圆，让我将回到生命的起点。（作者：Why）

# 生命诚可贵，真相价更高

生命诚可贵，真相价更高，若为二者故，一切皆可抛——结缘"知行生活道"有感。

想起二十年前，我毅然决然踏上心灵与生命探索朝圣之旅，前往深圳拜访了几位心理治疗师，从此我的生命有了彻底不同的体验。二十年来，我寻寻觅觅，持续学习与探索，阅读了不少西方心灵导师的著作。尽管看得云里雾里，头脑不是很理解，但内在却有一种知晓，感觉到那些文字、声音都是在对我的内在说的。在那些日子，如果没有这些心灵导师的陪伴，没有这些真相的引领，我无法穿越灵魂的暗夜——父亲得绝症离去、大哥和小哥脑溢血倒下、我的免疫系统严重失调……感谢那些心灵导师的教导，支持我走过那段艰难的旅程。

同时，我的内心仍在呼唤：有没有一种更直达、更简单明了的教导，帮助我更快速地抵达真相的彼岸？有没有一个更有力、更立竿见影的工具，帮助我更彻底、更分明地锁定目标，聚焦当下，快速瓦解受限的模式，获得终极自由与解脱？

两年前，朋友分享了罗伯特·沙因·费尔德的畅销书《你值得过更好的生活》，我一口气读完，惊喜之余又非常抗拒，它彻底颠覆了我几十年来顽固的心智机器的固有模式。为了对这本书更清晰明了，我在"喜马拉雅"寻找解读者，终于发现行雲老师的解读更贴近真相，更充满一种无形的力量。于是我锁定他的播读，再顺藤摸瓜，找到了"行雲之声""扎根生活"，惊喜收获了他带领的"沙因读书会"的解读之精髓，也领略了他"金矿宝石"般的音频课程，欣喜之余我把链接发给远在美国求学的女儿，尽管开始她也像我一样对沙因教导感到迷惑和抗拒，但她对行雲老师的课程很有感觉，在她五年艰辛的博士学业生涯中，"行雲之声""扎根生活"的能量源源不断地注入她的生命，支持她走过每一个低迷而无助的日子。也是她把行雲老师的微信号推荐给了我，我加了老师的微信，很快得到回复，我按要求作了简介，把我的一个音频和一篇生命成长记录发给他。不管是当初我的福德还没有积攒到让老师关注，还是我的福报不薄，所以等到今天"知行生活道"走到了一个高度，而刚好让我接通了高能的管道，我都心存感恩。

如果说自我成长与探索如火车的速度，那么加入"知行生活道"，跟随老师的引领与高能量家人的携手共进，就如同火箭的速度了！在老师建立的场域里，每个人每一天都尽其所能奉献能量，激活能量，净化能量，滋养彼此。老师常常出其不意在能量池扔下炸弹，把我以往的固有模式彻底炸毁！加入"知行生活道"不到半个月，我浸泡在能量池里，沉浸在"沙因读书会"里，反复聆听老师的音频，挖掘老师深埋的宝藏，无限拓展自己的意识，拆除所有的边界，无畏勇猛地尝试、体验，活出了无限可能的全新的自己！

以下是我的体悟与收获：

1. 了悟真相，一切都是自己创造的，心外无物。老师的音频《从无明到光明》我听了几遍，醍醐灌顶，几天的觉知训练便放下了过去几十年沉重的历史记忆、剧情故事。三十岁时父亲因病离去，在我的记忆里，父亲是我心目中最平凡、最伟大、最无私、最坚韧、最纯良的男人，他和母亲历经艰难送我们读书，大哥以数学满分考上复旦大学，后来成为科学家。但父亲唯一的愿望就是去一趟上海看看他的孙儿，但这一简单的愿望都未能实现。他没能过上一天好日子，但他在生命奄奄一息时居然说这一辈子他已经非常满足。他离去前的两个月受尽折磨，痛苦不堪，但他从未大声呻吟。父亲的剧情成为我心头永久的痛！十年前小哥、大哥相继因脑溢血离去，我久久无法平复伤痛。母亲摔跤后，我照顾她导致我严重的肩周炎达一年之久，晚上疼得无法入睡，之后免疫功能严重失调，五年间查不出任何疾病，但我饱受口腔溃疡、关节疼痛无法走路、头部湿疹溃烂瘙痒之苦！我每天坐在沙发上默默忍受生命无法承受之苦，历经灵魂暗夜的煎熬，由于一直有心灵成长的能量支撑，才不至于崩溃倒下。但这些历史的沉淀、细胞的记忆却如影随形，如背景音乐时隐时现，时不时来折磨我，每隔一段时间都会有一次梦魇，醒来浑身无力，如掉入黑洞……但如今再无噩梦，心静神宁！原来我经常在亭子边散步，绿树成荫，却有一些阴森让我无法全然享受宁静。当我领悟了老师的音频精髓，了悟在我之外别无他物也别无他人，妖魔鬼怪都是我，天神菩萨也是我，我还怕谁呢？终于放下了所有关于预测、风水、因果律、二元对立……

2. 更确定、笃定、锚定在沙因老师的教导里，耐心、持续、精进做功课，及时回应老师的洞见，共振"知行生活道"的能量。过去对流程功课不是很重视，有强烈的不适感才做流程，做的过程中往往虎头蛇尾，现在一有不适马上做流程，灵活运用赞赏与感谢、迷你流程、改变话术、让话语充满力量四个工具，深入内在空间体验与感受情绪能量，让真相病毒自然植入，等待故事与纯原体验的分离。

3. 反复聆听老师的音频，理解、消化、践行，"一事一觉"，多事多觉，当下顿悟，当下觉醒，当下转化，当下收回能量，当下享受创造的奇迹。

4. 全息图开始改变。亲密关系和谐，过去评判先生迷恋手机、焦虑、冲突、防卫、攻击、怨气，如今全部消融。看到先生的一切举动开始波澜不惊，他也开始变得柔软、不再沉迷手机，我们一起喝下午茶，到大自然游山玩水……亲子关系更加敞开，心有灵犀、彼此滋养。几乎每一天我都会给女儿一个音频，一起探索生命，了悟真相，让她在生活与学业中真正地活出来。我们不仅是母女，更能成为朋友、知己和道友；能彼此敞开心扉，进行畅通无阻的交流与互动；能共享愉悦、至乐、幸福、圆满、默契、成功、洞见与感悟；也能包容和理解彼此的脆弱、无助、失落、痛苦、迷茫、挫败、恐惧与冲突……

女儿在博士毕业论文答辩中表现非常出色。她的教授一向严肃而严谨，对学术精益求精，但在那一天，他给予女儿很高的评价，他说女儿从开始入学到现在，不是一般的进步，简直就是蜕变！他说女儿俨然就是一个学者的思维、学者的功力与风范。女儿圆满完成学业，从在领域内顶级的核心刊物发表论文，到出色而震撼的论文答辩，从面对近百所高校老师的线上演讲，到常春藤大学的聘用，创造了一个又一个令人惊叹的奇迹！她对学业的酷爱、痴迷、认真、专注、心无旁骛、辛勤耕耘的态度，她志向远大、目标明确、意志坚定，孜孜不倦的科研精神，让身为母亲的我深感骄傲与赞赏！她一直持续在心灵上自我成长，与我一起携手探讨学习、精进实修，穿越了一个个障碍，获得了强大的心灵能量。她说在关键时刻，行雲老师的音频给了她莫大的能量加持，让她在面对权威、创造性表达自己时有了笃定、无拘无束、淋漓尽致地自然绽放！让她在一整天十个小时的复试进入最后一轮已经江郎才尽、能量枯竭时，终于柳暗花明，逆转乾坤！当她闭上眼睛回归内在时，瞬间连接到无限的存有，释放出本然状态下的巨大潜能！这仅仅是我结缘"知行生活道"一些精彩的片段。

托利说，世界的意义不在于世界之中，而在于超越世界。当我收回足够多的能量时，就能帮助每一个有缘人从幻相中醒来，活出喜悦、祥和、爱、自由、丰盛、智慧、感恩、活力、圆满、慈悲、和谐人生！

生命诚可贵，真相价更高，若为二者故，一切皆可抛！（作者：醒觉明心）

# 要做，就做一个幸福的"轰炸机"

在开始我的故事之前，我首先要感恩我的先生，感谢他的本色出演，正因为他演得极好，才有我们家里翻天覆地的转变，真的是发自内心地感恩！

在结婚到现在 16 年的时光里，我们经历的事情历历在目。刚结婚半年，先生被确诊为强直性脊柱炎，这就像一个晴天霹雳，重重地把我先生打倒了。这是被医生判定为"不可逆，不可能治愈"的疾病。我不知道他在那段时间经历了多少的痛苦——无论是身体上的，还是心灵上的。

后来的几年里，我们也一直郁郁不得志，找不到合适的工作，两个人关系一直处于剑拔弩张的状态，我也被气到想要逃离这个家。婆婆总是劝我不要哭，尤其是不要当着孩子的面哭，说他就是这样的性格。其实我是很不愿意接受这样的劝法：我已经这么难受了，还要叫我压抑？还要叫我懂事？他这样的性格我就活该受着？但是为了这个家，我选择了隐忍。

几年后，先生开始自己创业，经常忙到下半夜才回家，跟客户吃饭也经常喝到醉酒，每天开车回家的路上都在打瞌睡。我知道他为了这个家付出了很多很多的努力，所以我也自然地多去心疼他，顺着他，不惹他生气。尤其是我怀了二胎之后，更是把自己退居成了家庭主妇。

但是不知道为什么，我总能轻易地把他的火苗点燃，有一次还把他气得送去医院急救了。这些真把我搞得筋疲力尽。

因为忙孩子，或者自己也没心思去整理，我也一直被指责啥啥干不好，忙了一天回到家里，先生看到家里乱糟糟的，就想骂我。但是他又不能太火爆，又憋着，都憋出内伤来了。别说有段时间他不想回家里，连我都不敢看见他。

另外有件事情我总也搞不明白，我在朋友面前都是很有活力的人，为什么一到先生面前就一句话也说不好了？我每说一句话都能让他评判挑刺，以至于后来只要他在，我就不敢说话了。

事情的转机发生在 2021 年 9 月，我家大宝贝发生了不敢去上学的情况。其实这个问题的背后是大宝贝在拯救我们的家，这个点我是到 2023 年才看到的。

2021 年最后的几个月，我们家都笼罩在黑暗里，不知道如何面对，不知道如何解决。软的硬的，该用的都用了，也把大宝贝逼得离我们越来越远了。而我的先生已经到了看到大宝贝，腿就麻到不能站立的地步，更不用说跟大宝贝互动了。我的小宝贝，那一段时间，只要一进家门，整个人都软瘫在地上，没劲。我想我一定要挺住，不然这个家就完蛋了。

终于在 2021 年底，佛法走进了我的心里，让我看到了希望的曙光。学习了半年，我的确学到了一些智慧人生的佛法，应用到生活中也有一点作用。我知道了世事无常，我们要学会接纳。知道了因缘因果，我们要多去培植福田。也知道了无我，但仅仅是字面上的意思。我知道佛法一定是很好的，但是真的太佛系了，我可是有实际问题要解决的呀！这么慢悠悠地一课一课要上八年，我真的等不起啊！而且学着学着我先生感觉我都要出家了！

就在我不知道该怎么办的时候，2022 年 4 月，作为茶艺老师的笔笔，轻描淡写地推送给我"分享奇迹分享爱"的公众号，说有需要就看看。我一看这里面的文章，真是篇篇精辟，篇篇深得我心啊！然后我在笔笔的带领下，一步一步走进了程老师的茶会，一步一步地走进了沙因读书会，在没有说服大宝贝的情况下，带着小宝参加了亲子训练营，心底的力量慢慢大了起来。

我特别希求能有机会参加程老师两天的幸福生活训练营。心有善念，上天也会眷顾，到我想要参加的第十二期的时候，本来四天的活动竟然改版成了两天，真的感觉一切都是为我而来的。我知道我准备好了。但是我的先生并没有打算让我出去两天，因为我要照顾他们三个人，我出去了这不是要反天了吗？最主要的是我先生根本不同意我出去东学西学，他认为我是一个容易上当受骗的人。

阻力有多大，决心就有多大！那天我毅然决然，踏上了两天学习的行程。玉峰来接我，我还没上车，我先生就把我拉黑了，并且让我不要回来了。坐上玉峰的车，我的泪水模糊了双眼。我心里真的很难受很难受，为什么我为了这个家，我做了那多的努力，经常被冷暴力，却从来没有被肯定过，更不用说被允许过？

我一定要勇敢地做一次努力，做一回自己！而且我是为了我们的这个家呀！

真的特别感谢2022年9月17日早晨那个勇敢的自己！那两天，我释放掉了身上的重负，把僵硬的身体松了下来。回家的第二天早晨，先生竟然抱着我，对我说："对不起！"这是结婚后他第一次对我说对不起，而且说得这么认真！我又忍不住哭了。我知道，我们的生活状态将会不一样了。

从此开始，我每天早上起床都面对镜子，嘴角上扬，把自己从心里打开，每天认真地去做功课，去爱每一个人。

渐渐地，从来不做家务的先生也做起来了家务，与小宝的沟通方式也在慢慢发生改变；渐渐地，小宝也活跃起来了，家里有了欢声笑语；渐渐地，大宝从不能交流到可以快乐地聊天，也会跟着我出去旅游了。

我从更深的层次看到了"躺平"的意义所在。真的特别感谢我了不起的大宝，她是这么勇敢地做自己，指引我去努力改变自己，做自己，爱自己，然后慢慢地再去温暖身边的每一个人，真的太赞了！她完全改变了我们整个家庭，甚至改变整个家族！现在的我，每天轻松自在，温暖自己，温暖身边的人，身体越来越棒，脸色越来越好，真的是有种逆龄生长的感觉呢！

我的先生到今天也还是不赞成我去程老师那里学习，大宝贝到今天也还是整天捧着平板度日。但是这有什么呢？这也只是他们的本色出演而已。只要我安了，我的世界就安了。谁规定了这是错误的？谁规定了是不能这样的？谁又能知道明天会是怎么样的呢？只要过好当下的每一刻，那将来的每一刻不就是美好的吗？

　　最后，我想再一次呼吁你们来到程老师创建的"知行生活道"，这里真的是非常特别，这里有一群特别有爱的家人，我们相互陪伴，用生命陪伴生命，用生命点亮生命！

　　如果在你事业、关系和家庭方面有困惑，最重要的是你在个人生命成长上遇到任何问题，都可以来这里，你一定会有不一样的收获！（作者：萝卜）

# 你若闪耀，无人阻挡

2019 年是我人生轨迹中最为挑战的一年，婚姻、工作、债务等等一系列问题压得我快喘不过来气了。我收到了法庭的通知，5 月 19 日开庭，进行我婚姻的第三次法庭辩论，早已积压在内心的恐惧、害怕、担忧到达了极点，我不知道该如何面对，不是不敢面对，而是根本不知道如何面对。

正当我内心深处的这份痛苦与无助无处安放时，行雲老师说要组织一个 108 天穿越之旅的活动，只要跟着认真做，就有可能达到自己想要的目标。它就像我人生的最后一根救命稻草，我毫不犹豫地加入这个群，我必须牢牢抓住它。

在这段日子里，我很认真地在群里打卡、互动，做出了很多之前没有做的事情。我啥也不想，就想赚钱，因为这是唯一可以改变命运的机会。我想改变自己，改变自己当时的生活状态、工作环境和财务状况。

真的很神奇，当你的心里简单到只有这个简单的想法时，接下来的事情就变得简单了。我把之前的工作辞掉了，同事们都不敢相信我会辞掉这份工作。因为当时我在家具行业业绩一直排在前三，这是很多同事梦寐以求都很难做到的成绩，但是它没办法给到我财务上的支持。

我从家具行业换到房地产销售行业。一切从头开始，没有什么可以借用的关系和资源，这对我来说，是一场极具挑战性的跨越。我就想着都是销售，其他的什么都不重要。我最看中的是它的提成高，卖一套房子，就可以抵我在家具行业干四五个月的工资。

当我进入 108 天穿越之旅，作出了这个自己从来没有做过的挑战、人生的决定时，是老师和群里的家人给到我支持与力量，让我勇敢去挑战。其实人生真的很简单，只要你认真做好每一件事情，你真的可以轻而易举地得到你想要的。

其实我对房地产一点都不了解，也看不明白，但是我这个人最大的特点就是愿意听话简单照做。老板说让我发朋友圈我就发朋友圈，让我怎么获客我就怎么获客。好在老天真的很眷顾我，当我上班不到 20 天时，朋友圈就出来了一个客户，居然还成交了，无疑在我的房地产业打开了新的篇章，同时给了我非常大的信心。

老师每天带着我们一起往前走，给到我内心强大的支撑，也让我在这一年里财富收获满满，在最可观的时候，一个月收入达到了 10 万元，这是我从来没有想到过的，我也可以月入 10 万元。那段时间的我几乎每个月都是销冠，同事们都说春姐卖房就像卖大白菜一样。

那一年我拖了近 10 年的婚姻也有了结果，感谢上天真的给我的人生打开了一个新的篇章，也感谢老师和所有家人的陪伴与支持。

2019 年 9 月，老师说回到宁波扎根生活，支持有缘有愿的人一起携手同行，我毫不犹豫地选择跟随。那时候老师在外求学，在线上都跟着，老师回来毫无疑问当然更要跟紧。就这样接下来又有了一系列的发生。2020 年疫情到来，这好像是冥冥之中注定的缘分，这场疫情是为我们而来。因为疫情监控，我们只能少数人聚会，每天就是我们几个人去老师家喝茶吃饭。说实话一开始喝茶我还真的没什么感觉，就是喝茶。倒是优琴、秀秀，她们不是哭就是笑，我想这是什么情况，我怎么什么感觉都没有。好在我没有放弃，一直坚持。直到有一天喝茶时，我忽然泪流满面、泣不成声，我知道那一刻我的生命之光打开了，我愿意敞开自己去接受外在，接受外在给予的力量，慢慢地我走上了探索生命真相的旅程。

有一次我们年会搞活动，那天我状态还不是特别好，因为前几天刚结束了幸福训练营，自己的身体还是有点疲惫。我就一直坐在台下听着大家的分享，也静静地去感受自己的身体，同时也享受这个过程。

当老师在台上分享时，我忘记了老师说到了是哪一个点，我听得泪流满面，感受到了老师的那份慈悲和爱。原本想就安静地待在那里，我忍不住了，立刻给大伟发信息说，我想唱首歌——《恰似你的温柔》送给老师。

　　其实那天我戴着一头大波浪卷发，是精心打扮过的。站在舞台上，我真的不知道接下来会发生什么，但我知道我要随心所欲，依心而动了，那一刻我感受到了老师所说的，要做就做独一无二的自己，做闪闪发光的自己！

　　当我站上那个舞台时，我已经不在乎任何人的眼光，也不管我唱歌是否走调，我就是我独一无二的我，我就是一个明星。我把在场所有人都调动起来了，整个活动现场达到了高潮，大家都跟着嗨了起来。

　　真的不是你优秀了，你才做得好；是你做好了，你就优秀。整个世界都是你的，你是独一无二的，你是闪闪发光的，做自己，你就一定闪闪发光，就会闪耀出你最独特的光芒！（作者：椿椿）

# 领悟生命的全部

今天是 2023 年 9 月 14 日，走进"知行生活道"，转眼已进入第三个年头了，2 年零 4 个月了。当初为了解决心理健康问题，靠近老师，走进"知行生活道"。回想这两年多和老师、"知行生活道"一起走过的日子，此刻感到无比地满足和幸福，因为不仅解决了自己的心理健康问题，所有的健康问题都得到了解决，找到了答案，另外对人生、对生命有了全新的认知，对自己的未来，生命旅程都有了清晰的方向，应该说是走在正确的"道"上，幸福地往前走着。

回想起三年前的自己，也就是 2020 年疫情的第一年，人生走到了谷底，身体肥胖 180 来斤，精神压抑，被医院判定为精神焦虑症指标高，每天精神萎靡，紧张、害怕、恐惧、担心、迷茫就是每天的旋律，像鬼一样缠绕自己，无法挣脱。婚姻也出现问题，以失败收场，财务出现负债，工作还有压力。无法形容当时的心境，感觉人间地狱一般，生活是黑暗的，看不见光明。也尝试了很多方法，请假出去旅游啊，各种营养方式的践行，都没有办法摆脱负面情绪的困扰，只能说是简单地"活着"，还能喘气。

当时唯一的信念就是没有完全放弃自己，到处寻找答案当中。于是看到老师的群，扎根生活践行群，因为 10 年前和老师有过接触，但是随着工作离开宁波后，渐渐断了联系，2019 年老师学完归来后建群，我被拉进了群。当时并没有重视这个群，到了第二年自己出现了状况，在没有任何办法的情况，想起来老师，想起了这个群，看了一些信息，似乎感觉对我有帮助，于是再次和老师接触，主动联系老师。在 2020 年端午节去宁波见了老师，由于好几年没有见面，老师差点没有认出我来，哭哭，好尴尬。刚好老师端午节在家举办一个聚会，带领 108 天穿越之旅的家人线下聚会活动。我也意外闯进去了，线下的家人都好热情，生命洋溢，侃侃而谈，我好像插不上嘴，完全理解不了。老师说提升能量，说越给越有能量，一脸困惑，自己缺的就是能量，自己都没有，还怎么给，一脸懵呀。

就这样端午节和他们待几天，也喝了七碗茶，感受叫不好不坏，就是不懂，感觉这里氛围环境不错，没有太多负面的东西，但是自己还是陷在自己的问题里。活动结束回杭州后，老师也给了一些资料，自己也没有耐心看、认真看，依然活在以前状态里，不过心里好像有了一个概念。记得老师说过一句话，摆脱负面情绪，最好的就是进入一个好的能量场，心里被种了一些意识种子，并开始对老师的这个场有了关注。

直到 2021 年 3 月，参加了一次线下 1314 活动，5 月的"五一"活动后，老师正式成立"知行生活道"，我毫不犹豫地加入了，开始了身心灵的学习之旅。虽然很多东西我听不懂，但是身体很智慧，每次去老师家，都很舒服，安心，身体也慢慢有所改变，能量也开始提升，营养的补充调理开始比之前有提升；于是下定决心多靠近老师，只要有时间不管什么活动都参加。

就这样 2021—2022 年，差不多每个周末都会到杭州或宁波，参加了十几期的幸福营和记不清的茶会、读书会等其他活动，整整泡了接近两年，直到 2022 年下半年才真正听懂老师在讲什么，才看懂老师推荐的沙因老师《你值得过更好生活》和《快乐终极指南》这几本书，才明白生命的真相，开始上了生命成长之路。

在"知行生活道"的两年，具体有哪些收获、改变呢？

**1. 健康方面**

之前的焦虑情绪得到极大的改善，体重从 180 斤减至 150 多斤，从油腻大叔到中年男人的蜕变，精力和体能都得到很大改善。在健康方面又深入学习整体自然医学，从物质身体到灵魂，对健康有了不一样的认知，更全面更深入，灵性的健康可以指导物质身体，物质身体的健康可以滋养灵性，相辅相成，缺一不可，从此走进了一个更深的领域。也在老师的指点下，开始分享健康，顺便成长为一名健康管理师，顺便也帮助了"知行生活道"很多家人朋友获得健康支持，开始体验健康的改变，生活开始变好，帮助他人的同时，自己也被滋养，获得了能量，回到第一次老师说的越给越有能量，哈哈，价值感、信心都开始提升。

## 2. 关系方面

现在的工作同事关系、和父母的关系以及和朋友关系，都有了很大的改善，一直坚持使用老师教导的工具，从事退到人，再退到心，能快速看到最本质，并能回到自己内在，再去处理发生的事件，都能做出正确的选择，知道该怎么去处理事情，不再被这些剧情绑定，有了很深的觉知力。尽管偶尔有被情绪带走，但是回来的速度快了很多，有了清晰的方向，走在正确的道上。

## 3. 生命成长方面

从听不懂灵性语言，对很多未知的认知有很强的评判，通过老师带我们学习沙因教导，慢慢搞清楚了生命的真相，所有发生的周围一切人、事、物都是我们的潜意识创造的，由不相信到怀疑，再到相信，再到深信的路上，直接从隐形一层到隐形四层的终极跨越认知，打掉了自己的很多限制，负面的恐惧担心等减少了很多，也学会了我们的"法宝"工具，如"倚天剑""屠龙刀"等工具，目光开始不再向外投射，回到内在做功课，在剧情里尽情玩耍，放下一切期待，去体验生命的旅程。

真棒，人生充满了希望，有了清晰的目标，幸福地去体验探索，追逐美好的体验，跨越一道道自己的枷锁，从无明走向光明，现在就是要在剧情中历练自己，成长突破指日可待，无限可能，相信自己一定可以战胜自己，绽放独一无二的光芒！

谢谢老师，谢谢"知行生活道"，给了我一个全新的世界，给了我生命的全部！走在幸福的道路上，耶！（作者：劲松）

# 意义非凡的改变

2023 年对于我个人来说，是意义非凡的一年。

为什么这么说呢？2023 年，事业方面，国际环境以及各方面的经验问题，让我第一次对自己所处的行业，陷入一个深深的怀疑和摇摆的状态中，非常地自我怀疑，很多次是非常想要放弃的，好想休息，好想换个生活方式，觉得这样挣扎，行尸走肉一样地在工作。

也是因为时间空出来的原因，想着搞搞孩子吧，孩子 12 岁了，从小到大，基本也没怎么管过，用我妈妈的话说，你儿子只是借由你的肚子来到这个世界，生活和学习成长方面基本没怎么上心过，偶尔想起来管的时候，就管两下，用我先生的话说，诈尸式的管教，想起来就管两下，想不起来就爱咋咋地。所以最后的呈现就是，儿子跟我情绪上的对抗，我说东，他向西，我用我认为的学习方法来指导他，他说一点都听不进去，常常两人陷入争吵中，先生也受我的影响，两个人动不动就对孩子发脾气。最严重的一次，老公直接说是要拿皮带抽儿子了。

孩子也变得沉默了，去学校接他放学的时候，他两只眼睛都是空洞的，一点神都没有，上车总是坐在后排，不愿意坐副驾驶，也不愿跟我多说一句话。加上学校老师三天两头地在群里点我名，每被点名一次，我的情绪就会加重一次，一次次的点名，一次次让我陷入情绪的旋涡，陷入自责，愧疚，仿佛所有的错都是我一个人造成的。

那个阶段的自己，没有任何的能量，跟老公也是经常对抗，跟客户沟通，公司团队沟通更是别提了，一直处于心力交瘁的状态中。9 月底的时候，当时我内心一直有个声音，你要出去了，你要改变了。也正是因为内心深处的这个声音的呼唤，我开始去参加线下妈妈沙龙会，通过线下沙龙，结识了笔笔。笔笔非常热情，也非常有洞察力，一眼就看出了我内心的模式，当时她帮我拍了一张照片，她鼓励我要多笑，不要皱眉头，她说你都不知道你笑起来有多好看。是啊，我是怎么了，竟然把日子过成这个样子了，不会笑了，我是多久没有从内心深处笑了？

大概是 11 月初的时候，第一次参加了茶会，跟随着一杯一杯的茶，慢慢深入，慢慢打开自己，跟随着指引做了内在空间冥想，随着钵的声音，看到宇宙的浩瀚与星球，那个画面和体验是我从未经历的，太美妙了，至今难忘。

也是在那个时候，我开始了解到，不仅有茶会，还有线下读书会，不知道是有什么样的魔力，茶会和读书会非常吸引我，从一开始的试探，到后来一次次地全身心地临在和投入，身体变得越来越放松。之前一直都有脊椎方面的问题，在医院做过针灸、电疗，在养生馆做过各种推拿，一直都没有解决，反而通过线下的几次喝茶，身体开始悄然变得放松和柔软，脊椎的问题也没什么疼痛再出现了，还有最重要的一点是，通过一杯一杯的热茶，让我学会了耐心以及关注当下。

以往的模式，我是一直灵魂在前面，身体在后面。砍柴的时候想着挑水，挑水的时候想着砍柴，凡事追求结果和效率，很少能够做到安住当下。

通过读书会，接触了沙因老师的书籍，意识和认知一次次地提升和扩展，观察着每个活灵活现的生命绽放着、分享着真实的故事，彼此支持与温暖，每一段话，加上每个鲜活生命的理解与输出，赋予了文字新的生活力与灵魂，这也是线下的场魅力所在。

之前也下载过樊登读书会，也缴费听了课，但是只是听过了，从没有转化为内在，输出，以及践行到自己的生活点滴中。纸上得来终觉浅，至今还记得第一次参加读书会，刚好那天读到，表达赞赏与感谢，想着一定要用起来，先拿儿子做试验。

当天接儿子放学的途中，主动跟孩子交流。先是关心孩子累不累，各种花式夸孩子，儿子感受到我的变化，也开始跟我聊起来，我就跟儿子深入地聊了一下："最近爸爸和妈妈对你的方式比较严格，但是呢，爸爸有好的那一面，也有不好的那一面，你看你每次非得打开爸爸不好的那一面，钥匙就在你手中。"儿子看了看我，对着我说了一句："爸爸作为一个成年人，难道自己的情绪都不能控制好吗？钥匙从来不在我手中，在你们自己手中。"

第一次认真聆听儿子，也正是因为这句话，让我意识到，钥匙从来都是在自己手中，搞定外在的一切，首先前提是必须先安定好自己，你定了，你的世界就定了。

后来我开始沉下心来，学习并且落实到生活的点滴，从亲子关系的圆满，到与先生的沟通，夫妻关系也越来越融洽。

第一次参加完幸福训练营，回到家后，我就把自己学到的内化，然后开始给婆婆做心理疏导，转换语言模式，一个小时的心与心的交流，帮婆婆疏导了一些她的原生家庭以及我公公曾经给她带来的伤害，并在这场交流中，我第一次从心底深处叫了她一声妈妈，也正是这一声妈妈，我们的关系得到非常大的圆满，世纪难题——婆媳问题都被我攻破了，还有什么样的关系是我不能面对的呢？

一通百通，我开始转变自己的语言模式，思考问题的方式，开始积极地与客户联系，与团队小伙伴们沟通，改变传统的会议模式，将自己学到的一些，通过自己的语言方式输出，鼓励和支持团队的每个小伙伴。每一次与客户的沟通，真诚地表达赞赏与感谢，不被带走，守住自己的中心，无论多么胡搅蛮缠，我依旧保持我的情绪与频率，慢慢地客户会主动来找我下单，也很少在价格层面再过多的纠缠，反而订单的形成会越来越容易和越来越轻松。客户还是原来的客户，转了一个念，换了一种心境，境随心变，公司的氛围以及业务开始好转起来。现在的我，每天都是能量满满，用公司小伙伴们的话说，周总现在跟个太阳似的，走哪照耀到哪！

很感恩老师以及"知行生活道"的每个家人们，也很幸运，自己感恩节那天做出的决定，开始重新认真思考生命的意义，自己生命的蓝图和生命愿景，让自己每分每秒处于创造中，而不是消耗中。这真的是一个频率的世界，当自己的频率调整到位，一切都会跟着自己念头，心想事成。知中行，行中知，扎根生活，活出真正的自己。（作者：英英）

# 从鸡飞狗跳到幸福生活

我是笔笔，是一名茶艺老师。

在过去 30 多年人生中，我特别想不明白，为什么我的人生会这么失败？人生没有方向、没有目标，找不到热爱，特立独行。表面上看过去挺乐观的样子，实际上内心无力、纠结、无助、不知道怎么办。埋怨父母，觉得原生家庭对我的影响太大，一说话就控制不住情绪，家庭关系已经到达冰点。跟老公结婚刚好到了所谓的七年之痒，每天无法交流，无数次想要离婚，以为离婚就能解决问题。女儿正好读一年级，班主任每天来告状这个不好，那个不好，全家人把矛头都指向我。孩子书没读好是我这个妈妈的不对，孩子生病也怪我没有照顾好，跟老公吵架还是因为我这个妻子脾气大。可谓干啥啥不行。我无助、委屈、焦虑得不行，一句话瞬间就能点燃我的暴脾气，夜深人静的时候，甚至想过一了百了。

两年前，为了寻找出路，我到处参加读书会，几乎宁波各种读书会都参加过。正当我陷入绝境的时候，看到了二师兄的朋友圈，当时也是本着看客的心态去参加了沙因读书会，感觉这个读书会跟其他读书会完全不一样，来参加的人也完全不一样，特别是那个程老师。更奇怪的是让我分享感悟的时候，向我发出了灵魂三问：我是谁？我为什么活着？我的人生意义是什么？

后来得知程老师还有茶会，心想我不是茶艺师吗？我得去看看，不看不知道，一看吓一跳，这个茶会跟我以前接触的茶会完全不一样。之前都是注重外在的形式，这次静心能量茶会直达我的心里。当茶歌一响起，我的眼泪居然情不自禁地流了下来。后来就一发不可收拾了，只要"知行生活道"有活动，我都参加。虽然我不知道他们在干什么，当时内心的声音特别清晰，我要紧紧跟随。于是参加了第一次的幸福生活训练营，让我体会了一把幸福生活是什么样子的，也顺势加入了"知行生活道"这个大家庭。

在这两年当中，我学会了无论发生什么事情，都先回到自己的内在。学会了释放情绪，收回力量，守住中心。奇怪的是家里的鸡飞狗跳变成了父慈子孝。跟老公回到了比谈恋爱还要甜蜜的状态，女儿从焦躁不安到乖巧听话。不仅改善了关系，全家的身体健康都得到了很大的改善，我从体检报告的 20 多项指标不合格到现在只有几项不合格，而且女儿从来没有打过针，挂过水。我的妈妈看到了我的变化，她居然也加入了"知行生活道"，从那以后两股能量的注入使得整个家庭的氛围发生了翻天覆地的变化。我妈妈最经典的一句话——妈妈变成女儿，女儿变成了妈妈。在物质层面妈妈生了女儿，在精神层面女儿成为妈妈。要不是有"知行生活道"，我妈妈怎么可能说得出这样的话。

感谢程老师，感谢"知行生活道"，让我重新学习做人，让我成为了一个有血有肉、有情有义、能哭能笑、会撒泼、会撒娇的人。人生有了极其丰富的体验，感恩之心油然而生，特别希望把这样美好的生活方式分享给大家。

2024 年让我们成就我们！（作者：笔笔）

# 我的人生从此不一样

我是戴戴，一个平凡得不能再平凡的人，同时又是一个不甘平凡的人。

因为不甘，就一直折腾（其实这是 TCE 在指引我），最终导致全面失控，身体完全垮了，气血两虚，走到哪里都随便坐下，身体根本支撑不了；精神上焦虑，好几年晚上根本不睡觉，只能看着电视，迷迷糊糊地睡一下，身体也越来越差；财务上也出现问题，亏空，最终成为黑户。

这一系列的发生，是灵魂在指引了，用这种方式在敲打我，让我醒来。于是我在"喜马拉雅"上找音频，在一次非常偶然的机会下，我听到一个不一样的声音，那是程教授在解析《当下的力量》这本书的一个小段落。一听到，我立马接收到了，这个人和别人不一样，马上就怀着忐忑的心情加教授微信，教授居然同意了，这样和教授的缘就链接上了。

2021 年教授的第一次线下活动我去了，那次是第一次和教授见面，活动在一个民宿里举办，我到了民宿门口，看见从里面走来一个帅气的人，我第一反应这应该就是教授，见到教授就像孩子见到家长，眼泪不由自主地往下滑，但又觉得这样不好，努力克制住。

教授立马安慰我，和我聊天。教授太智慧了，那一刻我需要的就是有个人听我说，因为我觉得我有天大的委屈急需表达，那时候前胸像有块大石头似的压着喘不过气来，后背呼吸都疼，活着不知道路怎么走，又不甘心。

这次活动让我看见其他家人的绽放，热情，我就特别卑微，尽可能装着，自己觉得装得挺好的，教授其实一眼就看穿了。那一次的活动畅快淋漓地哭了好久好久，也感受到家人们的关爱。在教授的细心呵护下，让我感觉到被爱，被允许、被支撑。

从加入"知行生活道"到现在，我一直受到教授和珈宁小姐姐及家人们的关爱，陪伴，也是从遇到教授并加入"知行生活道"开始，我的人生看到了希望，有了方向。

在这几年里，我从一个完全不知道什么是能量到现在我也学会感知身体了。

记得刚刚开始，我特别好奇能量这东西怎么感知，一头雾水。在跟随教授一段时间后，有一次和教授聊天（教授特别耐心），说起一个小姐妹遇到工作上的事情，不同的人不同的情况，在说的过程中，忽然就产生了不一样的感觉，问教授这就是不一样的能量吧？教授就是这样细心地教，落地地教，所以有时候称教授是教练，教了还教练。就这样一次次，从生活中每一个细小的事件中学。通过线下活动，通过线上读书会，通过早晨喜悦曼陀罗训练，在"知行生活道"这个大咸菜缸里，一颗白菜泡久了也会变成酸菜。

现在的我完全不一样了，现在的我知道一切都是为了唤醒我，没有人针对我，我也不是受害者，只是我的灵魂要体验这种跌宕起伏的人生而设置的，灵魂知道我能承受多少，我是无限，我是丰盛，我是自由，我可以创造我想体验的一切，同时我也在体验我的创造。

感恩教授，因为遇见，我的人生从此不一样。

感恩珈宁小姐姐，因为你的大爱，让我看见了美好。

感恩优琴，在爸爸病重期间给予我无限的支持，你的声音让我疗愈。

感恩椿椿，你那温暖的拥抱让我备受滋养。

还有其他家人给予我的关爱，让我这个迷茫的灵魂找到回家的路，非常非常感恩。（作者：戴戴）

# 自由表达我的心声

不知道为什么今天会有这样一种想要表达的意愿度，这个意愿度是今天听了老师的一个茶会的分享音频，主题是"听从内心的声音"，我觉得这个音频里面涉及宇宙的秘密真的太多太多了，只要我们用心地去听，就能够收到。

听第一遍的时候不忍心加速听，我就放的 1.0 倍，1.0 倍我听了两遍，然后又用 1.5 倍听了一遍，我一直在哭，不知道为什么哭，就是心收到了才会哭的。

老师音频里举了个例子：我们成长就不会因为开车时后面有人按喇叭而造成伤害人的事件发生。那我就在想，我接触到了老师，我进入"知行生活道"后，我到底收获了哪些呢？

就在那一瞬间，我有了想总结加入"知行生活道"的收获和改变的冲动。

今天也非常感恩阿米跟我的一个对话，如果没有阿米的推动，可能今天这个瞬间的感觉就让它飘过了，不会让自己当下有这样一份能量的流动。我一直都没有写"一事一觉"，但当我今天做这份表达的时候，我的眼睛里一直在流泪，所以我此时非常能够理解，为什么老师跟我说了好多次，丹丹也跟我说了好多次，那今天我一定要去写"一事一觉"，果然把这份能量流动出来。写的时候和头脑里想的时候，流动出来的能量是不一样的。我相信这份哭，这份眼泪的流出，既是一份感恩，同时也是内在消融掉了很多东西，也让我在这份流动表达当中，更加看清楚了很多的东西，更加确定锚定了很多东西。

那我加入"知行生活道"后到底自己有哪些改变呢？

## 1. 我变成了一个情绪很稳定的人

过去自己是一个情绪非常不自控的一个人，脾气从哪来，为何发脾气，自己都搞不清楚，我就是随时爆发的活火山。发脾气的时候又会诅咒别人，想着怎么样给他车子扎胎给他放气，然后又会背后说一些恶毒的话。

现在老师教会了我如何去处理自己的情绪，如何去把这股情绪能量流经出去，不再把矛头指向对方，也不再用恶毒的言语去诅咒别人，最重要的是学会了收回力量。

有情绪时，我会去往下挖，到底我的底层有哪一个没有被消融的点，引起了这份情绪，那么在收回力量的过程当中，就把这些一连串的受限的点都把它从身体当中清理出去。

现在看到自己这一点的变化时，我此时已经泪流满面，我觉得就这一点收获，足以够我感恩我进入"知行生活道"的。因为如果我还是过往的那个不受控的人，总是爱生气爱发脾气的周杰，我相信，我还会再得大病的，以前为什么自己肺部做了手术，不就是因为生了那么多的闷气导致的嘛！学会处理情绪是在救我的命啊！这里让我远离疾病、肿瘤、结节、囊肿等由情绪淤积引起的疾病。

如果我不学会处理自己的情绪，我相信我的皮肤也不会像现在这样好，今天中午在食堂吃饭，有一个同事说，哇，这个背影是哪一位新来的女同事啊？他们以为是刚毕业的大学生。还有这次我出去学习，车子里有 6 位同学。她们都在交流家里孩子的情况，他们的孩子都在上小学，然后他们就随口问我，周杰老师，你家里孩子上几年级了，我说我家孩子上高二了，她们都非常惊讶，啊！你家孩子上高二了，你不是应该跟我们年龄差不多吗？

为什么我现在皮肤这么好，而以前的皮肤脸上都是斑，看着也很老，就是因为我加入"知行生活道"之后，我懂得了如何去释放自己的情绪，我把内在淤积的很多的情绪都释放出去了，然后我的身体越来越通透了，我的身体的感知力也比以前不知道强了多少倍。我都觉得我自己好爱好爱自己，我觉得现在的我就是最美丽的，现在的我比 20 岁的时候的我更加年轻、更加漂亮，因为过去 20 岁的我是一个很紧张的状态，而现在的我才是我最想要的一种状态。我相信随着持续地在"知行生活道"这个大的能量场泡着，跟随老师，接下来的每一天都比我过去的每一天会更加的幸福，会更加的变好，更加美丽，更加柔软……

加入"知行生活道"后我学到的东西实在太多了，不仅知道如何去流经掉自己的愤怒、伤心、不自信，焦虑……看到自己的很多受限模式和我以为的以为……也知道如何从这些当中去收回自己的力量。

**2. 我感受到了赚钱的宇宙法则**

老师讲过一个赚钱的音频，我当时没有听懂过，但今天老师那个茶会分享，我感觉我懂了这个法则，这个法则是什么？不是你吭哧吭哧到外面苦命地去做，不是坑蒙拐骗，不是说用一个东西去吓唬别人，这个东西如果不处理，会引起一个强烈的、更加严重的后果，也不是当一个人来到你面前的时候你要说如果你不怎样会引起更大的后果，这样会给别人更大的焦虑。

这个法则就是让每一个来到你身边的人，首先让他放松，给予他力量，给他信心，给他希望。同时一定要给到对方需要的东西，随时去觉察自己那个念是非常重要的，因为你那个念才决定了你是想支持他还是想要改变他，是想证明自己什么还是想要赚他的钱。

老师说想要得到什么就要先给出去什么！我们想要得到更多的爱，我们就要把爱先给到对方，我们想要更多的钱，那我们就要先把钱给到对方，钱是什么？钱不是表面的一张纸钱，钱是能量！

我有把好的、正的能量先给到对方吗？

想想自己过去，传递给别人什么正能量吗？给予过别人想要的东西吗？没有，连父母都没有，老公也没有，孩子也没有。

在老师的引领下，今天才看到了这些，才领悟到了这些，说到这里的时候我也一直在哭在流泪，这个流泪不是为过去的自己，而是为当下的自己有这份改变而感动哭的，为自己感动，为我能进"知行生活道"这个场域中而感动。

### 3. 我看到了自己很多的受限模式

在这个能量场中，听老师的音频，能够瞬间让自己的觉知力大大提升，可能过往很多很多年都没有意识到的东西，听老师课之后那个灵感突然就会出现，就会一连串地想起来。哇，多少年之前发生的这个事情，前几年发生的事情和最近我在体验的这个事情，他们重复出现都是在告诉我，我一直在经历这样一个受限的点，那么我看到了这个点，我怎么去办呢？那我就在这个点上去收回力量。

不停地听课，我收获非常大。让我快速地脱落掉身上很多不支持我的能量。同时能快速识别心智机器的模式，能快速剥离出来。

如果人不学习，没有觉知力，可能这个受限点，一辈子都要去经历，这辈子要经历，下辈子还要去经历。

所以说学习重要吗？提高自己的觉知力重要吗？看到自己的受限点重要吗？重要，很重要很重要！非常非常重要！

说到这里我终于理解了老师的那个音频"从无明走向光明"，过往自己就是在一个很黑很黑的无明状态下。只有在这里持续地去听老师的音频，不停地去参加线下活动，才能让自己慢慢地走出来，才让自己的那个觉慢慢地升起，才让自己不断地看到自己很多受限的点，才让自己慢慢地活成了自己喜欢的样子，不再是一个过得稀里糊涂的女人。

不学习，不进这个场，可能死的时候都是死不瞑目，都不知道自己为何死不瞑目。

但是我相信，继续学习下去一定不会再经历这样的过程，未来的生活一定会一天比一天美好，去收回足够多的力量吧！

当下和未来的生活太可期了！

去创造自己想要的生活，一定比自己现在还要幸福不知道多少倍，因为我有那份改变自己的心。老师一直在强调说用自己喜欢的方式过成了自己最不喜欢的样子，过去的那些受限的模式不都是自己一直惯用的伎俩吗？而现在老师让我们一定要用自己不喜欢的方式去过自己想要的生活，最近在这一点上也获得了非常好的体验，过去我就是缩在自己的壳里，不与人接触，不想跟人说话，但是现在我先从微信出发，每天保持几个人的接触，我获得了非常好的体验，我觉得这份体验真的是弥足珍贵的。让我知道了我的价值，让我知道了与人接触时自己的一个认知，让我知道与人接触时我动的那个念，不断地去修正自己的念。

这两天在做喜悦曼陀罗的时候，我都有被自己感动哭，因为我都会有一个念头，我希望来到我身边的人都能够快点好起来，我都希望他们不再处于现在的状态下，我希望他们好起来，我升起了有爱之心。如果不是在这个场中泡着，可能按照我过往的模式，我会让自己的心越来越狭小，越来越狭小，最后可能连我自己都容不下。

但是现在不会，我的那个爱在慢慢地升起，我的心在慢慢地变大，每一天，都会发现自己跟上一秒的自己又不一样了，每一天自己都有一个很大的进步和改变，这份改变不但自己看到，而且身边的人也有看到。

我相信只要进场泡着，每个人都可以变得越来越好，越来越好，只要进场泡着。

这里就像一个大温泉，泡着能让你身心放松，能够让你活到当下，能够让你飘飘欲仙。

### 4. 我按下了大大的确认键

过往自己是一个很不确定的人，对自己都不确定，而且做很多事情都容易放弃，但是最近持续听老师音频课和参加幸福训练营，发现自己越来越确定，越来越锚定了。我相信我的这份确定性会更加的确定，会更加地锚定去做事。我相信在这样的一种无形力量的心力指引下，我所有的内心世界和外在世界的呈现都会发生巨大的改变。我要做一个确定的人，我再也不要去做一个不确定的人了，做一个飘忽不定的人了，做一个没有拿到结果的人了！

参加幸福训练营，让我慢慢地找到了那份确定性，让我自己的心更加地定下来了，我知道我要什么，我知道接下来我要怎么去做事情。每天按照我自己的节奏持续去做事，我相信，我就是那个有上亿资产的女人，我相信我一定能够活出来，活出最绽放的自己，我相信未来的我，一定幸福得让我身边的所有人都无比羡慕。

我爱自己，我爱老师，我爱"知行生活道"里所有的家人们，我爱我们！

（作者：周杰）

# 不一样的自己

我是美年达，一名家庭主妇。原先是内心没有安全感、自卑，患得患失的一个人，想想以前的生活还是很幸福的，没有太大的波折，都很平稳的日子，然而自己却没有好好地体会生活的幸福感，可能内心还是缺失一些东西吧，对原生家庭的不满，对妈妈内心的不接纳、对抗，对婚姻的不满，到婚姻的波折，一系列事情的发生，我内心产生了很大的痛苦，以至于后来生病了又抑郁了。

在国学堂学习了半年，伙伴们给了我很多的爱，让我平稳了很多，然而并没有解决我内心想要的，从心里还是开心不起来，我又求助了国学堂的朋友，她说也许这个老师能帮助到你，我抱着试试看的态度认识了我生命中的导师——行雲老师。

遇到之前我满脸愁容，不爱见人，不爱说话，身体紧缩，每天行尸走肉，周而复始的日子，对于生活没有意义和乐趣。自从加入"知行生活道"这段日子以来，频繁地参加线下活动，茶会，读书会，幸福生活训练营，同时听老师的课程。在老师的引领下，家人们爱的包围下，我变得爱说，爱笑，爱闹，也愿意见人了，紧绷感也渐渐地消失了。伙伴们都说我变化很大，家里人也觉得我变了，还有很多微妙的事情，无法用语言去表达内在的感受。

只要自己对自己不放弃，人生总会有不期而遇的温暖和生生不息的希望。路途漫漫而长，让我们在爱，喜悦，自由，无限，丰盛，恩典当中前行吧！感恩老师，感恩家人们，感恩所有来到我生命中的人。（作者：美年达）

# 草尖上的露珠

草尖上的露珠，犹如一颗颗洒落人间的珍珠，晶莹剔透，纯净圆满。

几年前选择了一个微信头像，就是这样的两颗草尖上的露珠，在阳光下熠熠生辉，黄绿色的颜色透着无限生机。选择这个头像，只为应和《金刚经》里面的那句偈：一切有为法，如梦幻泡影，如露亦如电，应作如是观。当时的我正陷在如露亦如电的梦幻泡影之中，寻找着一线生机。

结识老师是在一次沙因读书会上，读书会桌上插着鲜花，摆着果盘，很别致。记得当时提了两个问题，老师回答简洁明了，内心一个声音：这个老师确定通透。7月，儿子情绪状态不佳，刚好暑假，"知行生活道"举办线下活动，于是就带着儿子参加了。三个月后在儿子生日那一天，选择加入"知行生活道"，至今已两年有余。在这两年多来，我收获到了什么呢？眼前闪过一个个欢声笑语的画面，丰富多彩的场景，然而真要把它概括起来，好像又没有一个清晰的思路。直至最近，一个画面浮现：一根透明的线串起一颗颗珍珠，慢慢合拢，渐显项链的样子。"知行生活道"给予我的，不仅是一颗颗珍珠，更是这根透明的串珠线。

走上学习成长之路也有几年了，一路寻寻觅觅，然而在接到儿子高中班主任来电说儿子情绪像刺猬般一触即爆时，依然无措和无力，也恰好由此推动与"知行生活道"结了缘。第一次参加"知行生活道"的线下活动，惊讶于宽松的时间、没有安排的安排，似乎一切和以往的学习环境有着完全不同的机制，有的是有神奇疗愈的茶会、心联网的愿景和露出微微笑容的儿子的脸。

吸引我加入的是"知行生活道"的使命愿景：支持每一个有缘有愿走进生命的人，回归自己的生命大道，拿回生命的主权；做有道之人，过有道生活；成为一个真人、大人、顶天立地的人、有情有义的人、真正成就我们的人；从身心灵事能五个维度扎根生活。似乎每一个都是心底里的声音，借由程老师的脑子冒出来的。扎根生活的理念，让学习成为回归生活的资粮，从生活中来，回归生活。

两年多来，一次次的茶会，白衣素净茶香沁心；一堂堂线上课程，直达真相落地生活；一个个清晨，呼吸间体验当下见证未知；一张张笑脸，闪着光透着爱……不知不觉之中，不时生气摔门而出的先生俨然成为守护金刚，需要到哪儿送到哪儿，早上来幸福营，他嘴里嘟囔着"你这婆娘"，笑着抱抱我，送我出门。已上大二的儿子电话中听我絮叨着刚参加过的活动，回应的声音中透着柔情，告知说小时候练过的武术刀看看是否还能用，学校武术队训练时需要用，下个月要代表学校去兰溪参加围棋比赛，近期就不回来了。电话谈笑间，刚和老爸拌过嘴的妈妈心中怨气烟消云散，在我"下回生气了来电话，我给你当出气筒"话语中哈哈笑着挂断了电话。一群有着相同志向或相似体验的小伙伴们隔三岔五地相约在一起……

不经意间，黑夜中凝集出的点点露珠落在草尖上，在阳光下透着亮，奔往同一个方向，停留的时间虽短，却也划过一道五彩光芒。

此刻，窗外弥漫着烟花的气息，耳边荡漾着或激情或柔情的歌声，空气中洋溢着甜甜的味道，原来你也在这里。

2024年，让我成为我，让你成为你，让我们成就我们。（作者：容易）

# 后记

从有要把我零散、即兴分享的内容整理成书稿的想法，到书稿正式完成历时一年多的时间，现在终于完稿了，当我敲完最后一个字，我泪如泉涌，是感动，是喜悦，是惊喜，是赞叹，一切的一切历历在目。我知道内容还不系统、完善，但非常实用和便于在生活中落地。还是那句话——没有人能随随便便成功，都是反复练习的结果，每个文字的输出都是这样。

我赞叹于集体的智慧，让原本繁杂的内容形成有序的排列，形成一套完整的逻辑，从我走向我们、让我们成就我们真的不只是口号，它在这本书的撰写、整理过程中得到了完整的体现。我不贪天之功，本书的所有内容都不属于我，它属于我们每一个人，每一个有缘人，它是我们共同创造的结果，感恩有大家，感恩有我们！

在这里，我首先要感谢我的亲人们，他们一直默默支持我去探索生命，支持我去做我想做的事情！也特别感谢我的同学程家伟、平新娥夫妻，从2017年开始给予我无限的支持和帮助。

同时，我要感谢"知行生活道"的所有家人们，感谢愿意把自己的时间和精力贡献出来的家人们，感谢大漠先生，感谢在本书文字的后期校对中孙岩老师、阿米、蕾蕾等很多家人的辛勤付出，也特别感谢团结出版社，感谢为这本书的出版在背后默默付出的很多很多人……

我也要特别感谢阳光森林创始人黄安莉老师、善因读书会创始人张晋齐老师为本书写作推荐序。

我还要感谢过往所有给予我支持和帮助的老师们。

更要感谢古圣先贤们的智慧结晶，我从那里吸收了太多养分。

当《遇见自己 遇见幸福》这本书出现在您面前的时候，我知道，那将是一段新（心）旅程的开始，"知行生活道"也愿意陪伴有缘、有愿的您一起探索生命实相，在生活中扎根践行，活出属于自己的幸福生活和丰盛人生！

程少锋

2024 年 1 月 14 日于宁波